碧色泪

李知展 著

时代出版传媒股份有限公司
安 徽 文 艺 出 版 社

图书在版编目（CIP）数据

碧色泪 / 李知展著 . -- 合肥 : 安徽文艺出版社，2023.2
（鲸群书系）
ISBN 978-7-5396-7450-6

Ⅰ. ①碧… Ⅱ. ①李… Ⅲ. ①中篇小说—小说集—中国—当代②短篇小说—小说集—中国—当代 Ⅳ. ① I247.7

中国版本图书馆 CIP 数据核字 (2022) 第 061139 号

出 版 人：姚 巍　　策　　划：李昌鹏
责任编辑：宋潇婧　胡　莉　　特约编辑：罗路晗
封面设计：鸿儒文轩 · 末末美书

出版发行：安徽文艺出版社　www. awpub. com
地　　址：合肥市翡翠路 1118 号　邮政编码 : 230071
营 销 部：（0551）63533889
印　　制：阳谷毕升印务有限公司　（0635）6173567

开本：880 × 1230　1/32　印张：7.75　字数：175 千字
版次：2023 年 2 月第 1 版
印次：2023 年 2 月第 1 次印刷
定价：48.00 元

总　序

我将中国当代文坛创作体量巨大、深具创作动能的作家群体命名为“鲸群”。入选这套“鲸群书系”的作家在2021年度中短篇小说的发表量皆有15万字以上，入选小说皆为2021年发表的作品。

“鲸群书系”以最快的速度集结丰富多元的创作成果，以年度发表体量为标准来甄别中短篇小说创作的“鲸群”，展示作家创作生涯中的高光年份——当一个作家抵达极佳的状态才能进入“鲸群”。如果我们喜欢一位作家，一定会着迷于他高光年代的作品。

我想，“鲸群书系”问世后，一定会有更多的人关注被我称为“鲸群”的作家群体，因为这个群体标示了中国当代小说创作的年度峰值——它带着一种令人心醉的澎湃活力。

如果“鲸群书系”在2022年后不再启动，多年后它可能会成为中国当代小说研究者珍视的一套典藏；如果“鲸群书系”此后每年出版一套，它或许会为中短篇小说集的出版带来新格局。

这套书的作者中或许有一部分是读者尚不熟悉的小说家，我诚恳地告诉您，他就是您忽视了的一头巨鲸。正因为如此，“鲸群书系”的问世，显得别具价值。

李昌鹏

2022 年 10 月 30 日

目录

碧色泪

1

何无心出生时桐叶纷飞，落日将尽。其父老何手持菜刀，攥着鸭颈，翘望屋门。他在犹豫，鸡没逮着，鸭子是否也可以收到鸡汤的效果？两个儿子却很执着，将家里硕果仅存的芦花鸡逼出飞翔的潜能，哥俩不停地往树上投掷石头和鞋子，更多的叶子被击落，母鸡却栖在梧桐最高枝头，抱紧枝条，毫发无损。

儿子们在老何跟前急赤白脸地互相责备：“都怪你，刚才从你身边擦过都没抓着，这下好了吧，毛也够不到了。”“还不是怪你，使那么大劲撵，它能不飞吗？”老何没有调停纷争的意思，反而笑眯眯的，他们的责备，邀功似的，都是为了即将出生的妹妹。老何也觉得欣慰，好了，再有个女儿，圆满了。名字他都想好了，何晴晴。多好听。

在老何这里，起名是讲究的：俩儿子，老大，何入海，老二，何流洋，河水浩荡汇入海洋，取得有气象；女儿，叫晴晴，轻轻的开口音，在舌尖上弹破，晴晴，晴晴，每一声都带出心底含蓄、深沉的寄托。

别人家是盼儿子，到了老何这里，盼女儿。媳妇从怀孕显肚就经多个经验丰富的接生婆看过，大家结合肚子形状、孕吐特点、口味嗜好等等，条分缕析一番，每一条都指向是女儿。一个这么说老何还疑虑，个个都这么说，老何信心也就茁壮了。到得临盆这天，老何早早劈柴生火，八角茴香桂皮大葱都下了锅，单等着宰杀老母鸡，却让它给窜了。老何是心思重的人，隐隐觉得不好，可众人的预测在他心里扎了根，也就没多想。

他吩咐入海流洋如哼哈二将守在紧闭的门旁，隔一会兄弟二人便喊一句：“奶，我妹妹出来没？”

如此问到余晖落尽，里面才传出一声：“小鸡巴崽子，别催了，刚露出把儿，是弟弟。”

门外父子三人一愣，想再确认一遍，可生产不顺，接生的邻家二奶奶口气也恶：“聒噪得烦死了。”让他们父子仨“闭住臭嘴”，“这个小狗日的头忒大，再拽不出来，等着挖坑去吧”。到了挖坑埋了的地步，谁也不敢再多嘴。三人靠在墙上，失望随着夜色涂上了脸，只余眼珠偶尔一转。老二何流洋问老何：“爹，鸡还逮吗？”老何弹落烟蒂，一拧身，踩住鸭翅膀，手起刀落，一勾猩红划过，鸭子嘴在地上犹“嘎嘎”叫，已身首异处了。拔毛，开膛，斩块，清洗，丢进锅里。一气做完，才气急败坏回一句：“逮个蛋的鸡。”

这大难产的小儿，打了老何一个措手不及，等到鸭子都煮熟了，小儿终于亮出了孱弱的啼哭。天已彻底黑下来，入海流洋二将各倚门框睡得一栽一栽的。老何却在想，给狗日的取什么名呢？毫无准备。

2

用不了多久，老何就知道给他取啥名都是浪费，大家只会叫他“傻子”。也不是像地瓜似的，傻得实心，他的傻，大约像莲藕，有透气的孔，也有堵住的，傻得一阵一阵的，表现出来是愚钝、口吃、反应慢半拍。老何找医生分析过，许是生的时候，头大，经产道长时间挤压，缺氧了，把脑子里哪根筋挤坏了。

别人吼他笑话他，他不解其意，眨巴着眼冲人笑。他的笑也有特点，不是一下子笑完，而是折纸拆开一样，围绕着中间的“笑”，嘴唇一点一点翻开，逐渐笑到最大、最傻，定住了，笑完了，却不知收回，嘴咧着，看着你。而他眼睛那样大，像什么呢，如泥泞里汪着两泓活水，泥泞让人嫌恶，水却那么清澈，更凸显出无辜的意味。

每当他笑时，老何最看不下去，那种一往情深的、不计成本的、傻头傻脑的笑，让人心动，更让人心酸。做娘的翻起袖子抹眼泪：“我这儿命苦哇，头这么大，怎么会是个傻瓜？”问谁呢？天也不搭话，地也不吭声，只好认作是命。老何踝灭烟蒂，叹息一声：“就叫他无心吧。”老何劝慰妻子，“他这副没心没肺的样儿，说不定比我们都活得开心呢。”

到底不甘心，接着一番操作，隔了几年，老何如愿以偿得了女儿。襁褓里的小天使，粉嘟嘟，胖乎乎，小小的手脚，弯弯的睫毛，可爱的鼻子，咿咿呀呀……一家人的爱，大面积转移过去，再看何无心，心里不说，也觉得多余。有时他摔了、洒了东西，说了几次，依然如故，老何压不住愤怒，巴掌甩了过去，打到他脸上，才幡然惊住，哦，这也是儿子呢，过分了，过分了。

挨了打，何无心却不知何为对错，咧开大嘴，哭。他不哭老何还觉得有愧，他一哭，老何简直火上加火。这狗日的，太能哭了！何无心哭起来，就同他的笑，都是没完没了的。像身体里预存着一片湖，一哭，泪珠子扑簌簌，如两行源源不断的小溪。并且他还是瞪着眼哭，质问谁似的。谁能让你一个傻子质问呢？老何大吼一声：“憋回去！”可是没用，水龙头坏了，水一直出。他韧性而足量的哭，能让最有耐心的母亲都涌起连绵的绝望，直到这绝望转化成愠怒，再在他屁股上用鞋底盖几个戳。打完了，母亲抱住他，也哭了。他却不哭了，指着母亲的泪，断续地往外蹦单音节：“娘，你，脸，水，水……”他张开手，轻轻捂住娘的眼睛，他以为那样，就可以盖住那两眼井窟，水就不会再溢出。

仿佛他的一生是一根扁担，两头各挑着一筐笑一筐哭。一个傻子，路上总有坎坷，每走几步，脚下就磕磕绊绊的，笑和哭就不由得洒出。笑起来当然傻乎乎的，但总归人畜无害，可随着长大，好像他心里的暗湖也在扩展，哭起来，水量愈加丰沛，声势越发浩大。在“傻子”“大头”“丑八怪”这些称谓之外，他又实至名归地得了个“漏水桶”的外号。

3

十四岁那年，何无心差点被二哥何流洋打死。

在家里，除了齐心协力地将爱倾倒于何晴晴之外，四个孩子里，论起来，老何当然更偏心于老二。因为那是他的种，是他正常发挥的、能传宗接代的、和他如一个模子里倒出来的种。一样的身材矮小，皮肤黝黑，脾气暴躁，也一样的眼高手低，能说会道。老何对他寄予很大期望，可惜何流洋不争气，也可能毁于老何的宠溺。上到高中，他就走偏了，学会了抽烟喝酒，和县城的小流氓们混在一起。特别是在老大何入海的对比下，更突出老二残次品的属性。

何入海挺拔英俊，肤色白皙，怎么看，也和老何不是一个品种。四邻八舍都知道，老大是妻子丧夫改嫁带来的拖油瓶，要不然以老何的个头长相，怎能娶到如此贤妻？何入海知道自己的来历，在人屋檐下，凡事都看老何脸色行事，他是顺从的，低矮的，乖巧的，也是始终有距离感的。老何知道，姓虽然改了，人，到底不是他的，自己确实也生不来这样齐整的儿子，对何入海，也就没有那种血脉相连的牵心扯肺。可是老大争气，学习好，不惹事，中考以优异的成绩考取了当时乡村孩子最热衷的师专。因师专上学不交学费，还有补贴，毕业了，就是中小学教师。何入海从一开始就是后悔的，他的一生都陷在这懊悔和不得已里，在漫长而枯燥的教师生涯里，他总想，以当时的成绩，如果按部就班地上高中考入大学，他的人生该是怎样的一番锦绣前景？可当初，是直接考师专还是从众读高中，他也曾试探着问过老何。老何抽完烟，才慢悠悠地说："你长大了，自己看着定吧。"这句话，何入海恨了几十年，一辈子都没法和老何达成和解。因为他不是亲儿，因为不舍得花钱，他才会说你长大了，自己定吧。何入海看着那些学习远不如他的同学后来考了大学混得都比他得意，他心里不止一遍地骂，他妈的。不知是骂这命运还是骂老何。

对何流洋来说，尽管人们风言风语，说他和老大不是一个爹的，但毕竟母亲没有亲口说破，他便觉得那都是流言，因为有这样一个哥哥，他觉得体面，做什么事，也有主心骨。何入海是他这辆冒失车的方向盘。从小到大，凡事都是他出面，在家里，当然他也方便出面，哥哥在后边给他拿主意。

等到哥哥上了师专，终于脱离家里不用手心朝上问老何要钱，他才看出哥哥绝情的一面。这绝情，仿佛压在心底的剑，憋了这些年，到了这一天，总算可以"唰"一下凌厉出鞘。何入海像是急于逃离家庭的风筝，一旦飞向独立的天空，对身后那个心存寄居感的家庭，再不愿看一眼。顺带的，连对何流洋也冷漠起来。

没了哥哥规劝斧正，何流洋的人生随着性子肆意流淌开来，在高中花样作死了一年，终因打架斗殴被开除。老何无计可施，只求入秋招兵，能顺利把小祖宗弄到部队里锻炼锻炼。

事情偏偏就毁在傻子老三的手里。

本来何无心上学虽迟钝，在大哥的辅导下，也没落到最后几名去，可到了初中，因为一次走错女厕所，惊起一阵风波，老何索性不让他上了。“一个傻子，识文断字就得了，再上也是白搭。”老何这样对妻子说。

何无心下了学，老何给他做了个木箱子，箱子刷了白漆，绑在自行车后座。夏天时，何无心从镇上批发一箱冰棍；冬天时，箱子旁插个草垛子，展览着糖葫芦。他将自行车扎在学校门口，挣点零花钱。何无心做得起劲，他有耐心。夏天时箱子厚实，冰棍盖得严谨，卖得也不贵；冬天的糖葫芦他舍得用糖，炸得香脆，糖浆厚厚的，亮亮的，色彩诱人。挣来的钱上交，然后大部分转手给何流洋败坏掉，小部分供何晴晴花销。

可妹妹不开心。还在镇子上中学的何晴晴，每次放学到门口，都要低着头，猛蹬一下自行车，急速通过。她不想听人故意逗弄，说：“哎，何晴晴，那不是你哥嘛……”

这天，何无心卖完冰棍，循例沿着小道回家。正值玉米灌浆时节，遮天蔽日的玉米像是千军万马列阵，一望无垠，那盛大浓烈的绿色，乍看去像是固态的，风也仅能吹动边缘的绿波。小路几乎被两军夹峙的玉米军团给联手淹没了，何无心照常骑着车，到了路中间，忽听得绿色深处窸窸窣窣，然后是一声尖叫，他停住，拨开叶子，就看见几个半大的坏孩子在拉扯隔壁村的傻姑娘。

这些正在发育的乡野坏孩子，生得糊涂，活得盲目。他们将傻姑娘的衣服撕开，用腰带缠住她的眼睛，轮流去摸她的女性特征部位。他们一边摸一边咽着唾沫大笑，傻姑娘的眼被蒙着，看不清，手里抓挠着，不停喊叫：“天黑啦，天黑啦……我要回家……”他们笑得更欢了。

何无心没想着和谁起纷争，但女孩那陷入漆黑中的恐惧的哭声，催动他想去解开她头上缠着的腰带，让她露出眼睛。所以他冲进去的时候，不是一脸怒容，而是先笑了一下。他们刚要觉得两个傻子凑到一块，这下更好玩了，却只见何无心手里拎着一把铁铲——铲子是他随身带着，遇见娇艳的花草就采一点带回去给他养的小羊尝鲜的，他很宠那只小羊——他挥舞着铲子，没有章法，力气却大，那些坏孩子有两个被他划伤，避退不及，被玉米棵子绊倒在地。何无心扑上去。倒在地上的那人以为这下可要被傻子给铲死了，哭叫一声“哎呀……”，一下㞞了，尿了裤子。傻子却把惨白的他拽起，咕哝一句：“这个蚂蚱叫你压着了。”他们趁机狼狈逃窜，何无心去解傻姑娘脸上的腰带。可她在黑暗中，出于惶恐和自卫本能，溺水似的，终于抓住一根稻草，两只手将何无心一顿抓挠，到底还是被他给解开了一半，然后她露着半个脸跑。她跑，他在后面追。他认死理，还没给她完全解开呢。

一直追到大路上。

很快，就有人围观，傻姑娘的衣裳几乎让那些坏孩子脱光了。然后有人通风报信，姑娘的直系旁支兄弟呼啦啦来了十几个，飞起一脚，将何无心踢倒，再揪着他的头发，问姑娘：“是他干的吗？”傻姑娘不明所以，慌乱中点了下头。好了，一声令下，砖头、瓦片、泥块都成了帮凶，众人七手八脚添砖加瓦将何无心揍得万紫千红。这还不算，扭着他一路游街示众，到了村子，占领村委前的制高点，先前戏弄傻姑娘的几人也成了观众，并反戈一击，向傻姑娘家人提供佐证：“我们早就见他不怀好意，一直尾随着女孩，没想到，傻子这么不是东西！”

一时之间，傻子调戏姑娘就传开了去。还没等老何拿着赔礼的钱请村主任出面调停，老二何流洋就率先跑来，一声暴喝，一砖头将他兄弟的头砸破。然后，摁在地下，一拳一拳打得龙腾虎跃。那是真切的恨，有这样的兄弟，他感到丢人。更重要的是，秋季征兵名额，还会给他这个流氓犯的二哥吗？何流洋气急攻心，甚至落下眼泪，推着傻子：“你怎么不去死？”

围观人群里，何晴晴最应该说一句：“二哥，别打了，不是他的错。”可她始终没吭。她想起这个傻子哥哥在校门口让她尴尬的情景……却忘了何无心挣来的零钱有一部分支援了她。刚才在玉米夹道上，她远远地在后面，何无心是救那姑娘还是欺负她，何晴晴心知肚明。

母亲赶过来，何无心已被打得奄奄一息，她拉不住疯了一样盛怒的何流洋，挡在两个儿子之间，悲哀至极地喊：“他是你亲兄弟啊，别打了……”

何流洋愣了一下，继续打，说道：“我没有这样的傻兄弟！”

4

小买卖做不成，何无心跟人在建筑队里做小工。别人下了工都干干净净的，唯他，回到家，天天像从沼泽里爬出来似的，一身的污泥混着汗渍，衣服皱巴巴的，浑身冒着浓重的酸臭，只一双眼睛是鲜活的，见了母亲，一眨一眨，摸摸肚子，翻着嘴唇，笑："娘，饿。"

母亲一边生火热饭一边问他："我儿，有人欺负你吗？"

"没有呀，都可好啦，"他说，"娘，我又不傻。"

到了他二十岁，母亲已分不清他是真傻还是假傻了，有时何无心的一些言语甚至让母亲觉得，或许他倒是清醒的那个。

不上工的日子，他经常在那里愣愣地一蹲一站半天，盯住一朵云或一棵草，看，无穷无尽地看。母亲看看他那个样子，呆头呆脑，痴痴笑笑，一想到他之后漫长的人生，便心内焦灼，忍不住问他："我儿，这么半天，你都在想什么呢？"母亲面容凄清，语气哀怜，有些恨铁不成钢，就知道哭哭笑笑，天上的云地上的草有什么好看的呢？哪怕你缺只胳膊少条腿，也比这样傻一辈子好啊……母亲蹲下身，摁住他的肩膀："孩子，告诉娘，你脑袋里想什么呢？"母亲摇晃他，越来越用力，何无心像一株枯瘦的树，禁不住风浪的晃动，一脚跌在地上，撇撇嘴，要哭，看看母亲，没哭出，说道："娘，风生气了，刚才把云吹得可乱。"或者说："娘，蝴蝶迷路了，我引了它一上午，给它导航呢，它说回头给我一粒蜜，我坐这儿，等它回来。"再或者："隔壁二叔吵架破口一声大骂，把草里的蚂蚁吓得崴了脚，正疼呢……"

都是些没头脑的傻话。母亲揽住他，风吹来，撩动她鬓角渐生的白发。

入了夏，午间下了一场雨，眼瞅着一时半会没停住的意思，何无心去干活没带雨具，母亲从窗台拎了伞，披了雨衣，奔去工地。到了地方，雨小了，远远看见一堆工人歇了工，在走廊上抽烟聊天，中间一人，头上套个盛泥灰的小桶，众人以石子砸桶听声，取个乐子。

母亲走近，看清是何无心，当时就蹦起来。母亲替他摘掉灰桶，圆睁两眼，一个个将那些帮闲看遍，扬着手，终于打了何无心一巴掌。似乎那一掌也打在所有围观人的脸上，众人低着头，脸上赧然，耷下眼皮抽烟。母亲颓然坐到地上，呜呜地哭了。

何无心没顾上哭笑，他被吓住了，蹲下来拉母亲。母亲如悲伤破碎的流水，怎么也拉不起来。他抱住母亲花白的头，“哦哦”地哼着，揉着母亲的头发，像母亲以前哄他那样。母亲的头巾被他弄松，包裹的三尺白雪流落肩头，她哭得颤抖。

“咱不做了，”母亲起身，转身骂那些工友，“你们这些狗日的，欺负一个傻子，丧良心！”拉着何无心回家，快到家门了，母亲又打他，“他们让你戴你就戴啊，你傻啊？”

母亲似一下子老了十岁，看着痴痴呆呆的儿子，发愁该让他学点什么，才能有一技傍身，即便父母不在了，他也能养活自己。

母亲想了半年，在一只羊的葬礼上找到了答案。

5

那只羊，一度是何无心的另一个亲人。他割青草摘树叶，一点点把她喂大，春天出生的她赶上了好时候，春鸟呼声，春草丛生，二月兰、荠菜花、打碗花、蒲公英、千金草、富富苗，都是她爱吃的，何无心常从河沟边采一篮春天，捧到她嘴边，让她吃。小羊则卷着红润的小舌头，感激地舔他的手心。吃饱喝足的羊，卧在暖阳下，慵懒，雍容，很有一份贵妇气质。何无心用梳子梳理她白纱般的毛发，真是娇生惯养啊，养得她水灵丰润。在羊界，她应是大方美丽的，一双眼睛黑玉般闪着晶亮的光，嘴唇像花瓣一样，走起路来，四蹄轻巧，体态优雅，洋溢着活力。何无心一天天看着她从茸毛初覆到成为一只娴静的小母羊。

小羊做了母亲，生养的羊羔也都健康可人，四五年间，先后下了十来个崽儿，这些崽儿长大后，无不前赴后继换成了穷家的柴米油盐。可就是这样一只为家庭做出赫赫贡献的母羊，在她的壮年，却被人一棍拦腰打断。

这残忍的人，便是何流洋。

他当兵不成窝在家里寻衅滋事了两年，离家出走的前一天，他晒在绳上的新衣服被风吹掉在地上，母羊新生的半大小羊在衣服上玩耍，还尿在了上面。何流洋回来，小羊一冲而散，他没撵上，转过身，拎起顶门棍，便将一腔无端的愤懑倾泻到拴于桐树的母羊身上，一棍下去，母羊腰身就塌了。

等何无心傍晚到家，母羊已奄奄一息。躺在地上的母羊如一段渐凉的月光，她的命像散开的水一样，身体竭力平摊着，似是让大地帮她分摊一些体内的痛楚。她在挣扎着，熬着，等他回来。何无心匍匐着，趴在她身旁，痛扎根在皮毛下、骨头里，看不见伤口，也感受不到她的疼，只看见她的身体一阵阵战栗，就好像痛在水底剧烈翻滚，却只能看见在水面不断漾开的波纹。等到夕阳沉落，她皮肤上不停抖动着的波纹渐渐弱下去了，她望向何无心的眼神，也如燃烧完的炭火，慢慢熄灭，只剩下灰白的余烬……到死她都双眼圆睁，眼角挂着殷红的泪水。

何无心哭笑都不成，这急遽消逝的生命，这悲惨的场景，他不明所以，懵懂着，含混着。推推相伴六年的母羊，她却不会伸出舌头舔他的手心了。他拍打着，摇动着，她石头似的，再也不动。何无心久久看着，这才隐约觉得，身边的这个同伴永失了某种关键的东西。这就是死吗？他不知道。只血脉相连地真切感觉到，失去了一个朝夕相伴的“活”。

做母亲的一直手足无措地看着，揽着他的头，提醒他：“儿，你难过就哭哭吧，哭哭就好了……”可他没哭，愣愣的茫然的，转着眼珠，脸上飘忽、迷惘，似在确认什么而不得，只余下三只尚未长大的羊羔围着母羊哀哀叫唤。

何无心拿自己的被子给母羊盖了三天。这三天，他隔一会就要过来看看她是否有了动弹，好像她只是假寐片刻，闭住呼吸，和他捉迷藏呢，一会儿就又站起来活蹦乱跳和他玩了。然而，这三天里，她的身体越来越硬邦冰凉，采摘来的草花，也一口没吃，他终于确定，她不是在假装，也不是在和他捉迷藏——谁会拿呼吸来捉迷藏呢——她是真的不会动了。

老何早不耐烦，要不是何无心守得紧，这几天都想趁热把死羊剥了。老二是做得不对，可不过一个畜生罢了，死了就死了，剥了还能落一张皮子和几十斤肉。所以当母亲在桐树下挖下深坑，老何眉毛一横，拽住羊腿：“干什么，你还真陪着一个傻货胡闹？”

母亲扬起铁锹，头发奓起，几乎是号啕着喊道：“你才是傻货！”

然后拽过母羊，落在坑里，下葬。渐渐黄土埋到只剩母羊一双睁着的眼睛，母亲再铲一锹土，眼睛也被埋住。何无心终于抢地大哭，爬过去，手忙脚乱扒开母羊身上的泥土，仿佛一滴水即将落入水坑的刹那，他才惊觉，这颗水珠自此再也找不出了，他急忙拼了命将这唯一的水珠从命悬一线的消失里拽住……何无心抚着羊头，大放悲声。

已多年不怎么哭的何无心又恢复了哭泣的天赋。

刚开始老何被傻儿哭得心烦，不就一只羊，再养就是了，多大个事？可何无心哭得没商量，那是他养大的羊，她的身上，投注了他所有孤独和喜悦的时光，早就不单是一只羊，还是他的时光博物馆，是他的伙伴。

这天村里的老光棍黄眼，取梁上的腊肉时踩翻了凳子摔下来，“嘎嘣”一声死了。老黄一辈子猥琐寒碜，手脚也不干净，常偷东家只鸡顺西家条狗，活得惹人嫌。可老黄有一点，种得好烟叶，叶片巨大，绿意勃勃，摘了叶子，晴日曝干，细细切碎，拌了烧酒，发酵一番，再掺香油，卷而抽之，烟味醇厚。故此，和老何算个烟友。老黄死了，灵前没个孝子哭几声，太显零落。临埋入穴，老何拉着三儿，摁在墓坑前：“你不是爱哭么，那你给他哭几声吧，是个意思就行，也算老黄死得不那么冷清。”

何无心就象征性地嗷嗷哭了几声。村人听了，都说哭得挺像那么回事，晚上吃杂烩菜时，多给何无心盛了半碗老黄未来得及享用的腊肉。

老何那天喝了酒，回到家，哭笑不得地跟妻子说：“经老黄这回事，我忽而想起，这狗日的，这么能哭，说不定也是条生计。”

妻子明白过来：“你是要我儿给人做孝子满处哭丧去？”

“是砢碜了点，可不也没办法，总比你我百年之后他饿死要好吧。”

何无心从此成了一名职业哭丧手。

6

这条路也没那么顺的。

隔壁村死了人，架着何无心，披麻戴孝，缟衣素裹，打扮停当，推他到灵前，何无心看看周围的人，迷迷瞪瞪的，像在梦游。母亲在旁边，眼含期待，手攥在一起，暗暗为他鼓劲。可过了许久，他也没个哭的意思。眼看要盖棺起灵，何无心还没哭出声，雇主很扫兴，嘟囔道："我就说吧，一个傻子，能有什么情感，这不，弄得临到手净瞎耽误事儿。"

母亲急了，上前拍打他肩膀，比画着，复述着，重新让他回忆母羊死时的情景，以期唤醒他的泪腺，顺利哭出声。可何无心没能领会，咧着嘴，傻呵呵的，看着母亲手忙脚乱的着急神色，不知想到了什么，大约觉得有趣，也摆着手，学着母亲的样子，然后蠢乎乎地笑了。

这一笑把雇主彻底惹恼了，连声喊着："架出去，架出去，滚！"

老何脸上挂不住，从后面抬起一脚，踹得何无心往前扑倒，脸撞在棺材板上，额头应声凸起个大包，嘴唇磕破，血和口水粘连着流了下来。许是触疼，这回何无心倒哭了，不过哭得很难看，情感不饱满，气势也不连贯，皱巴着脸，歪着嘴，呜呜而哭。

母亲见状，护也不是骂也不是，忽然悲从中来，扑在地上，哭得泼墨山水一样，淋漓酣畅。母亲替他哭了一路，整个葬礼都浮在她的哭声里。这气势浩大的悲伤，让葬礼很是风光，雇主比原定的价钱多给了两百，并说："这就对了嘛，你才是干这个的，还拉个傻子干什么，累赘。”

母亲接了钱，抽出那额外施舍的两张，丢在地上，把应得的塞进何无心的口袋。

母亲这一场哭，伤筋动骨，到底是老了，躺床上几天没起来。到了第五天，母亲挣扎着做了饭，让何无心吃过，给他把铁锹，在以前安葬母羊的旁边画好长短，让他沿线挖出个长方形土坑。

挖了一半，他似乎想起来什么，蹲在坑内挠头，看看母亲，又看看深坑，脸上呈现出努力在记忆中打捞光影的神情。母亲让他别停，继续挖。何无心正值一生中最蓬勃的年龄，他半裸着上身，肌肉抖动，一锹一锹输送着青春和力量，半支烟的时间，大坑便已完工。

母亲拢拢头发，走进坑里，躺下，面色平静。

“埋吧。”

何无心是疑惑的，然而他习惯于听母亲的话，或者他以为是个游戏，就一铲一铲往坑里扔土了。黄土从脚盖起，薄薄地覆上母亲的身体。到最后，只剩花白的头顶和一双望着天空的眼睛，母亲说一句：“我儿，娘老了，以后哭不动了，你就当是哭娘吧……”

死去的羊，消失的生命，以及这即将被埋葬的娘，所有的事情他似乎都联系起来了，何无心猛然惊醒，他抛下铁锹，跳进坑里，拽着娘，一边哭一边喊：“娘……羊……娘……羊……”

母子二人抱头痛哭。

以后在葬礼上，何无心哭起来就顺畅多了，特别是棺木落入墓坑，渐次被黄土埋没，他的泪水也随之滔滔滚落。之前仿佛水源和龙头之间的水管堵住了，母亲的死亡演习，疏通了他的泪腺，上下连贯，再哭就水到渠成，想什么时候来就来，想什么时候收就收，按照雇主的期望，提供足斤足两的悲伤，泪水汩汩，哭得挥洒自如。

7

先是院子里的那棵老桐树被雷电击了顶，来年再出叶子，便不复往日茂盛，阳光洒下来，枝叶松弛，一方阴凉不再严严实实，而是斑斑点点，力不从心的样子。它也老了。只是树的老去是安静的，得体的，只偶尔有一声落叶的叹息。

不像老何，老得煞是难看。

家族遗传的中风基因到了年纪便起兵造反，一路攻城略地，将老何扳倒在床，慢慢走向死亡。一辈子倔强的老何心犹不甘，气得摔桌子砸板凳，可半身不遂，他的火气撒得也不能顺心如意，只好和自己置气，心绪暴躁，大呼小叫。

病魔掌控着老何破旧的身体和日常表情，可老何这犟驴不顺从，拔河似的，和命运在争，于是整个人像是一个拙劣的提线木偶，半身偏瘫，嘴歪眼斜，面目狰狞。母亲喂药，他尚未僵硬的那只手一下就将水杯打翻，热水溅了母亲一脸。何无心在外面做自己的事，和他本不相干，老何也能寻出事端："老三，你在那笑啥呢，偷笑！以为老子没看到？巴不得老子死？老子好着呢，照样揍你狗日的！"行动不便的老何，火力全转移到嘴上了，骂起人来别开生面，句句腌臜。母亲从地上拾起鞋底扇他臭嘴，老何甩胳膊蹬腿哭号起来，消停不大会，崩出几个响屁。母亲急忙奔来，还是没来得及，老何淋淋漓漓，拉了一床，故意的。母亲气得落泪，老何阴谋得逞似的，倚在墙上，笑眯眯的，看着母亲和何无心在臭气弥漫中忙活……被中风摧残的老何，折磨着自己，也糟践着家人。

父亲的暴躁，是源于对死亡的恐惧，而且对它的步步紧逼无能为力，眼睁睁看着自己被死亡一刀刀收割一空。所以老何死时，母亲和何无心都松了口气，像是一件糟心的事终于完了，画上了句号，好了，安静了。

老何瘫痪的五年，本就不是亲爹，且带着未释怀的怨恨，老大何入海不曾露面。执教十余年，他终于调入教育局谋了个科员，然而大约仍不甚得意。他这样的人，总活在被自己的野心和现实落差拉锯的苦楚里，即便做了科长，上面还有副局长、局长，他一生都将陷入汲汲于更高目标的惶急焦虑里。

老二何流洋倒是来过几次。越过了青春湍急的虎口，血脉里激荡的风声渐渐熄火，何流洋才明白，年轻时，那些浮夸的放纵，压榨亲情，索取家庭，打架、使狠、瞎混，并以此向谁反抗似的，自以为很酷，实则肤浅得可怜。到了三十岁，终于向命运低眉顺眼，相亲结婚，在县城开一爿小店。他出去推销啤酒，妻子在家并不安分，听说最近夫妻不和，在闹离婚。何流洋回到老家，每回都是手掏进口袋，看似要拿钱的架势，却只问问："还有钱给爹买药吗？"得到何无心表示还有的点头，老二便不言语，手从裤兜里掏出来，点一支烟，架在老何歪斜的嘴上，终是憋不住屋子里老爹浓烈的尿臊气，去院子里转转，等母亲把家养的鸡炖熟，吃完，抹抹嘴，走了。

何晴晴上完大学，在岭南沿海某城外资公司做了一枚白领，自有情感、婚姻、工作、房子等几座大山镇压住她，自顾不暇，每年也就是春节期间回来一下，还多半用在同学聚会之类上面。

时光和河水一样，确实都流向了远方，但未必能汇入海洋，更弗论中流击水，兴风作浪。老何的几个孩子，年与时驰，意与日去，挨近人生中场，都只好默默承受命运加诸自身的重量，用尽全力，也仅仅步入庸常的人生。

老何死后，何入海要将母亲接入城里。母亲明白，未必是良心发现，用意是让自己接送孙子上学。母亲没应声。前几年孙子就是母亲带大的，也算对得起他了。母亲照顾父亲五六年，已被消耗得只剩一个空壳，自个儿也是一身病症，随时可能卧床不起。可老大还想索取。打着孝顺的名义劫持走了母亲，老三怎么办，谁给他做口热饭？何入海根本不做考虑。

带着先天的亏欠心理，母亲对长子的冷漠从未有过微词，这回忽然有些恨，她说："我老了，过不几年也要死了，不给你家带去晦气了。"

老大何入海讪讪的，摆摆手，说："不去就不去吧，说这话干什么。"

老二何流洋偏还要追加一句："娘，有福你不享，就知道照顾老三，我看你能伺候他一辈子？"

母亲终于爆发出来，将面前的瓷碗摔到地上，碎了一地："老大你家孩子放老家我带时你可曾给过一回奶粉钱？老二你县城房子首付里的六万块是谁出的？晴晴你的大学学费是怎么来的？"母亲拉过何无心，"都是你们这看不起的傻子兄弟一回回跟人家当孝子哭出来的血泪钱呵……"母亲说，"你爹这五六年的医药费不说，端屎把尿秽物清洗你们谁做过一次？"母亲站立当堂，白发巍峨，将老何的遗像摆于中央，端过一把椅子，将何无心摁在椅上，"当着你们的爹，都给我跪下！"

母亲要兄妹几人向傻子跪拜。

僵持中，何无心一弹身，跑出去了，到外面，抱住梧桐，痛哭失声……

两年后，母亲临死，伸出手，哆哆嗦嗦地抱紧何无心，抱得那样紧，把他的头拽往自己腹部，像是要把他再塞回肚里。一个母亲，要走了，留下她的傻儿子在这荒凉的世上，她不放心。

母亲的葬礼上，四个孩子再次聚齐，老大何入海升任科长，老二何流洋生意也渐至顺风顺水，幺妹何晴晴即将嫁给殷实的岭南本地郎，三人商量，要把老母亲的葬礼大办一场，轩轩敞敞，风光风光。何流洋甚至拍出一沓钱给老三："娘死了，你好好哭一场吧。"

灵位前，他们三个哭得其貌哀哀，有模有样。

唯何无心自始至终一声不曾哭。他又现出那种迷惘的、无辜的神情，一遍遍摩挲着母亲的遗像，脸上如大风刮过，空茫茫的。

人们议论："真是个傻子，平常人家给几个钱就哭得嗷嗷的，自己的娘死了，都不知道哭，没心没肺……"

何无心靠在梧桐树上，像是寒冷，紧紧贴着树身，似乎自己也立成了大树的一部分，他看看树下的土地，又望望夕阳，眯着眼，笑了。这时几片尚还青碧的桐树叶子寂静飘落，乍看之下，倒像是眼泪滂沱。

今冬无雪

1

若从云上俯瞰，冬日的豫东平原必是黄茫茫的一片。在这疲倦的苦黄背景中，必有连绵稀薄的青绿，那是刚被土地集体孵出的麦苗。这个时候，年关将至，农忙还早，散落在广袤祖国的村民如候鸟，由着内心过年的号召，溯游似的，陆续归到老巢。这老巢，便是星罗棋布的乡村。行驶在高速和国道上的各式交通工具，如江水回流，在路口，吐出或苍老或年轻的身影，大包小包，肩提手扛。乡村飞出去的蒲公英，再聚拢到炊烟升起之地。

且说向着外部世界最开阔的村口，往往必有一群闲人，生着柴火，抽着烟，围拢在一起闲谈。这是乡村的众议院，露天的教堂，口头的电台。上至海外风云、全球形势、国家人事变动，下至民生百事、小媳妇偷情、鸡猫狗豕，佐以八卦谣言，于此传播流散。

豫东乡人管这叫“喷嗑”，有的没的，不管能否自圆其说，你言我语，抬杠辩驳，杂花生树，群莺乱飞，逞个口舌之能，图个热闹快活。虽是闲谈，话语权的轻重、话题流向的掌控、谁为逗哏谁来捧场，却都马虎不得，村民们根据各自的收入、威望、喷嗑能力，无形间会自觉地区分出阶层。但不管谁正在侃侃而谈，金生水一到，众人就闭上了嘴，掏出抄着的手，伸直缩着的脖子，擎出饱满的笑脸，像一秆秆葵花，朝向太阳：“金老板您也出来转转？”

金生水撕开名烟，一人散一根，两片厚嘴唇油腻地笑笑：“工资都找老赵领了吧，好好过个年。”大家的头点得热情而隆重，必有人大拇指率先杵起，由衷谄媚："领啦，领啦，金老板您仁义，知道我们辛苦一年，不容易，从不拖欠工资。"其他的嘴纷纷附和。金生水就大咧咧笑了。"喷到哪里了？接着呀。""我们磨嘴皮子呢，瞎扯，瞎扯，要不，让金老板给咱喷一段？"自然有人提议。金生水也不客气，抽着烟，慷慨激昂，热点议题、乡村新闻、政策解析、男女荤话，他皆滔滔而谈，到底喷得花团锦簇，高潮迭起。

这回，侃到他的老本行，有人小心地开个玩笑："金老板，你在城里建这么多房，你说，啥时候国家也给咱老少爷们建一片高楼，把咱四邻八乡整体搬迁进去，都做城里人？"

金生水眯着沦陷在肿眼泡里的小眼睛，笑眯眯的，先定个调子："你懂个屌。"再补一句，"其实，你说得也对，就算把全部农民都搬到城里，又有何难？"然后条分缕析，"郑州新区某楼盘，是我承建的，总建筑面积约19万平方米，前面是小高层，后面是高层公寓，主力户型是90平方米左右的两室两厅、130平方米左右的三室两厅。小区交通便捷，周边有公交、城际高速、地铁站、长途客运中心等；生活一应俱全，幼儿园、中心小学、医院、超市、农贸市场等；社区内配套有商业走廊、阳光泳池、时尚会所等；容积率2.3，绿化率30%，1798户。我给你们算算，以平均三口之家算，好了，0.19平方公里，5394人，全国14亿人，都享有这样的小区和物业，需要49314平方公里，所占面积仅为六七个郑州市或三个北京城的大小。"说到这里，金生水缓一缓，拔出支烟，早有数只打火机含苞待放，金生水满意地抽了两口，"可为什么房价还这么贵，不让你们变成城里人呢？"人们大眼瞪小眼，茫然一片，配合地摇摇头，静等他放出答案，"因为，都成了城里人，地谁种，猪谁喂，谁还跟我去工地打工？”金生水哈哈笑了，似乎大伙儿都被他一本正经地给耍了。金生水笑起来有个特点，嘴大，气流似乎容易倒灌回旋，发出呜呜嗡嗡的余音，听着颇具震慑性，有点瘆人。

人们却还醍醐灌顶似的，啧啧感叹：“金老板水平就是高，我们怎么也想不到这一层。”陪同着笑。他再发一圈烟，摆摆手，上车，走了。等黑色奔驰的尾气也看不到，大伙儿这才不约而同先骂：“神气什么，你那钱还不是爷出力流汗替你挣来的。”骂完了，又羡慕加感慨：“唉，啥时候咱也能开个这车子，说个话落地上也能砸个坑。”议论间，又有人说：“这下皇楼村老吴家要发达了啊。”于是又感叹：“谁让人家生养了那么一个伶俐的女子，金生水就看上了呢。”还是感叹：“你说谁能想到，屁都放不出一个响的老吴，竟然攀上了这门好亲事，什么叫时来运转，这就是。”又有人说：“听说老吴那小女儿有中意的人，不怎么情愿和老金结亲呢。”旁边人都呵呵笑了，像那人说了个蹩脚的冷笑话，用一种不容置疑的语气说：“除非她傻，等着看吧。备好随礼喝喜酒的钱就得了。”

2

皇楼这个地方是有点来头的。史载，有明一朝，小小的村子，就出过一个皇后几个嫔妃。这皇后还是左右过朝政的，在她崩后，接任的皇帝下旨，于她出生的老宅，建了座齐天摩云的凤楼。当然，俱成尘埃，踪迹难寻，可人们仍将这个故事以“皇楼”流传下来，并固定为村名。

数百年来，这村子盛产女孩，颜值普遍高。确实奇怪。

为什么皇楼村集中而连续出美人，连封建帝国的至尊都曾为之倾心呢？人们论证来论证去，大概是因为村后的小河。水好，人们说，怪不得女孩儿美貌。其实非常穿凿附会。皇楼村和豫东大多数村庄一样，贫瘠得一览无余，没有出名的山水，有条小河绕村而过，水流却时断时续的，丰俭由天，遇到旱灾，温饱堪忧。以前，村边多为盐碱地，种啥死啥，村人无法，遍植梨树。梨树粗糙，耐得盐碱，数十年下来，梨树粗至合抱，枝繁叶茂，成了驰名的酥梨产地。村民的生活这才略微好转。于是，人们本末倒置地说，酥梨嘛，吹弹可破，汁水丰盈，你想，常吃这样水果的女孩儿，怎么能长得不好呢？经这么一说，倒是成就了皇楼村的两张名片：美人和酥梨，二者相得益彰。

周边很大一片区域，以能娶到皇楼村的女孩为荣。毕竟，说起来，皇上的媳妇也是这儿的闺女嘛。

这众多好看的女孩中，尤以吴桐凤拔尖。

吴桐凤出生后，掐了八字，说是五行缺木，上过几年私塾的爷爷戴上花镜，翻了半天相书，不得要领，倦眼推书时，看到院中的老梧桐树。时值阳春，正花开勃勃，风吹来，满枝头铃铛状的梧桐花挤挤挨挨撞在一起，叮叮当当的，都是摇曳的朴素香气。爷爷临时起意，我孙女就叫“桐凤”了！——凤凰栖落梧桐的典故太豪华，且不说它。小户人家的女儿，叫个桐凤，确实拗嘴，可爷爷更拗，逢不解的人便说，真是没文化，拆开说，这名字里有木，有花开，有生机，好养活。

只好大名叫吴桐凤了。不过家人都叫她小凤。只有他，眉目含笑，叫她，丫头。丫头丫头傻丫头呀，她的心就化了，追着要打他，却跑呀跑呀，怎么也追不上他，吴桐凤就急了，这才注意到路也不平，深一脚浅一脚的，他也不回头，弥漫的雾气中，他的样子影影绰绰的，吴桐凤不停地喊着、跑着，眼看近了，刚要拽住他衣角，问他为何不理她，听不见我喊你吗……话还没出口，他转过身来，吴桐凤才看清，他只有身子，没有头。小凤啊地尖叫一声，给吓醒了，才发觉是午睡时的一个梦。醒来了，心里就有些疼，脸上也惘然若失。母亲隔着门喊她几遍，她才出来。

刚一露面就被母亲劈头盖脸数落了一顿：“怎么越大越没规矩了呢，家里来客了，连个招呼都不知道打，天天钻到屋里干啥呢，闷酱发酵啊？”母亲积怨已久，说话不免粗劣。

是她没理会金生水，母亲借机滋事呢。吴桐凤不搭茬，自顾玩手机。她这态度，母亲更气：“哎呀，看着你就头疼、上火，你还是去里屋待着去吧。”

吴桐凤倒笑了：“我让你见我了，在市里上班好好的，谁让我回来的？”

“不想跟你吵吵，消失。”这是母亲的口头禅，不耐烦中带着凌厉，对父亲、对她，懒得理论时，母亲眼皮耷下，随手一指：“消失！”母亲性子急，别人还没怎么着呢，她说着说着能把自己气得不行，“早晚得让你气死，看将来谁帮你带小孩。”

“你想得倒长远，谁告诉你我要结婚了？”

“不结婚，做姑子？二十四、虚岁二十五的人了，整天想的啥？这是乡下，上了三天班，真以为自己是城里人了，也学人家晚嫁。告诉你，这个年底就得把婚事定下来，不想养你了，养来养去还不是个白眼狼。”

“妈，你好像搞错了吧，这几年可都是我往家里拿钱的，哪月工资没交给你？我弟二十二三的人了，天天甩个手，动不动问你要钱，你也没觉得白养啊？”吴桐凤被逼得，忍不住回击，嘀咕道，“重男轻女就直说呗，到我这里装什么母爱无边，累不累呢。”

母亲怔了一下，当即擀面杖顿在案板上，发出理直气壮的铿锵之响。吴桐凤捂住耳朵，知道母亲又要开始言语轰炸：“你还有没有点良心，我重男轻女？你小时候三病五恙的，小脸蜡黄，瘦得耗子似的，一只手都能攥住，都说养不活，是谁求爷爷告奶奶带你四处看病？你贫血，严重缺水，住院一晚上隔半个小时就要喂一次水，但凡少一回，这会儿你就得和阎王爷商量着投生个啥去了。现在你长大了，妈老了，你挣几个工资拿回家就不得了了……”母亲声情并茂，情到深处，先把自己感动了，悲不自胜，要抹眼泪的样子。

这套感情牌母亲熟门熟路，桩桩件件唠叨着抚育的恩情，打着传统道德的旗帜，苦口婆心提醒她继续顺从。吴桐凤冷笑一声，偏要戳破她的煽情：“我听说的可不是这样，你为了接下来能生个儿子，正好趁我病了，打算送掉，连主家都选好了，定钱也接了，最后是我爷听说了，跟来抱走我的中间人打了一架，才阻止的……”

“你听谁说的？”母亲声色俱厉，“你要把我气死吗！给我消失，消失，消失！”

你以为我傻吗，历数一下虚实莫辨的辛苦我就会感恩戴德？记忆里从小到大你抱过我几次？还不是计划生育背景下我抢占了你生儿子的名额，潜意识里厌恶我？吴桐凤扬起嘴角，想笑，眼泪却不由得落了两颗。母亲还在发着火，灌输养育的辛酸，她的不知感恩。吴桐凤什么也听不见，像置身在一种寂静的涡流里，只母亲的嘴唇翻飞，唾沫星子丰沛。她冲出去，悄悄流泪，不是难过，她想爷爷了。

夜色中，风吹长草，祖父的坟冢似在寒风中浮动。活的人各有烦恼，死的坟更缺乏照料。吴桐凤望着被风雨剥蚀的坟头，热泪长流。吴桐凤想起小时候爷爷宠溺她的情景。夏夜，帮她扇着蒲扇驱赶蚊虫；冬天，抱起她皴裂的小脚丫放在自己干瘪的肚子上暖；有什么好吃的，都藏在墙洞里，趁他的几个孙子都不在，专门叫她来吃……吴桐凤跪下来，磕了三个头，喊一声：“爷爷，我是小凤……对不起，你应该很失望吧，我没能像你取名时期待的那样，成龙成凤，但孙女确实努力了，也只考了个二本，选择读市里的师范，因为学费少。毕业后就在市里私立学校任教，平常还带个补习班。爷爷，我能挣钱了，你却走了……”吴桐凤任眼泪被寒风吹成霜花，仍和爷爷念叨着。

爷爷，你要是想给我说什么话，就下雪吧。她在心里默念，爷爷，我有喜欢的人了，他很高，也帅气，笑起来让人觉得天都是晴朗的，可他家庭条件不太好，就是附近堤湾村的……我妈却要我嫁金生水……爷爷，你说我该怎么办……

爷爷，你知道吗，小时候，每到年关，我最盼望的就是下雪了，因为，下雪时，你在大衣底下拥着我，去麦地里看雪，还给我熬冰糖葫芦，陪我打雪仗，堆雪人，我笑得好开心……

爷爷，今年我们玩个游戏好不好，年前只要下一场雪，我就当是你告诉我，要跟随自己的心意，嫁人也好，选择独身也好，都按自己的意愿去生活，就像雪花一样，自由洁白，在属于自己的天空里飞舞……可是，爷爷，阴天这么久了，怎么就一片雪都不下呢？

3

“峻星，上来，咱爷俩把这段墙垒了。”老百顺在脚手架上喊底下的他。叫李峻星的眉眼炯炯的小伙子答应着，拎着泥灰桶上到脚手架。

“慢点干，慢点干，慢工出细活嘛。”爱偷懒的合营也凑过头来，其实是因为看队长这一会不在，可以放松一会，“峻星，来，点一根，解乏。”合营顺手摸出老百顺上衣兜里的好烟，先叼上一根，再借花献佛给李峻星。

李峻星笑着摆摆手。上个月，父亲去集市上卖白菜，装得多了点，车子也破，路上打滑，连人带车摔到路边沟里了，伤了腰。平常父亲在外面做泥瓦工，母亲守着家，也闲不住，两亩地白菜萝卜，都长得饱满，过年总能换回一笔钱。两个儿子，都到了成家的年龄，做父母的，勤扒苦做，不敢懈怠。可今年，一家都愁着脸，母亲瞅着一院子的萝卜白菜，再加上心疼父亲，也着急上火，胃病复发。李峻星赶回来，带父亲去医院，给母亲熬药，安慰成绩不太理想在高考和打工之间摇摆不定的弟弟，处理白菜萝卜，操办过年，人情礼节也只好由他这个长子代父亲出面。

邻家老户，在村口为儿子建新房。本来，建房该等到春天，天气回暖，干活也能伸开手脚，可是呢，年关是乡下男女相亲的集中期，老户家儿子和某位女孩基本达成意向，过几天女方要来验证允诺的临街三层小楼是否属实，再做进一步考虑。老户急着赶工期，酒菜管饱，工资出得比平常高，再说李峻星上学时有几次学费不趁手，老户都慷慨地借了钱，虽然也收利息，可到底是份情意，于情于理，他都得来帮忙。

干着活，东拉西扯中合营伸手向公路上打招呼："咦，你看，那不是金老板吗，金老板今儿咋自己开车送楼板，底下人呢，也没个人护驾呀。"

金生水笑骂一句，将货车靠路边停下，来到工地，撕开烟，一人一根，高低也都是做这一行的，经常碰面。"何奇志这狗日的骑摩托车碰着了，闲着没事，替他跑跑腿，给皇楼村西头送的，晚上正好顺路在老吴家喝点，哥几个要有空也去热闹热闹。"

"哦，我说呢金老板，敢情是去老丈人家，那这事不能耽误，得亲自去。"

金生水又扔给合营一支烟："扯淡我看你最在行，也看着点儿，别把墙垒歪了。"

"嘻，你问他垒歪的还少吗？"工友小涛插话，"金老板，啥时候喝你的喜酒啊？"

金生水陡然笑出一脸春色："不急不急，兄弟，少不了你的。"又依次敷衍了几句，"那行，哥几个先忙着，回见。"

金生水掸掸衣服，看一眼正在搬砖的李峻星，错错嘴唇，似笑非笑的，开车走了。照例把关于他的话题留在身后。

"这狗日的混的，叫一个得意呀。啧啧，老吴这叫什么，一把撞上狗屎运了。"合营不免羡慕嫉妒，酸酸的口气，"老吴那个小女儿，叫什么来着，小凤？对，小凤，听说长得那个俊呀，你看你，我跟人家峻星说话，你瞎反应激动个啥，哈哈……"合营笑闹着用石子掷了一下还是光棍的小涛。

小涛不甘示弱："还不是因为想嫂子了。"

合营又说："峻星，听说上学时小凤和你有那啥来，真的假的，看不出来啊，你小子艳福还真不浅哪！来，过来说说，都干到了哪个程度……”

老百顺看着窘迫的李峻星，忙阻止道：“队长来了，干活，赶快干活。”

干着活，李峻星的思绪飞散。也奇怪，不善言谈的他却总是能轻轻几句话就把她惹哭或惹笑，一串笑撞弯了吴桐凤的腰，或者，转眼间眼睛就下雨了，他再把她哄好。当然，后者很少发生。

那时头顶阳光灿烂，心情也正蓝，有那么几次，她和他一起因迟到在廊下被老师罚站，听着教室里以及隔壁教室的起哄，他会很窘，吴桐凤倒淡然。吴桐凤常想，那河沿两边寂静又热烈开放的桐花，是不是也有他们洒落的笑声惊醒的几朵呢？

河水虽然流得仔细、缓慢，可一转眼，就已不止十年。他们在同一所学校读完小学、初中、高中，大学又在同一座城市，几乎所有熟识的同学都以为他们会在一起，可只有他们知道，他们的关系，仍然若即若离。毕业后，李峻星工作并不顺利，市场上最不缺这种学历一般却急于求成的年轻人，他也想踏实找份工作，可身后四处漏风的家庭、急遽衰老的父母、不确定的未来、不敢承诺的恋情，每一项都像恶狗，追着围剿他。李峻星年纪轻轻，却时常感到心力交瘁。和朋友在市里合伙开了个办公耗材店，也不景气，最近父母建议他，别瞎折腾了，好好准备明年的公务员考试。

李峻星想，真是一晃眼啊，就到了谈婚论嫁的年龄。彼时沉默寡言的单薄少年，已经长成身高肩宽结实的男子汉；而吴桐凤的美好，也是愈来愈鲜艳，惹人垂涎。

到了年底，四邻八村婚丧嫁娶都密集。这天，吴桐凤也随人看邻家瘦弱的妹妹伴着古老的婚曲，在吹吹打打的唢呐声中，最后被一袭婚纱裹走了。

最后一项，是乡土风俗里流传的哭嫁。吴桐凤看着邻家妹妹哭得真真假假，被新郎笑嘻嘻地抱上了婚车。

吴桐凤仰起脸，望着冬日院中光秃秃的梧桐树，风吹过梢头，有梧桐果掉落。她捡起一颗，放在手心，久久看着，那小铃铛一样枯萎的梧桐果，似乎在喊着什么……她想，自己嫁人那天，会哭吗？还有，抱她上车的那个人，会是他吗？

4

夜里，北风吹过窗棂，发出呜呜的旋声；屋内，灯火通明，春意蓬勃，何奇志和金生水坐对一盆羊肉火锅，喝得醉眼迷离。

何奇志看金生水兴致高昂，勾着他肩膀，他是想从金生水这里攀上点关系，看能否也去省城他承建的工地上分一杯羹。何奇志不由得感慨，金生水这样一个夯货，连个初中都没读完，仰仗叔叔，十来年间，竟然干出一番事业，承建了几处有名的楼盘和物业。除了嘴皮子能说会道，何奇志也不得不承认，金生水做人做事还是有一套的。不说别的，他骑摩托碰了腿，随口说了声，金生水便不辞辛苦地开着四轮货车满村帮他送建材，出手也大方；见了何奇志的老娘，红包就封了三千六。何奇志想，金生水能成事，看来也不光是靠关系，或者说，给了关系和平台，还得有能力玩得转。

两人青梅煮酒似的，借着酒意，历数当初的同学，发现乡村出产的学生，要么学习实在好，考上了像样的大学，但也要面对在都市买房结婚生子的压力；要么像他俩早早工作摸爬滚打，有点头脑，熟谙社会明暗规则，上下钻营，才能混得事业小成；其余的，学业中等，灵活的，考公成功，尚能在体制内安享工作，不然，只好散落在各大城市做一份雇佣工。这么一对比，二人不免有些得意，乘兴再饮几杯，金生水点根烟，不知想到什么，凭空感慨一句："不容易啊，都不容易。"

何奇志给他个少装蒜的眼神，嬉皮笑脸地探问："你那里要有什么合适的项目，也分给我喝点汤呗。"

金生水先不搭理这茬，现在工程也不是好做的，可他不能说，只拍着何奇志的左肩，带着醺意的右脸靠过去，再拍黄瓜似的狠拍几下，大着舌头说："何奇志啊何奇志，同学里最不要脸最大胆的，就数你了，大钱小钱你一个也不放过。哥们，再喝一个，你承不承认？"

何奇志笑眯眯的，一边倒酒，一边把住金生水东倒西歪的身子，心想就你那德行也配给我放这些闲屁，但仍奉上酒杯，随便调侃一句："俺哥，要不你还喝羊奶去吧。"

此事有典。以前乡下中学，教师水平参差不齐，刚一开始要学英语，老师都念不成句，就别说学生了，学一句个个都是用汉字注在下面。这天，英语老师叫起在后面正说得眉飞色舞的金生水，让他念念课文。第一句，"What's your name?"，他吭哧瘪肚，半天没憋出来，旁边何奇志不知有意还是无意告诉给他标记的汉字发音，也不知是怎么听的，他还特得意地器宇轩昂大声念出："我吃羊奶不？"爆笑之后，遂成经典。

金生水哈哈大笑，酒水洒了何奇志一身："哎呀，不喝羊奶了，马上要喝俺家小凤的那啥了。"

何奇志再满斟一杯，转着相书上说主淫亵的黄中带白的眼："万一哪天玩腻了，别忘了也让兄弟分享点露水，当年想着她的可不止你一个哪。”

金生水顿顿酒杯：“给你？想得美！这可是哥哥的自留地，见了面你得叫嫂子。”

“不会吧我的哥，没喝醉吧？你要说玩玩我信，还真打算结婚啊，这大好年华要都浪费在一个女人身上，那多可惜，真准备定日子了不成？”

金生水咂巴着嘴，缓缓吐着烟圈，江山美人势在必得的样子：“老太太就我这么一个儿子，老催着抱孙子，不管咋说，明年我得让她抱上不是。”咬着烟蒂，“她爹娘我早出手摆平了，就是她老是拉着一副死脸子，啧啧。”

何奇志啜口酒：“不会是李峻星这小子还和她藕断丝连吧？”

金生水听着，坐起来：“你不说我倒忘了这茬子事了，我说怎么了呢，这样一说就对了，”喝口酒，“嗯，你别说，有可能。”金生水想起前两天在村口工地上见到李峻星时，李峻星刻意回避转身撅着屁股搬砖的情景。

“要不兄弟找人给你摆平，保证不留后遗症。”何奇志顿杯，一扬头，做个凌厉的手势。

金生水鼻子里“哼”的一声，猛喝一杯：“这点事，用不着，二十八万八的彩礼她娘都收下了，市里的房子车子都准备好了，嗨，到这一步了，事儿哪还由她？”

何奇志叫道：“光彩礼，二十八万八？”差点喷出嘴里的酒水，并拇指食指翻来覆去大大地比画了几下，“你也真舍得啊，这钱你说我得让手底下的妹妹们加班加点多长时间才能挣到哪。”何奇志在县城还和朋友合伙开着一家“沐足城”。

“嘿，兄弟那是你没见识，我给你说，就一个字，值！比上学的时候还正点哪。”

说得何奇志也眼放绿光，做了一个猥亵的动作，两人勾肩搭背，哈哈大笑。

羊肉分食完毕，酒喝完，又下了一把面，吃到残山剩水，何奇志顺承着说：“这样，哥，吃饱喝足了，冬夜漫漫哪，这不，小弟店里新来了几个鲜货，水嫩嫩啊，没敢用，等着你来检阅呢，怎么样，走吧。”

“我这快结婚当爹的人了，哪能老跟你们这帮单身汉一起混。”

“得了吧哥，趁没结婚还不赶快争分夺秒快活几天，到时候你能不能拿住吴桐凤还是另一说呢。”

金生水猛转头，急赤白脸：“你说我拿不下她，我拿趴下她！到时候才让你们见识见识，什么叫真正的家里红旗不倒，外面彩旗飘飘，”伴以手势，“走，验验你那些小娘们儿，”一副得了便宜还卖乖的姿势，“说好了，哥这可是最后一次。”

朋友在前面开车，他们在后座说笑。何奇志还不忘出谋献策：“他现在就在老户新房工地上帮忙，我回头要帮他们上楼板，找个机会……”他们俩自然都明白这个“他”是指谁。

金生水收住轻薄笑色，说一句：“没有必要弄到那一步吧？”他打个响指，“回头再看嘛。”

5

到他来时，雪湖一中已埋入风中。李峻星走在空荡的校园里，松柏常青，巨大的杨树似乎在时光里禅定，只教学楼愈显破败，操场上的设施也摇摇欲坠的样子。但雪湖一中曾有过荣光，这所县域内带有高中部，唯一校址不在城里的中学，承接了万千农家子弟的梦想。因为它低廉的学费、刻苦的学风，数十年来，从这里走出去少部分的教授、学者、官员，更多的则是基层教育工作者、政府职员、单位办事员，它是连接城乡的一座桥梁。可到现在，师专早就停办了，高中部各年级都仅一个班，初中部从初一到初三，班级数由四到三到二递减，并不大的教学楼，教室大多是空的。

毕业后李峻星再没来过校园。他觉得没脸。混得既没有权，也没有钱，甚至专业上也没弄出啥名堂。最重要的是，在器重他的侯老师连年的举例下，他已然成为这个学校的小规模传奇。传奇，混得不如意，李峻星苦笑一声，真是个蹩脚的笑话。

可是，他的侯老师就要死了。

李峻星不能不来看望他。

侯老师孑身一人，住在教工宿舍靠角落的区域。还没进屋，望着檐下废置的暗红色煤炉，李峻星的眼泪就下来了。侯老师偏爱他，多少个冬日夜晚，下了晚自习，他还要来侯老师屋里，围着炉子，有时温习功课，有时就是想和侯老师聊一会儿。侯老师那时五十多岁，许是独身，生活粗糙，再加上不合时宜的孤傲，已显老态。他们爷俩对坐，侯老师多是抱着闲书，和李峻星有一搭没一搭地聊几句。有时饿了，就在煤炉上煮把挂面，清汤寡水的，放几棵青菜，卧个鸡蛋，盛到碗里，洒几滴香油，两人竟也能呼噜呼噜吃得有滋有味。

侯老师是孝子。按说，高考恢复后不久考入师大的高才生，肚子里有货，文史知识渊博，最不济也混得个一官半职，可侯老师至死也不过是个中学教师。一是他腿跛，一是要照顾老娘。老爹去世得早，老娘养他不易。侯老师写得一手好文章，临分配时，地方上政策研究室要他，他展示了自己小儿麻痹后遗症的腿脚："形象不好，给政府抹黑，就不去了。"来雪湖一中任教，还能照顾老娘。

侯老师有些地方很开放，比如上课，他不备课，也不按考点照本宣科，洋洋洒洒地将有关无关的知识勾连起来。所有的知识点都化在腹内，任何一个节点抽出，都能挥洒自如，时不时地来个小幽默刺激底下倦怠的耳朵，单口相声翻包袱似的，就算最不爱语文的学生，也愿意乐呵呵地听下去。可有些地方他又很迂，老娘急着要他娶妻成家，甚至以死相逼。侯老师不敢忤逆，仓促间听凭媒人介绍了个离异的农村妇女。其实，侯老师虽然跛脚，可到底是高级教师，在整个区域内都称得上教学名师，找个更年轻的女人，也是可能的。侯老师没有。师娘泼辣，理所当然地当了家，常指使侯老师做这做那，但也将侯老师母子俩照顾得还算不错。五年过去，母亲去世，人们才知侯老师根本就没和女人同房。埋葬完母亲，侯老师将工资都给她，说一句："再找一家吧。"女人就伤了心，五年啊，就是块石头也焐热了，却暖不了一颗心。女人接过钱，忽然理直气壮，火冒三丈："死瘸子，你到底还是嫌弃我！你瘸个狗腿，除了吃个粉笔灰，啥也不会，凭什么嫌弃我啊？"侯老师哭笑不得。俩人想岔了。他原就没打算结婚，不过是为顺承母亲，同时堵住众口议论，才权且结的，现在，母亲死了，再这么耽误人家，不道德。女人这样一骂，侯老师倒觉得之前轻视她了，可也没法挽留，因为女人很快就嫁给粮种站的老贺。老贺丧妻不久，和侯老师宿舍对过的马老师是朋友，常来找马老师喝酒，应该和女人不止一次见过。原来女人早物色好退路了。侯老师一笑，再次觉得轻视她了。

李峻星结识侯老师时，他正恢复单身不久，也是他人生比较自在的时候。那晚，吃了挂面，因是周末，李峻星不急着走，他想在宿舍里睡一觉，该起红薯了，明天一早回家，不耽误干农活。侯老师忽而从泛黄的大部头后面探出近视镜："峻星，你那篇写雪的作文，我看了，"他竖竖大拇指，笑了，"我寄给省里的《中学生阅读》杂志了，他们很快就回复说会发表。"侯老师又笑，"不过，发不发表并不重要，重要的是，你怎么写这么好，有些比喻，真是，我绝想不到呀。"侯老师讲课时，也笑，不过那笑就像是单口高手掌控着节奏，和台下礼节性互动；对李峻星的笑，却持久且饱满。侯老师脸形瘦长，面颊无肉，更显得这笑浓墨重彩，从近视镜上方探出的眼神，慈祥里透着温柔，甚至，有点引为知己的味道。李峻星心头一动，难以承受，慌忙回应地笑："还是仓促了，没写好。"侯老师不知为何，轻轻叹息："我这些年，培养的学生里，出过局长，出过老板，出过去美国的访问学者，出过不少混混，但就没出过一个作家。"侯老师又说，"挣钱的，做官的，混社会的，三教九流，说起来，都不稀奇，我们这块地方，多少年，没出一个写好文章的了。"李峻星一股热意立时冲到眼底。他懂，他全都懂。

侯老师又说一句："我们这片几省交界的地头，千千万万的人，千千万万的牲畜，无数的生，无数的死，都跟风似的，都跟蝼蚁似的，没人知道，也没人在意，为什么呀？"他的眼光再次越过镜框，盯住李峻星，目光炯炯，探照灯似的，"因为，没人记录下来。"侯老师很沉痛的样子，他说，"我老了，年轻时以为有这个才华，其实不行，能看出好坏，写长的就差点意思。峻星，就指你了。"

李峻星人还镇定。毕竟，只有侯老师知道，他读了多少书，他对文字有怎样的悟性，以及，他偏科有多严重。可是他那一刻不知为什么，就想哭一哭。为侯老师？为自己敏感缄默的性格？为这片土地上的命运？李峻星说不清。他自觉承受了不该有的重。

后来，李峻星被何奇志摔了那一下，没摔死，终于也做了教师，确实写了不少文字。但在当时，或许，从根子上就错了。他就不该以一个不得志的中学教师为榜样，听从他的蛊惑，立志去写什么反应广袤乡村却无人问津的文字，而是应该去读商科读计算机，去大厂做程序员做管理挣大钱，才能合上这个时代的拍子。

侯老师躺在床上，屋内冰凉。师生相见，自是感慨。侯老师的眼窝深陷，见了他，像是山下塌陷的堰塞湖放出波光。李峻星觉出自己的不可原谅，红了眼睛，喊一句："侯老师，这些年……"侯老师坐起来，笑笑，摆摆手："能来就好，没想到呢，还能来看老师……"李峻星这才注意到，屋子里乱糟糟的，久无人气。侯老师托举出那么多优秀学子，在这个忙乱的时代里，争名夺利已是自顾不暇，应该也没几人再记起枯萎在原地的中学老师。李峻星说着要去拿药，要生炉子，要削苹果……李峻星也只能做这些了，他再次感到自己的窘迫，他甚至不敢说一句"老师，我送你去医院吧"。不知要花多少钱，他不敢。他真羞愧。李峻星落下泪来。侯老师艰难地接连摆手，笑道："哭什么，傻孩子……什么都不用，你就坐着，来，靠近点，我们爷俩聊会儿。"

侯老师翻出手机，有一个图册，打开，全都是这些年李峻星在各处报刊发表的电子页面截图。侯老师笑了："我都存着呢，峻星，你好样的。”侯老师还是那样持续地笑，却笑得吃力了。李峻星一阵心酸，他真想说，老师，我们都在误入歧途，你说得很对，无数的生死，没人在意，即便记录下来，也没几个感兴趣，我们生在这里，就如带着先天的惩罚，在都市精英或伪精英折叠的视野下，我们最好是不存在的，世界只需我们源源不断地输出廉价的外卖员、公司基层职员、保姆、农产品，至于这片土地上的痛苦、眼泪、温暖，都是无意义的，不值一提。

“老师，过几年，我也三十了，我也发现自己没这个能力，以后也不打算写了。”他说，“老师，对不起。”

侯老师眯着眼：“人啊，没有几个年轻时就知道自己一辈子要干啥的，写不写不由你，这是你的宿命。”侯老师笑眯眯的，似乎在说，你尽可以赌气，看命运是否放过你。

两人撇开这些，也不聊侯老师的病情。在李峻星，是不敢聊；在侯老师，是不必聊。侯老师读了那么多书，病了也很久，临到关头，生死早已放下。只好说起现在雪湖一中的凋敝，侯老师转述一位高中部的毕业生的话说，我们学校今年的高考状元勤奋非常，现在可以上个比较好的专科，下年再努努力，甚至可以选一所地级市里的二本院校。

“后继无人，”侯老师说，“好点的老师都被省里市里挖走了，家长也没办法，只好将学生送往市里。”侯老师一声叹息，似乎在回忆学校昔日学生满园的荣光，“没办法，这是趋势。”说完，又是一叹。

末了，侯老师让他打开床头边的书柜：“留套书给你做个念想，”是那套黄色的仇兆鳌的《杜诗详注》。侯老师说：“大过年的，家里忙，别再来了，不吉利。等以后你出书了，烧给老师就行。峻星，乖孩子，我们爷俩就此别过。”

李峻星抱着五册书，闻言号啕大哭，身体震动中，从书册里悄悄掉落一张旧照片。

6

“妈，金生水都答应了，雪湖二矿，生产安全科。妈，你想，整天穿着制服拿个电棍就这样晃晃，”吴义伟示范地晃晃身子，“多神气！安全科，还是正式工，妈，你赶快再劝劝我姐啊。”吴义伟两次把“安全科”三个字念出个抑扬顿挫。

“我劝得还少吗？”母亲往灶里添了把柴，或许是柴火潮湿，母亲几乎呛出眼泪，“你没听见天天嚷着再逼她马上就回市里，天天跟我甩个脸子，我的话她哪回能听上三句？”母亲很委屈，“唉，你们两个，哪个能让我省省心呢？”

吴义伟黑着脸，咋咋呼呼的：“回市里？市里有她的家吗？她哪儿也别想给我去。死脑子，也不想想，上班能挣几个钱，搁着金老板这现成的……”

母亲捶她仅有的不成器的儿子：“祸害哟，你但凡有一点正行儿，我也不舍得你姐嫁他金生水。二十多的人了，天天就知道东溜西逛，一说你还满不在乎的样子，我哪天死了也省得再为你操心。”

吴义伟讪讪的，退出厨房，一脚将门口的水盆踢飞：“我不管，我反正不想跟着俺爹天天撅着个腚打理这几亩果园，受够了。”对那弹回的水盆又狠狠补了一脚。

吴义伟气哼哼地走出家门。出门不远，碰见他爹，也不搭理，梗着脖子走开。

老吴招呼：“义伟，该吃饭了，还上哪去？”

吴义伟头也不回："死去！"

家里。吃饭前，吴桐凤忽然说："妈，培训班还有事，过几天我想回去。"

母亲在围裙上擦手，筷子掉了，母亲说"哦"，许久，又"唉"地叹一声。母亲顿了一下，还是说了："不是我唠叨，指望着你爹，今年咱家的果子又要烂在果窖里，眼看着一年辛苦又要白搭，金生水来咱家饭都没顾上吃，就急急忙忙打电话，几句话下来，人家就给咱联系上车了，凤啊，你想想，人家图咱个啥……"

吴桐凤一听这话，脸色急转直下，把筷子狠狠丢在桌上："你说图啥？你不知道吗？有你和我爸这样的吗，不声不响也没和我商量就把人彩礼收了？"因为气愤，吴桐凤憋出两行眼泪，她的声音很大，"你俩是嫁闺女还是卖闺女，妈，你想过没？……"

做母亲的怔在那里，非但没有达到劝说的目的，反而被吴桐凤将住了，索性直接摊开来："咱家是啥样你还不知道吗？说你一句呢你就能犟上十句！我还没说你呢，金生水一来你就耷拉个脸子，你也不睁开眼看看，这方圆几十里家世背景有谁比得上金家，你还想啥……"

吴桐凤的隐忍的眼泪还是迸了出来："你开口闭口就是人家的钱势，你咋不看看他是什么货色啊，妈！"

"我看你就是被堤湾村的那穷小子下了迷魂汤，再好的人，你也看不上了，"母亲一提就气，"你说他有啥啊，房、车、钱都没有，还有个病歪歪的老娘，一个在工地做瓦工没出息的爹，你告诉我，你看上他哪儿了？闺女，劝你醒醒吧，还犟！"

"从头到脚，哪都看上了。我愿意，我就是要跟他好，你管得着吗？”吴桐凤不甘示弱，站起来，双目火力四射，和母亲旗鼓相当。

母亲干瞪眼。死女子执拗，真和那穷小子好，她还真管不了，又不能拿根绳一天到晚拴在她裤腰上。武攻敌方不为所动，母亲认清形势，只好文攻。“凤儿，妈不想和你吵，妈知道你有委屈，但你总得嫁人哪。平心说，咱上哪儿去找金生水这么好的人家，从上月提亲到现在，你也看到了，人家忙前忙后的，给咱家操办这操办那，图个啥，还不就图你一句话？这么重的彩礼都收了，这，你说，让咱怎么给人回个话？”

“又不是我收的，一直以来，我答应了吗？”吴桐凤推了一下碗，垂下眼睑，加重了口气，“好好的你就不能让我安心吃顿饭！”

“你说咱咋能不收，媒人一次次来，问你你又不搭理，每次我都说先缓缓再说，谁知道几盒馃子里装的都是钱啊。你问人家，媒人只笑，说不知道这事。都不知道这事，这钱你说咋退？”母亲喘口气，“就咱家这个样，人家不给咱拿架子，找媒人掂着礼一次又一次地跑，都是低头不见抬头见的这几张老脸，闺女你就不知道这中间的难！”再喘口气，“你非学你表姐才好，在东莞那边的玩具厂里，自己不吱声谈好了，说一声就嫁过去了，到了男方家，才知道要啥没有啥，嫁这么远，遭委屈受罪，连个诉苦的都没，做娘的在家都不知道啊……”母亲的眼角湿了，掀起围裙擦擦，“连你这不成器的弟弟，人家都给体体面面安排了工作，我看金生水这孩子对你是一片真心，依我说，咱也不能太不上道了。”

“我不上道？你光知道金生水家有钱有势，咱家有脸面，我弟有工作，可金生水吃喝嫖赌你咋不说？”吴桐凤气得颤抖。

母亲已经平静地夹菜吃饭：“世上的事，哪能占个十全？再说，结婚前，男人哪个不有点儿浮浪，你看你隔壁二叔，以前不也吃喝赌博，结了婚还不稳稳当当？小金这孩子我看也不像不听劝的样儿，结了婚，安了心，再劝劝不就好了？况且，他看你看得这样重，会不听你的？”

“那是，你们都得了好处，说得比唱得还好听。”吴桐凤起身，不想再听，“到最后和他结婚的是我，和他过日子的是我，入火坑的是我，是我……”说着说着，她彻底寒心了。

父亲搓着手，从外面进来，笨拙地相劝：“大过年的，都少说两句，别吵吵了，吃饭，先吃饭。”

吴桐凤扭头出了院子，往外走，心头如刀剜。

到了果园，吴桐凤倚靠在梨树上，抬头看着天上，瑟瑟的麻雀衔着一缕夕阳，慢慢飞远了，天就要黑下来了。晚风吹来，吴桐凤捂住胸口，心底涌起一层硬硬的凄凉。李峻星赶过来时，她已经浑身冰冷，他抱着她暖了很久，才将她焐热。

夜里，难得出了细瘦的小月亮，旁边的河水悄悄流淌着。吴桐凤把手轻覆在他紧锁的眉心：“我妈收了金生水家彩礼了，我和她吵了一架，你说怎么办，咱俩……”

李峻星随手抛出一个土块，砸动水里的月亮。许久，说一句：“也不能怪你妈。”就又不说话。

“我弟想进矿上，他那个游手好闲的死样，一听金生水矿上有人，能给他安排个清闲的工作，恨不得要我马上就嫁过去。”又说，“气死我了。”

吴义伟白长那么高的个儿，除了在家耍横，出了门，懦弱无主见，从小玩耍就是人家推搡使唤的小跟班。

李峻星并没有叹气，只平淡地说：“在我们这地方，到底是矿上有保障，也不怨你弟。”

“我爷爷那事你也知道，护林员，看了一辈子山，就因为没火葬，抚恤金年年扣着发不下来……”公职人员按规定死后必须火葬，才能领到抚恤金，但以前村人仍愿按风俗土葬。

李峻星仰面看天上瘦弱明灭的星，兀自苦笑了一下：“这下好了，都凑巧了，还不是人家的一句话。”金生水的一个伯父管着县民政局的章。

因他这句话，吴桐凤抬头看着他，举手打他，是真打。吴桐凤忽然感觉伤心了。打过了，握着他的手，吴桐凤的眼角慢慢泛起点点潮湿，摸着他静默的眉脸，委屈地喊：“峻星，峻星……

萧瑟芦苇间，夜鸟偶尔受惊于一颗流星，或者几粒零星的狗鸣。天地皆静。

“李峻星，你敢不敢带我跑？”吴桐凤眼睛里闪起小小的火苗，一闪，又一闪的。

他坐在那里，轻轻用手指梳着她的头发：“傻丫头，又不是上学时赶上课，能往哪里跑呢？”

吴桐凤眼里的火苗一点点熄灭了，颓颓地偎着他，不再说话，听他和她心跳的微微时差。

刚上初中时，李峻星还没住校，从家到镇上要沿着河岸步行三公里，经常会迟到。吴桐凤本来有爷爷买给她的漂亮自行车，可她不爱骑，她也走路，因为路上有他。常常走着走着远远地听见校园里急促的铃声，他就拉起她奔跑，有时还是会迟到。偶尔迟到太狠了，遇到严厉的老师，还会受罚，站在外面，不准进教室。吴桐凤忘不了他牵着她奔跑的感觉，慌张、芬芳，奔跑的惊喜不定和呼吸心跳近似于一场小小的冒险游戏。

“反正你不带我跑，我就自己跑，要不我就投河，就不嫁给他！”吴桐凤扑在他怀里，说气话，“你不知道他吃喝嫖赌样样不落啊李峻星……”

他知道。但是他只能抱紧她。

前年，同样冬天的夜晚，他从市里回来，给她买了一枚心形玉坠，来不及安顿彼此的牵挂，只看着他嘴角的弧形，真真切切地喊她一声丫头。他的手臂是这么结实，紧紧拥着，踏实了，她双眼忍不住就是一阵落英，但心是这样的欢喜，在他怀里，一切似乎都停止了，只剩下漫山遍野的雪花凛冽……

吴桐凤抚弄着心口的玉坠：“我想好了，峻星，过了年我就走，再也不回来。”她伏在他肩上，“除了你，这辈子我谁也不嫁。”仰起头看着他，“李峻星，你说，你会娶我吗？”

李峻星一声叹息：“我娶不起你，我家，你也知道。何况，你爸妈也不会愿意。”

吴桐凤眼神殷殷：“我不管，我要你说你会，你会……”她眼角渗出细碎的泪。

李峻星拥着她：“丫头，我会，我会的！”

吴桐凤眼神幽幽，牵起他的手，十指交扣，放在自己心口。“你不会我也不怨你，要你这心就够了。”

他唤一声：“傻丫头……”

吴桐凤含泪笑了，摸他的眼睛：“还说我，你也哭了。”吴桐凤轻轻喊他，“抱紧我。”她说，“我想好了，回到市里我们就租个房子同居，你敢不敢？”吴桐凤眼目灼灼，“我才不管他们愿意不愿意呢。”

“可是这样，传出去，对你不好……”

“我都不怕，你怕什么，”吴桐凤打断他，“他们不给我户口本，大不了我们不办证就是了，都什么年代了，只要我们相爱，就在一起，不分开。”

她想得明白，婚姻是女人的修罗场，嫁给一个不爱的男人，未来都是血泪荆棘。她要给自己开天地。

李峻星沉默着，这沉默一点点浇灭了吴桐凤眼里的火苗。到最后，他终于还是说了：“其实，侯老师和你都高看我了，”他说，“我并没有什么才华，这些天我想了很久，想了很多，打算春招考到雪湖一中，做老师。就像侯老师说的，人各自有其宿命吧。是宿命，也是那一份逃不掉的心债。在城市，我不过一介蝼蚁，在这里，或许能像侯老师托举我一样，托举一下别的孩子。”

7

“爸，我在城里头骑车撞着别人了，喂，喂，你说话啊！”

老吴回过神来，握着手机，胆战心惊：“乖儿，咋会这样，撞得严重不？”

吴义伟转眼看看沙发上的金生水，再看看何奇志。金生水面无表情地抽着烟，何奇志眼里堆积的是憋不住的笑意，摆手示意继续演下去。吴义伟一跺脚，叫：“我都给弄到交管所饿半天了，你说严重不？”

“乖儿，义伟啊你别急，爸这就坐车去城里，你说猛不防的咋会出这事，唉。”

“你来，你来顶个屁用啊！你别说了，赶快叫我姐去找金生水啊，你听见了吗？快！要快啊！”

他爹忙不迭地答应:“哎，哎，我这就打电话，这就打电话。”

“叫我姐打，赶快求人家想想法。你就甭来了，来了我看也没啥用，我得挂了，听见没，你不要来了，叫我姐去求求人家，挂了！”

至此，何奇志终于憋不住，从沙发上滑下来弯腰将憋着的笑大口倒出来:“这狗日的可以去演戏了，弄得还真像那回事。”

随即，这边金生水的手机就响了。“嘘——”，金生水抓起手机，“喂。哦，是叔啊，啥事你说——”转向这边装模作样，“何老板我先接个电话，待会咱再谈，”接着那边，“没事，看你说得，叔，不耽误，不耽误，有啥事你说。”

“呃，这个，唉……义伟这个不成器的祸害打电话说在城里撞了人了，还被扣在交管所里呢，也不知道咋样了，唉，你说这弄得，算啥事，这是……”

金生水打断:“叔，你别急，别急，我这就开车过去看看，家里也忙，你就不要来了，我就当是自己的事办，放心叔。”

“你看这，唉，我觍着个老脸，又给你添乱。”

“叔，你要这样说就见外了不是，那我这就去看看啊，不会有事的，不是还有我嘛……对了，上回给小凤买的衣裳试了吗，怎么样，合身不？”

“哎，生水你等下啊，我叫小凤给你回话，”听得那边喊，“小凤，凤，快来，生水有话跟你说。你这孩子，还愣着干啥，你弟还在交警手里呢！”

“我不管，别让我出面。我弟平常都被你俩惯成啥了，也该关他几天，让他长点记性。”吴桐凤皱皱眉头，不打算插手吴义伟的破事。可架不住父亲一个劲地央求，手机还开着，父亲扔手榴弹似的，将手机丢在吴桐凤身边就走。她想直接挂掉，可父亲打着手势，低声下气，担忧着宝贝儿子，心急如焚，百爪挠心，可怜、可悲、可气。吴桐凤哭笑不得，她再不接，父亲都要磕头作揖的架势。她真是服了。

金生水已踱进另一间屋子。稍后传出一声“喂”，仍然迟迟没有下文。如石子叩水，金生水把手机稍微偏离耳旁，斜眼看吴桐凤这一声“喂”在空气中漾开的波纹。他带着一种近乎幸灾乐祸的清冷笑色，等着吴桐凤接下来怎么说出一些取悦的词语和柔软的话，他拿着手机，静静等着。我看你这回还能对我骄傲吗？

在父亲的再三催促下，吴桐凤说话了：“我试了，衣裳都合适，我爸妈挺喜欢。”吴桐凤声音柔软了一些，“我弟的事……就麻烦你了。我爸妈说，有空来家吃顿饭。”吴桐凤放下手机，回到自己卧房，为自己向他服软，气得跺脚，简直要吼叫。

金生水收了手机，骂了一句，眉眼都笑。走到客厅，回首向何奇志：“先把吴义伟带你那店里玩几天，过不两天矿上做安全员的事就成了。”走到院子里，问吴义伟，“你这破车多少钱买的？”

吴义伟哈腰踹一脚他破破烂烂的摩托车：“买的时候就是二手，要了我两千多呢。”

“屁，两百也没人要，”金生水抄起地上的建筑钢管照车身上猛砸了几棍，“得专业点儿，好像撞了的样儿。我日，它还震得手疼！”把钢管丢给吴义伟，“你来砸，等我和你姐结婚的时候，给你弄个新的骑骑，那才架势。”

吴义伟接过钢管，忙答应：“嗯，姐夫，好嘞。”

何奇志和金生水在一边说工程合作的事，其间，瞥眼看看在那儿吭哧吭哧砸摩托车的吴义伟。“嘁，这憨货。”对金生水揶揄道，“没看出来啊，我的哥，你还真经雪的萝卜动了你那花花绿绿的心了啊，整这一出又一出的，为了个女人，搞那么复杂，至于吗？”

金生水仰头一笑，将手里烟头弹落：“你没看出来的多着呢，哥不缺女人，哥要她的心。”

8

亲人，听我给你讲个故事吧。故事的开始，是一个小男孩和他母亲相依为命。

男孩身体一直不太好，身材瘦小，长年患有肺病，可还是磕磕绊绊地长大成人，紧接着的运动，耽误了他的求学，直到恢复高考的第二年，他才以二十六岁高龄考取本省最好的师范大学中文系。那时的中文、历史、哲学等文科院系和现在不可同日而语，最聪明的脑袋在那里聚集。也就是在大学里，他遇见了她。

他们的遇见也很奇妙，带有鲜明的时代印记。他在一本书里夹了张纸条，指出作者这一段翻译是有争议的，留下了班级姓名，欢迎探讨之意。大学里，他如苦行僧一般，泡在图书馆里，将社科类和文史类的馆藏图书几乎翻了个遍。这张纸条引来了回声。没几天，有一封信投到班级信箱里，和他谈论了书中的问题，最后还留下一句：你的字，好看。他笑了。豫东写字好的人多，出了不少书家。他的老师大都有一手好字，他后来也传承了下去。他按照留下的班级姓名，也写一封，和她继续商讨问题。这是一场美妙的纸上游戏，这么近，都在同系，却还用古老的方式传情达意。两人写了一春天的信，似乎都在故意延宕节日般必然来临的见面。

他永远记得，那天校园的人工湖旁垂柳枝条的荡漾，随着将尽的夕阳，向晚的春风捧出她青春的剪影。最初的悸动和局促之后，他们坦陈心扉，谈天说地。许多心动的瞬间堆出喜欢，就像许多的花瓣堆出一次花开。更重要的是，女孩并不在乎他的跛脚。

可很快现实就来了。他服从分配，回到原籍，女孩是城里的，家里自然不同意。

侯老师说："这世间最难的就是遇到个聊得来的人哪，"又说，"遇到一个人，比夏天遇到一片雪，难多了。"又说，"花在哪里开着最好呢，首先在春天里，其次在回忆里。"

侯老师自始至终没剖白心迹。他觉得他有他的道路，女孩也该有她的人生。

李峻星在侯老师灵前讲完这个故事。他拿出那张书中掉落的照片给吴桐凤看，照片上女孩盈盈含笑，泛黄的纸张也掩不住她眸子里的明亮。

侯老师大约是腊月二十夜里死的，死时天色阴沉，身边阒无一人。他的灵堂设在教师宿舍，守灵的除了一个本家侄子，就只有李峻星和吴桐凤。侯老师床头柜上整齐地放着五千块钱，是他为自己葬礼预留的花费。本家侄子翻了一圈，确实没额外留下啥钱，一屋子书也不值钱。当得知叔叔生前的退休金不舍得买药却资助了几个贫困生，侄子扒拉了下书架上的杂物，冷笑道："还有这样的傻子。"对葬礼更懈怠了。屋子也没打扫，一股子积年的霉味。侄子将侯老师草草火化，潦草地摆了个灵堂，打算等学校吊唁过拿了抚恤金隔天就埋了。侄子刷着手机短视频，那种乡土风格的搞笑系列，音量外放，脸上绽出愚蠢而快乐的笑色，看到会心处，喉咙里发出嘎嘎响动。有相熟的老师校工来吊唁，他也不管，见到领导模样的，就催问抚恤金的事。李峻星实在看不下去，让他一边去玩手机，他来守灵。

望着灵堂前侯老师笑吟吟的黑白照片，他想，现在侯老师终于能健步如飞，追上他喜欢的女孩，和母亲在天堂团圆了吧。夜里的寒气肆虐，拥着的还是那个旧火炉，可再也没有先师围炉夜话了。想起侯老师的一生，再面对此时凄清的灵堂，李峻星悲从中来，出于愤慨，用手机在自己的公众号上敲出一篇文字:《他死了，你们在哪儿？》

“你们”指的是侯老师历年照顾过的学生们。他为教育奉献了一辈子，苦心孤诣，心意殷殷，现在，他已经孤零零地死了，你们，如果心意尚存，离得近的，为何不能最后来为他送行一下呢？

写完，李峻星随手转到几个还没删掉的同学群里。大过年的，并没几人回应，大多数人，估计都已忘了侯老师的音容。连平常爱在群里发各种鸡汤文广告链接领券砍价的那几人，都装作没看到。到底有个女生提一句，侯老师，走路一瘸一拐的那位。人们才依稀记起，哦，瘸子，想起来了……瘸子上课上到精彩处，一只好腿围着坏腿画圈，伴着手势，步幅那样大，他却进退自如，神采飞扬的样子。

李峻星垂下手，跪坐在蒲团上。灵前的白烛摇曳，映衬得侯老师照片上的笑意明明灭灭的，李峻星起身拢住蜡芯，那小小火苗似是寒夜里侯老师留给他的“道”，他守护好，并让自己续上，接着燃烧。

文章发出去不久，吴桐凤先来了，上了香，鞠了躬，坐在炉火边聊天，听李峻星讲述侯老师的故事，感慨唏嘘一番。帮着整理侯老师的遗物，吴桐凤发现葬礼上待烧的都是些破衣烂衫，天这么冷，侯老师的毛衣上尽是破洞。“等我去街上超市给侯老师买套保暖衣，至少让他走得暖和点。”

吴桐凤离开不久，有摩托车轰鸣着过来，进了屋，竟是何奇志。应该喝了酒的，来了也不上香，也不鞠躬，拔出支烟，凑在蜡烛上点燃，喷出一口，似在问照片：“嘿，老头，死啦？”抽了几口烟，才从兜里掏出一沓子钱，拍在供桌上：“你最反感的两个学生，给你随点礼，拿好喽。”却指戳着冲李峻星说，“当年他好找碴，常拿金生水和我树典型，骂我俩不好好学，将来屎都吃不上热乎的。”何奇志呵呵笑了。他俩在教室里逗弄女生，课堂说话起哄，侯老师也是气极。

对何奇志金生水这些人，李峻星情绪来得复杂，说恨也不至于，多是厌恶。可有时自相对比，厌恶得也力不从心，在别人看来，还以为是嫉妒呢。李峻星得承认，不管他们攀附权势也好，还是及早深谙社会运行之道，总之凭着本事，和时代合谋，挣下了点钱。

“哥们儿比你大两届，都被瘸子教过，说起来，我还算你师兄呢。”何奇志大剌剌坐在屋里唯一的藤条椅上，那是侯老师晚上蜷起脚看书坐的。“师兄今儿来主要找你商量个小事，放心，不难为，你能办到的，”他说，“你和吴桐凤到底是什么关系？”

从他进来，李峻星就忍他已久。“关你什么事？”

何奇志不以为忤，龇着大牙，继续猥琐逼问：“睡了吧？小凤这妞身上白吧？真便宜你小子了，老金光彩礼小三十万扔进去了，手都没摸到一下，你小子……”

“滚！”

“你瞧，还他妈急眼了，”何奇志不动，“开玩笑开玩笑，说正事说正事，不管你睡没睡，都不和你计较，往后，离她远点就行了。”

“凭什么听你的？”

“你看吧，书读多了就这点不好，凡事爱分个理儿，可世上的事哪那么多‘凭什么’呢？”何奇志续上支烟，“要说凭什么，你说呢，凭你穷呗。既然你娶不起，这么一件可人的紧俏货，你总不能老霸着吧？”

“她跟谁好是她的自由，你们管不着！”

“嘿，那是，我们管不了她，还管不了你吗？”

两人正怒目相向，剑拔弩张，吴桐凤抱着一套被子和羽绒服保暖衣进来。

“哈，你俩弄的哪一出，被窝都带来了，是要睡这灵前吗？挺会玩啊。”他起身，临了，戳着李峻星，“记得哥交代给你的话哦，是为你好。”走过侯老师的灵位，何奇志啐了一口，邪魅一笑，“知道你们的侯老师为啥一辈子不找女人吗，说得道貌岸然，一心扑在教育事业上奉献终身，其实呢，腿瘸也不单是小儿麻痹症，据说小时候在生产队被驴踢了，不只踢到腿，还踢到裆部那里……”

“你闭嘴，滚！”李峻星将桌上的钱掷向何奇志，还要气咻咻地冲上去理论，吴桐凤拉住他：“跟个喝醉的狗计较什么呢！”

翌日，还是有几个学生闻讯赶来为侯老师送行。李峻星觉得心有安慰。可本家侄子连个葬礼答谢宴席都没准备，李峻星只好自作主张，搬来半扇羊，在炉上炖了一锅羊汤，街上买了百十个馒头，让大家热热乎乎吃饱。羊汤煮好，李峻星盛出第一碗，放在侯老师灵前。想起以前他们爷俩冬天偶尔改善伙食，也是这样，买点带骨羊肉，也不会其他做法，只是洗净，放点葱姜，丢到锅里炖着。这雪湖边出产的羔羊，清炖足以汤浓肉香。两人聊天，聊到肉香四溢，爷俩揭开锅盖埋头吃上一气，吃完抹抹嘴，相视一笑，再继续闲聊，觉得肉消化差不多了，趁着热汤，下点挂面，又能吃得有滋有味……一幕一幕，似乎俱在眼前，李峻星双眼模糊，心里念着："老师，这是你最后一次请我们吃饭了……"

饭后，大家捧着骨灰盒，将侯老师送回家乡。

天色仍然阴沉，像是堵住了，雪仍没落下。因为父亲没入祖坟，侯老师的母亲只能埋在祖坟边缘。亲族子侄潦草掘个坑，将侯老师安放在母亲坟边。

众人都走了，李峻星和吴桐凤还立在晚风中。

简陋的墓碑上孤零零地镌着：

先师侯振声之墓

学生李峻星吴桐凤等泣立

9

临过年还有六天。老户按捺不住了。老户给儿子相下的这家女孩，高挑漂亮，在乡下婚姻市场上更为抢手。新房即将建好，老户力邀准亲家一众前来指导，势必要把这门婚事尽快落实。

女方家一帮男丁装腔拿大，终于被车接来了。老户从县城请来厨子做家宴，好酒好菜，还要有头脸的人来陪着，找谁呢？何奇志供应工地的建材，下午要开吊车上楼板，算一个；本村大队书记算一个；他自己算一个；还得有个压轴的，巧了，金生水正好有空。老户笑了，完美了。

女方家一行人就在工地前面的空地上，对着莽山，搭上彩棚，炉火熊熊，冷天里暖融融的，还可以看个景，挺好。不多时酒菜上来，金生水这人经不得捧，老户不停地抬他，几句“拜托了”，他便起兴，使出浑身解数，将女方男众喷嗑喷得眉开眼笑，老户拍拍他肩膀，很感激了。

安顿好女方亲众，老户才去工地上招呼：“爷们儿辛苦啦，下来吃饭了，有酒有肉，吃饱了再干啊。”

“好嘞，这么快晌午了，走，下去吃了饭再干。”合营最先响应。

一众村人干到晌午，虽说有工钱，年关寒天，也觉得颇为居功，人们于是应声从脚手架上下来洗手洗脸，理所应当地接过老户的好烟，坐下来吃饭。

再有一层楼板就封顶了，老户急着贴瓷砖，粉刷下墙，不能耽误开春定亲。新屋即将落成，这一顿饭格外隆重。

陪准亲家们喝了几杯，东西闲话了一会，老户拎着酒，挨个敬了一圈：“爷们儿，下午上楼板，还得辛苦各位。”说完，一饮而尽。

这边金生水、何奇志、大队书记三番车轮战，战况惨烈而蓬勃，女方亲属一个个喝得摇曳生姿，喝到后来，双边一致达成协议：老户儿子和女方的这门亲事纯属天造地设，男方放心好了，女方再不接受任何相亲，就等新屋建成，赶快下彩礼订婚期。

既然喝到这个份儿上，老户就缓了口气，这才觉出这么些天工地操劳的疲惫，和养个儿子婚娶花钱如流水的疼意。金生水他们放缓了进攻节奏，抽着烟，啜着茶，勾肩搭背，杯盘狼藉，宾主尽欢。趁着场合，工友们大都来主桌敬酒：“金老板、何老板、书记，您随意，我干了。”三个巨头的敬酒顺序根据自个依附的强弱关系来排。

工友们敬了酒，金生水和何奇志也得回敬。到了合营这桌，还没喝呢，嬉笑的合营先举杯和金生水碰了：“金老板我就随意了，你干吧。”金生水踢他一脚，发他支烟，笑呵呵地说：“玩儿去，谁要和你喝了。”转到李峻星跟前，“大才子，来，兄弟敬你一个。”

李峻星本来不过是帮忙干活，只顾埋头吃菜，不理会他们酒场的喧嚷。金生水酒杯举过来，他没立即起身，延宕了片刻，这就尴尬了。金生水笑笑，对桌上其他人说：“大才子不屑于和我这粗人喝嘛，”等众人声讨的目光聚焦到李峻星身上，金生水才说，“我先干了。”在旁人看来，李峻星再不喝，就有点给脸不要脸了。合营给他满上，怂恿他喝。李峻星讪讪笑笑，他不是想僵局，他是真不能喝酒，没酒量不说，喝一杯就脸红气粗。然而，金生水一笑而过，接着说：“李峻星，听说你现在失业在家，过了年去我那干吧？”

李峻星不吭。

“老同学，我那儿就缺个人给我领领，过了年就来吧，亏不了你，只会比你在外面挣得多。”

合营帮衬：“那是，金老板一向在工资上，仁义！”倒酒，“李峻星，说什么，你得喝一个！”

“合营哥，好，别倒了，你知道我不能喝。”再不喝，都要引发众怒了。盛情难却，还是喝了一满杯。李峻星有些反胃。

可金生水又倒了一满杯，仰脖干了，众人也只好随上。金生水还没落杯，何奇志拎着酒瓶，发起新一轮。众人都觉得有脸，两个老板都来敬酒。说了场面话，到李峻星这儿，何奇志说一句："前几天，侯老师葬礼那天有事耽搁了，也没能去成。对不住哈，我干三杯，赔个罪。"这话说得冠冕堂皇，李峻星真想把酒杯摔在地上。可何奇志咚咚咚三杯下去，众人起哄架秧子，拉扯着李峻星，合营不停倒酒，他也只好随着喝了三下。当时头就嗡嗡的。

金生水接完电话，招呼一声："哥几个慢慢吃着，有点事儿，一会再过来陪你们吹牛。"

"嘿嘿，还有事？皇楼村老丈人叫你去他家，直说就是了。"合营快嘴笑谑点破，"吴桐凤在家备着好酒，等着你馒头夹肉。"一通浪笑。

金生水附和一笑，看了一眼李峻星，随即敷衍一圈，乘着酒兴，顺路向东。

"生水来啦，快屋里坐，刚说做好饭让小凤喊你呢，谁知你在那边要陪客。"老吴一见金生水，忙起身招呼，泡茶。老婆也从厨房出来，寒暄一会，使个眼色，说："小凤在里屋，先去和她说说话吧，姨去做个酸辣汤，给你醒酒。"

金生水进了里屋。

吴桐凤停下手中绣着的十字绣枕巾，倒了杯茶，放在几上，神情不温不火，仍坐回床上，绣她的祥云鸳鸯。

"昨儿我见吴义伟……哦，咱兄弟，"金生水找话说，"咱弟说刚在矿上办了入职手续，看样子还不错，上下我都嘱咐了，都挺照顾他。"

吴桐凤深入浅出一针："嗯。"

可金生水不觉尴尬："我觉得你这身衣裳有点素了，年节下，"见吴桐凤抬头冷冷看他一眼，忙改口，"素了也好看，好看。"兀自咧嘴补上一笑。

吴桐凤不说话。金生水支棱着头，直勾勾地看她。他坐在那儿，叉开腿，挥着手，她想出去，得绕过他。他就堵在那儿，挑衅似的，大包大揽地看她。他的目光像四飞的苍蝇，集中嗡嗡在她胸腹臀部等紧要部位。她却无可遁逃。

吴桐凤实在受不了，绝望地隔着窗户，喊："妈，午饭还没好吗？"

母亲在外面自作主张地响亮应声："这就好啦，再等会儿。"

金生水眯着眼，笑了，喝一口茶，还看吴桐凤，并且走近："我看绣的啥？"说是看，眼也不在十字绣上，却顺势握住吴桐凤的手，挨近她脸，酒气扑面，"嗯，好看。"再挨近一点，"鸳鸯成双，挺好，结婚时咱枕。"说着就要上嘴亲吻。

吴桐凤奋力推他，边躲边闪，却躲不开、闪不迭，强撑着想千万不能倒在床上，在屋里还不能喊骂。太丢人了。万幸的是僵持中金生水的手机响了，他按灭，红着酒醉的眼，还想再看，但枕巾已被吴桐凤护在怀里，情急中拿针扎他手心，却还是被他劈手夺过来："眼看就是一家人了，还这么狠心！"金生水居高临下望着举着针满面怒色的吴桐凤，并轻佻地吮吸自己手心的血珠。她去拿压在枕头下的剪刀，这一段不知心里感应着什么，吴桐凤总把剪刀压在枕角，才觉得安心。剪刀握在手里，她心跳不那么厉害了，踏实了。

望着吴桐凤握刀而立的坚决样子，金生水呵呵冷笑，瞥眼看清两方枕巾，鸳鸯戏水，伴以祥云，名字虽绣得很小、很隐蔽，但已针脚分明，一方"吴桐凤"，一方"李峻星"。

忽然间极静。

金生水并没有发怒。拿着枕巾在吴桐凤脸前抖动着晃了一遍，又晃了一遍，咬牙，鼻子间出一口气，笑，说：“好，”掷在吴桐凤脸上，大步回走，“我让你还想着他！”

到院子里，对着满面堆笑迎过来的吴桐凤爹妈分明放出一句话：“叔，姨，您最后再问问小凤到底嫁还是不嫁！”扭头走了。

工地上，老户和准亲家一伙人吃饱喝足，喝着热茶，喷着嗑，围着炉火，看小楼封顶。大家有意听金生水喷嗑，他却坐在那儿，样子闷闷不乐，只顾闷头抽烟。何奇志看出端倪，拍拍金生水肩膀：“多大个事儿，瞧着，我来帮你逗他一下。”他打个呼哨，摁灭烟蒂，上了吊车操作。

楼板在地上两头被钩着，然后被起吊机徐徐吊起，升高，起吊杆摆过去，楼顶上有人招呼住，悬空把楼板放在既定的位置，落下，松掉钩子，接着下一块。让合营上去接应，合营说：“这我不行，太高，头晕。”装作真晕的样子，恨得队长笑着踢他。队长在楼顶一旁摆手指挥起落，老百顺和李峻星在上面一边一个接应。

楼板被吊着悬空，稳如一叶，无非是拨动着一块挨着一块地合上缝隙。何奇志把机器循例开得很耐心、很稳，不急不慢，把地上的楼板一块一块转移到楼顶。

一间屋九块板，三间都封顶了，最后一间也就差几块了。李峻星瞅了一眼地上仅剩的几块楼板，松了一口气，想着完事了再下去得喝点水。午餐上酒喝得猛了，现在口渴，头还有点晕呢。

正想着，擦了把额头的碎汗，李峻星还抬头看看远处的河边，那是吴桐凤家的方向。想想曾经和吴桐凤在河边的时光，就笑了。

忽然间，队长大叫，大力摆手，急令何奇志刹住起吊杆。李峻星转头一看，呀！——原来稳稳当当下落的楼板，猛地在吊杆上下颠簸震了一下，楼板还像树叶，开始在链子上来回剧烈地打晃，晃着晃着，一头的钩齿猛然松落，眼看楼板倾斜着砸下来，这时它已不再是树叶，而是结结实实近千斤的钢筋混凝土了。

队长在楼顶喊叫着奋力摆手。

老百顺从惊疑中愣过神来，恐惧地喊："峻星，快躲开，躲开！……"

何奇志看上去也在手忙脚乱地制动刹车杆，出人意料地手忙脚乱。

工人们在脚手架上、地上，闻声张着嘴惊恐地仰望，望着楼板冲向李峻星。

李峻星站在楼顶边缘，恍惚间看着楼板像是一缕纱带，向着自己轻缓缓地飘来。

金生水走后，吴桐凤在家越想越觉得不对劲，猛然间心口感应着一痛，浑身上下一个激灵，揣上剪刀，迈开步就往相邻的堤湾村奔跑。路两旁的树似乎都往后倾倒，她跑啊跑啊，跑得眼泪都出来了，吴桐凤举着剪刀，在心里喊："金生水……何奇志……我要杀了你俩……"

吴桐凤一路流着泪奔跑，脖子上的玉坠跳了出来，寂静而殷红，在心口像火苗一样跳动，吴桐凤流着泪跑啊，跑啊，远远看见，她哭着喊："金生水……我杀了你……"

这会儿，阴沉了多日的天空，终于稀稀拉拉下起了冰粒子，不多时，飘起了今冬第一场雪。是干燥的轻盈的大瓣雪花，纷纷扬扬的，格外好看。此时，李峻星也如一片雪花，从楼顶刚好落下。

虎变

1

林碧微曾庆幸自己及早认清世界的面目，那即是自古迄今，人群是盛行狐假虎威的丛林。人中龙虎，发号施令，百兽惊恐，威风凛凛。可是呢，做一只老虎太难了，它需要综合投胎技术、天命人运、风云时势、贵人相助等诸多因素，大家只好退而求其次，争做那只“吾为子先行”的狐狸，替老虎蹚道开路。一旦傍上金钱、权势、资源这些虎威闪闪的大腿，必有千百禽兽夹道趋奉，狐狸顺带也能分得一点残羹。

然而世界残酷或者有趣的地方在于，没有谁是一成不变的老虎，自然也就没有从一而终的刁狐。

她现在能在公司里风生水起，仰仗的是身后的周立。当然，周立提供了平台，她也奉献了血汗，一年来，她为玲珑山庄婚纱摄影基地额外挣了三百多万，这是她加班加点争取来的，每一单业绩，对周立而言不过是累积的账目数字，可林碧微知道为之付出的努力，那不是日子的简单堆砌，是心血，是经历，策划、开会、宣传、交际，熬夜掉发，脸色暗沉，月经失调，心浮气躁。这世界没有那么多戏剧性的逆袭，对这份工作她很珍惜，所以才愿意这么用力。

可周立让她寒了心。

她吃饭聊天套近乎，旁敲侧击，费尽万难，才让公司的税务稽查平安落地。她不否认周立作为本地人，树大根深，肯定通过关系向海边镇子施加压力。可事情圆满过去，周立别说兑现之前口头暗示过的副总位子，嘴上连半句感谢也没。据闻周立曾轻描淡写地点评：“她还真以为是她搞定的？天真。”林碧微能想象到周立说话时的语气，轻蔑的，沉静的，不当回事的，末尾哪怕你着重加个叹号呢，她不，连个波澜也不会起。周立鄙薄一个人时，言语间仍淡淡的，可骨子里那种壁立千仞的冷漠，让人倒抽一口凉气。

或许在周立印象里，她就是这么个底线和底裤一样松垮，为了点蝇头小利就会以身谋取的下贱东西。她拿定她没有别的门路，只好被她关上门来奴役。

林碧微憋着气，什么都没得到，被摆了一道，只好当被狗咬了，她在心底冲周立骂道。

狐狸干得看不到希望，怎么办，与其穷途末路，不如物色下一个更大的老虎。

宋非的出现可谓恰逢其时。

那天，林碧微下了班刚坐上车打算和朋友聚个餐，忽而来电，她被临时征召到会议室，心里自是不爽，可有什么办法。原来是海城商会接待某地招商局突然来山庄考察，林碧微知道，这个“突然”也是周立的手段。招商局来的领导名头不小，有商会撑腰，考察好了，可能有合作意向，税收、土地、园区各种配套优惠政策，林碧微替她想到潮水般哗啦啦涌来的钞票。

在等待领导驾到的时间里，根据周立的要求，林碧微修订要讲的幻灯片内容。“待会好好讲，”她说，“不许有任何差错。”说完，周立出门去迎接各路神仙去了。每次她这副居高临下不动声色的命令都让林碧微抓狂，真想这时候能有杯开水“哗”一下泼对方脸上。

领导们落座后，林碧微观察到官员和企业家们在一起的奇妙反应，做企业的一个个衣着休闲，大都身材保持得还好，而招商局的几位西装革履，正襟危坐。既然是来招商，商会企业家占了主场，摇腿、侧身、抽烟、喝茶，很随意。执行会长还开了周立几个玩笑，有点涉黄，可周立眉开眼笑，回应得旗鼓相当。林碧微心说，天天在我们跟前拿着装着，这会儿不也眉开眼笑，脱了那身凤冠霞帔，你里面也不过是些腌臜货色。在这种敌意的阿Q精神胜利中，林碧微清清嗓子，运了一口气，对着投影开讲。先概述山庄婚纱摄影、旅游景点、餐饮美食、青年活动等综合一体的运营模式，然后再拆开，一块一块地细讲。

讲到半截，进来一人，寸头，修身衣，五十来岁，眉眼平淡。他摆下手，抽张折叠椅安静坐在一边。

林碧微谁也不识，以为来者是商会某个理事，继续拉着图片宣讲她的。因临时改了考察路线，刚才路上堵了车，这会儿都快七点了，餐饮部几次来悄声汇报晚宴已备好，可这边还没讲完。在座的有几位老板肚子起了意见，招商局杨主任却听得津津有味，眼袋里汪住笑眯眯的鼓励，既对林碧微所讲的内容又对讲述者都很有兴趣的样子，还不时地结合他们当地的园区规模、政策优惠提出询问，间隙里看看腕表，也问："小林，还要多久？"

"再要半小时左右。"

"拜托，周总，咱们一会边吃边聊，好不好？"老丁顶不住了。他做文化娱乐，爱谑笑，充当撒娇卖萌的角色，东方朔似的，身段灵活。

"你是饿死鬼托生的？"周立眼波流丽，嗔骂老丁。

"那不是最近都没吃上你嘛。"

人们起哄："周总现在就剥开给你吃，新鲜热乎的。"

老丁眨眨眼，惹笑一番："哥一般白天都不来周总山庄的，当然，夜里也不来，都是周总去我那儿。”周立拿文件敲了他一下。“今个为啥来呢，一是提醒周总还是要加强联络，互通有无，”一句话被他故意荡出歧义空间，周立没打，向“老大”乞怜。林碧微才意识到后来的半老汉身份不简单，转身多看了两眼，老大示意她别理会这些坏蛋胡闹，接着讲。可老丁要宝还没完：“二是听说周总山庄珍藏有比丁哥还老的好酒，怎么样，今天陪着老大，丁哥也享享口福。”

林碧微已经有点气了，你们打情骂俏的，我傻坐着，不知道该对哪一方讨好去笑，给个明示，到底讲还是不讲呢？

后面来的精瘦那人咳嗽一声：“别闹了，听小姑娘讲完吧。”

“得，老大都发话了，那只好饿着肚子做好学生啦。”老丁趋身过去，给“老大”点支烟。

林碧微心内怒气转化成电力，脸上的笑容像是探照灯，扫射一遍：“杨局您到哪里也不差一顿宴席，您大老远来的目的，想必还是要考察几个靠谱的项目带回去，”她转过身，“丁总您要喝酒，来到我们周总这儿，那还不好说嘛，”林碧微笑吟吟的，“如果您真饿了，我们就在这边吃边聊，怎么样？”她本意倒也没打算越俎代庖，可心里存着气。老丁再一起哄，周立只好顺坡下驴，让餐饮部就在会议室一人打一盘豪华快餐，开了老酒。林碧微就着喝茶的玻璃杯，倒了满杯，也给老丁和杨局倒满纸杯，其他人根据酒量各自倒上，却给“老大”端上一杯开水，才重新坐下。林碧微先咕咚喝了一大口酒，敬了各位，再接着娓娓道来如能达成合作将会为贵区在产业升级、景区形象、年产收益等方面带来的好处，数据翔实，计划成熟，讲解通俗，讲完了，喝一口酒，桃花上腮，豪气大方。一时各位大佬目瞪口呆。老丁咂巴着嘴，竖下拇指：“周总手下果然都是精兵强将，好样的，姑娘。”

坐在角落里的宋非看看她，笑了。

林碧微再一一替周立敬了酒，就微笑着退场，到了自己办公室，关上门，点上烟，出口气，虽然喧宾夺主，让主子忌惮，可毕竟打了漂亮的一仗。

2

接到杨云涛“出来坐坐”的邀约，林碧微刚从市区看完房，坐地铁返回山庄，拽着车厢的拉环，想了一会，才从记忆里捞出这位矮矮胖胖的招商局局长，首先浮现的是他黏腻的目光。她知道他打什么主意，有些意外，却也能想明白。他这样的身份，出来玩肯定不方便，常来视察之地，有个固定的宠妃定然更安全。并非她多美，更弗论和那些新出炉的女孩们相比，许是她那份淡然，经历过深浅，有眼色，知分寸，才让杨君觉得可以纳入宠妃人选。老实说自己有一瞬间是虚荣爆棚的，毕竟之前仅在会议室见过一面，难得贼还惦记；另一方林碧微却又忍不住心生哀凉，怎么每回都这么容易被老男人招惹呢？她太知道这里面的况味了，就像吞咬自己尾巴果腹的蛇，每纠扯一段，人就要枯死一点。如果说和同龄人的恋爱是风雨同路的、滋养的、正向的，和老男人则正相反，虽然有可能一步登天，可鸩毒迟早要发作，天上掉的馅饼最后都会变成砸向自己的石头，鲜有善终。林碧微苦笑一下，近乎气愤地回：“我睡了，杨局，改天再聚哈。”

“这么早睡了，一个人还是……？”老东西自以为幽默的尬聊，还带个微笑，他不知道那个表情在年轻人心里是居高临下瞪眼鄙视的意思。爱谁谁，关你屁事？林碧微也微笑“鄙视”过去。对方偃旗息鼓了。

手机微信丁零一声，是老杨又发来挑逗，林碧微懒得再搭理，回到公寓，洗了洗，换下睡衣，吃了半块西瓜，喝了一碗绿豆沙，躺沙发上，点开下载的美剧，抽一支烟，也不用管烟灰落在地面，剧看烦了，可以翻翻图文精美的《长物志》。林碧微很享受目前这种平常平静的生活状态，除了对受雇于人的工作俯首称臣之外，不打算为了某个男人而迁就、改变，或是依赖。她现在如一湖止水，水自丰美，心自葳蕤。去他的婚姻，去他的老男人，自己能挣钱，没了男人的羁绊，一个独立女性的生活，惬意着呢。

可生活注定不会波澜不惊。最先往湖里投石问路的是周立。“我们的项目他们批了，要有个人去那边负责对接，你去吧？”是杨局他们市里招商的一个婚纱摄影基地项目。

“不是还有孔副总？”她对没能提拔仍耿耿于怀，“这么大个项目，得更有权威的才能驾驭住吧？”

“老孔另有安排。”

“周总，我呢，人微言轻，具体做起事来，恐怕不好施展。”

“我和杨局沟通好了，尽管去就成。”周立说，“公司下半年会人事调整。”这就不言自明了。可林碧微冷笑一声，也不嫌腻味，老用这一招画大饼，不来点实际的，有什么用？

“我现在买票，飞过去？”她冷冰冰地揶揄。

“倒也没这么急，杨局最近几天还在海城，你有空去见见面，增进下了解，以后工作起来也方便。”

在这儿埋伏着呢，林碧微笑了，周立你大爷的，又来拉皮条了。每次但凡攻城略地，都会先祭出她做鱼饵，然后用完了再以道德谴责，别人最多是做了婊子立牌坊，至少有一份无惧的坦荡，你周立是指使别人做婊子，下到脏水里替你捞鱼，你还在岸上笑话那人光着屁股姿势不雅。

“我最近在吃中药调理身子，正常工作范畴可以，饭局恐难胜任，毕竟不能喝酒。”不能太惯着她。

一句话噎得周立恨意满满，她知道她在说谎，周立哼了一声：“我看你不单是身体有毛病。”

林碧微坚硬地笑笑，握紧马克杯，压住内心的火势，勺子磕碰在杯沿，咖啡荡出一圈圈涟漪。

“林经理，有工夫的时候，最好想想当初是怎么来山庄的。”这是在警戒她了，一个灰姑娘，谁给你的机遇？谁的平台让你成长为山庄经理？谁提供跑步机、咖啡机、微波炉一应俱全的独立办公室让你施展才能？

“今晚六点半，‘醉月清花’，三楼小厅，就这么定了。”

林碧微钉在原地，出离愤怒了，以为自己能搏击一下，潮水远去，她不过是个扑腾在岸边沙坑里的小鱼，无足轻重。

最近提了辆白色菲亚特，看好了临江新盘户型，林碧微以为自己的人生就此顺风顺水，在这城市里，优雅地做个高薪的独立女性。可生活很快就翻脸无情，暴露出粗鄙的一面。想想捆绑的车贷和即将供养的房贷，林碧微打电话给车队司机：“六点出发，去市区风情街酒吧。”

到了“醉月清花”，门楣上龙飞凤舞地书着“开琼筵以坐花，飞羽觞而醉月”。琼筵是他们的，他们把酒言欢，她不过是添茶倒酒的角色。她再次声明了不喝酒，可没谁当真，特别是上次那个老丁，几次三番从言语上将其剥光示众。这种深具国产特色的中年饭局，男人掌握着资源，油光满面，侃侃而谈，在场的女性是挑选来的一道必不可少的菜肴，架在话语中心，被言语烘烤。她想起古代被皇帝临时召幸的嫔妃，沐浴过后，赤裸身体，被太监背到宫里，还要感激涕零的，成为消遣的夜宵。老丁像个丑角，拉着林碧微，搂、摸、抱，公然骚扰，一众人都在看着，哈哈而笑。任何人都不会保护你，一万个假如都没用，只要来了，都会是同一种局面。要巧笑倩兮，又要在哄笑中眼神迅速恢复平静，时刻观察着，伺机而动，接住每个大佬抛过来的并不好笑的梗。还有几位和她一样的女性，都属于丛林里低级的狐狸、兔子，正在另一端用轻视的眼神看她，老虎、狮子们一脸无所谓。你头都气炸了，还得微笑。所有的高傲不堪一击，所有的体面都是修饰的。芥子之微的人啊，求食艰难。

和老丁闹着喝了交杯酒，林碧微去了洗手间，她要吐了，干呕了两声，却吐不出什么内容。她明白，这可能是杨云涛授意的，上次她婉转回绝了他，这是给她点颜色看。林碧微拖延时间，从洗手间出来，靠在旁边栏杆上，看下面舞池里乐队演唱。灯光闪烁中，杨云涛过来，洗把脸，笑眯眯的："尿这么长时间，以为你掉厕所了呢！"身上散发着热腾腾的酒气和体味，说着，就要拉她胳膊。

如此粗鄙直接的语气，让林碧微惊讶得几乎顾不上气愤，不可思议地傻望着老杨。他一定探问过她的底细，认定她是个愿意付出的轻浮货色，骚扰她也就是顺带手的事儿，并不会有什么后患，是以肆无忌惮。

"喝多了。"他揉着太阳穴，抽支烟。这是有言在先，为自己接下来的不要脸开脱，其无耻程度，大约只有我骚扰你，只怪你穿着暴露方可比拟。果然，杨云涛猛地一扯，将林碧微拉进卫生间，并迅速将门反锁。这又是她没想到的，再一次被他的野蛮惊住。林碧微想要挣脱，可他的力气太大，紧紧箍住，“他们都说你为了事业很是舍得，我又不会亏待你……”林碧微又拽又掐。“怎么，到我这儿还吊起胃口来了，”他说，“你知道我给你们公司多少利好政策，就不该感谢下吗？”他这么无所顾忌借点酒遮面猥亵她，是觉得周立在谈成合作意向的时候就把她作为酬报的砝码送给了他？

“你把自己当成什么了？”林碧微乱了方寸，还打算以理服人，“你又把我当成什么了！”

“嘿，你说呢。”那意思都在一个泥坑，就别假撇清了，就把你当成你以为被当成的下贱玩意了，怎么的吧？

“我喊了！”

“喊呀，”他鼓励地说，从后面钳制住她，贴着她的脖颈，哈出黏稠的热气，“最好大点儿声。”他笑了，料定她不会喊的，要虎口取食，就得遵循游戏规则。杨云涛胜券在握，拉她后背的拉锁，却不急于一蹴而就，拉链滑行得闲庭信步，金属咬合着下行，发出轻微的嘶嘶之声。林碧微弓着身子，摆着屈辱的姿势，头发倾泻下来，泪水在眼眶打转，心燃火焰，浑身战栗。那拉开的拉链是犁尖，划破她最后的一点耻感……在这几秒之中，她脑子里过了几百遍，她在挣扎，要不要得罪他？敢不敢得最他？

拉链行走到底端，手要探进去。

“滚！”林碧微扭过身，啐了一口，屈起右膝，朝他裆部猛顶，抓一把他的脸。事出意外，老杨一声“啊”，一时两手上下扑腾，动作生动。

林碧微却在心底叹息一声，怎么就没忍住呢，这下是痛快了，可这些天的功夫也白费了。“我也喝多了。”她努力扮个鬼脸，笑一下，比哭还难看，还试图留有余地呢。杨云涛脸色煞白，咬牙切齿：“好，你等着，”他说，“还跟我端架子，你这样的，别以为我不知道，不就是周立养的高级鸡么。”

这不自知的粗鄙习气彻底激怒了她，周立鄙薄而压迫的眼神，他拽她拉链猫逗老鼠的阴险和悠然，不忍了，忍不住了，不管了，弄他，照死弄他。林碧微抄起墙角的洁厕刷，照他身上一阵猛打，连刷柄都打折了。老杨一身淋漓，护住脸部，辗转腾挪，与屎尿共舞。

她不知自己怎么积攒了如此丰盛的愤怒，像一枚被风浪卷积的叶子，整个人都是抖的。林碧微抱着胳膊，拳头紧握，面目痉挛，下楼梯时心乱，脚步也乱，踩空了一阶，直接磕了下来，好在没人撞见，她拽着栏杆，哆嗦了半天，才勉强站起。

回到公寓，已经半夜，带着酒意，脸上潮红，发丝凌乱，满脸倦态，坐在地板上，连抽了几支烟，放上熟悉的音乐，才感到一份安全。她感到冷。浴缸里注满水，撒满玫瑰花瓣，如一条惊慌失措的鱼，重回鱼缸里。林碧微在热水里抱紧自己，看着镜子里模糊的身体，她想哭一哭，也没有什么可伤心的，她忽然羡慕朋友圈里那些惯于矫情和自怜的女孩，这么些年，在外面，无枝可依，被逼独立，不堪一击。

这样的骚扰也不是没经历过，夜深人静，她抚摩着受伤的躯体，来自骨子里的寒凉和疲倦，觉得一切都是如此荒诞。生活是一场孤独深长的炼狱，她总是和这些无聊的人周旋，总是孤独和厌倦，总是得不到想要的爱，无可皈依。她想，自己最后可能会是一个悲伤的结局。

她掏出手机，想打给谁，逡巡半天，通讯录里数百个联系人，却找不到一个合适的。

左膝的伤口，猩红一片，比起刚才在酒局因周旋于热闹而耗费的心力，这点伤，其实也不觉痛痒。她腿跷在浴缸边沿，任它妖艳绽放。

这时候，她拍下惨红的伤口，顺便把两条光溜溜的腿也收进照片，在微信上贸然发给宋非。

她在玩一场冒险的游戏，带点乞怜的恶作剧心理。

过了很久，宋非竟然回复二字：“疼吗？”

她几乎要感激涕零，心中猛然伤恸，红色的花瓣漂在水面上，血淋淋的，越发艳丽。

她说：“大叔，我闯祸了，能救救我吗……”

3

中年男人是硬币的两面，如果注意保持身材，被岁月打磨过，地位和资源架着，有份静水流深的从容不迫，像是老坑的玉，是占了时光的便宜的，再搭配点出其不意的幽默，顺手就能把小女生劫掠，别在衣襟上，装点成功；而那油腻的，就如隔夜的卤肉，再被欲望加热，整个儿散发着复杂浑浊的气味。不幸的是，杨云涛就是后者；更不幸的是，宋非属于前者，并且都让她遇上了。要时过境迁之后，林碧微才明白，前者也好后者也罢，不过都是一丘之貉。

杨云涛再没骚扰过她，连周立原定的赴新项目对接的工作也另派老孔去了。这仅是一个小插曲，可让老杨和周立都狐疑的是，不知这个看似柔弱的小女子，何以有如此大的能力，让宋非都为她助力？他们无不从狭隘的经验主义出发，得出结论，她一定是陪他睡了。可谁会相信从始至终，他们就在会议室见过那一面呢。

之后很长时间，宋非没和她联系，一个是海上飘摇的小船，一个是陆地岿然的大山，他们没有交集。宋非也许不过是顺嘴几句话，捎带着就帮她解了围，可林碧微记在心里，这是一份恩情。她沉不住气。到底是小门小户出来的，一路不易，但凡受了谁一点好处都感动不已，做不到承了情而无动于衷。林碧微急切地想为他做些什么，可她有什么呢，无非一具轻薄的身体，何况即便急不可耐地售色东床，宋非也不定看得上。想了很久，宋非爱登山徒步，林碧微给他做了一双绣花鞋垫。

这期间，林碧微做了详细的案头工作，按说到他这个身份，一个海城商会在他手里盘着，该能检索到大量的信息，可网上关于宋非的报道却少到可怜，零星的几则也是他出席一些慈善场合，林碧微想，要么是他低调内敛，要么是他不方便，不愿在媒体上抛头露面。林碧微从老丁这里投石问路，得来的信息让她讶异。宋非根系纵横，实力深不可测，是一匹体量足够大的下山虎。以后每逢节日，礼貌性的问候有之，忽然的暧昧有之，宋非有时回应，有时落空，即便回应，也淡淡的。她想，狮子也好，老虎也好，两人身份过于悬殊，拉不到一个频道上，眼看着一座巍峨山脉，林碧微却无法依傍，只好含恨，不作他想。

直到三个月后，忽而接到宋非的邀约，林碧微惊喜紧张自不待言，心中的影影绰绰的念头，按下葫芦浮起瓢，死灰复燃了。

这边老丁还在不安："老大，真决定让她掺和进来吗？"

宋非端着的茶杯顿下，脸色中含着铁青，老丁知道，风平浪静里藏着雷霆。“天心还不是你们这些玩意儿给带坏的，到了这个局面，你说怎么办？”

老丁不吭，添茶递烟，擎着葵花向日般的笑脸：“平常也劝，真劝了，少爷毕竟还小嘛，贪玩了点儿，不算啥大事。”

“还不算大事，这次要是搂不住，还想做生意？弄不好咱们都得进去。”

老丁还在嘀咕：“不至于吧，天心也就要个把女孩，能有啥？”可看看宋非的脸色，便知道此事深浅，不复敢言。

依据给定的路线，林碧微来到花木环护的林中小院，远远的，看到一个瘦削的中年男子，穿着像是送快递的模样，可年纪又不太像，男子潜藏在绿化带里，往林木纵深里探头探脑地观望。很快被保安发现，过来询问，男子支支吾吾的，被保安一阵推搡，跌坐在路边，先是抽烟，后是哭泣。一个男人，大白天的，扭曲着脸，哭起来很是难看。

林碧微路过，和他偶然对视一眼，只是泛起一点好奇，其实并没看到眼里。如她这般匆忙的独立女性，目的明确，眼睛向上，笑容都是有的放矢的，平日里，那些无关紧要的人，不过都是布景而已。搞笑的是，知道她分手后恢复单身，同事给她介绍过相亲对象，聊过两次觉得不合适，那人还理直气壮地质问，你是不是看不起我？拉黑的同时，她心说，拜托，大哥，谁有工夫看不起你呀，是根本不想看好么。那种骨子里普遍的漠视，维持的那点礼貌也是因为自己修养好，因礼貌是最省事最敷衍的社交，她可得存着精力对付有用的人呢。

可她从男人身边走过，他不哭了，抹一下眼泪，怔怔地看着她，忽而叹一口气，说道：“姑娘，你也去这里吗？”他沙哑的喉咙里混着抽噎的水分。林碧微不置可否，不想搭理，他接着说一句，“你可要小心啊，他们都是吃人不吐骨头的……”他指指丛林里的白房子。在当时，林碧微只觉得他来路不明，多管闲事，到事后回想，才能读懂他的脸上和眼睛里，闪过多么绝望的仇恨光芒，当然还有被糟践的善良。

4

妻子死时台风压阵，弥留之际，她势必会想起那个同样台风过境的夜里她下令处置的孩子。十多年来，只有她知道孩子是生是死。他以婚姻为跳板，攀龙附骥，这么多年，对她身后的资源无所不用其极，成就了这一片势力，可到底还是有所不得，这是他对她的冷漠应得的惩罚。临死时，她甚至放出话：“你不就是想要个儿子吗，现在可以告诉你了，就算他还活着，也许你还见过，可万千人里，你这辈子也别想认出他来。”宋非掐着她的手腕，从外面看上去，似乎是留恋他的发妻，不让她撒手而去。他咬着牙：“说，他在哪儿？”她笑了：“不是告诉你了，十七年前，那个北妹生下来就死了，你信哪个呢？”

她赢了，最后一着，他还是斗她不过。

“你也别得意，你死后，骨灰我会抱回家里，念想着你。”他叵测的嘴角，让她明白他威胁的用意。他会把她冲到马桶里，在后辈面前，对着遗像继续做出恩爱不舍的样子，“这辈子，你别想和我葬到一起。”可她早不在意：“我后悔当年不听父亲规劝，下嫁于你，”她说，“你就是这么毒，他没看走眼。”死到临头，她还在显示她身份的优越，却不想想，没有他的运筹，她的后台能变现出什么？宋非啐她一口，撇下她垂死挣扎。现在对调了个儿，她的父亲行将就木，而他早已布局完成一个小型帝国，若真像她所说的，儿子还活着，他不信找不到。

那时，所有来此谋生的女孩他们统一蔑称为“北妹”，自带本地正统性，宋非也不过是在过江之鲫的女孩里陆续择取几枚，借以私下疏散在妻子家族势力下伏低做小积攒的怨气，玩玩而已。后边的那个女孩却很有心思，费尽心机怀了他的孩子。宋非那时还罩在妻子的阴影里，暗暗编织自己的势力谱系，趁母老虎不注意，偶尔身体撒个欢可以，真刀实枪地弄出个编外的孩子，他尚不敢。可女孩聪明的地方就在这里，确定怀上了，过了三个月才说，并把他直接拉到私人诊所，让他亲眼得见，肚子里孕育的是待价而沽的宝贝儿子。“你不要的话，我预约了后天的流产手术。”女孩抚住腹部，泪珠滚滚而落。宋非犹豫了。母老虎给他生了个女儿，他之前也让一个北妹怀孕过，也是女儿，流掉了，这一回天赐机缘，他不能再错过了。宋非当下决定：“算了，不管了，生。”

他一直怀疑身边有妻子安插的眼目，却不知到底是否走漏了风声。妻子波澜不惊。他正在收购当地银行的股份，进行到一半，资金已经陷入不少，有进无退，他提心吊胆，担心妻子使绊，却发现最后几个难缠的股东，忽然都顺利签了下来，旁敲侧击问及原因，对方笑眯眯的，不言自明的样子。妻子帮他打了招呼？宋非有点迷惑，这不似她的风格。也许她并未发觉他的小动作，他侥幸地想。

女孩怀孕八个多月时，岳父委托他去对接一次大型招商考察，是岳丈老家的城市，他要带队，不敢请辞。再说离临产还早着呢，宋非交代好女孩，请了保姆照顾，放心地率队出发。他决意给老岳丈把事情办得圆圆满满的。对方打着老首长不忘乡梓的锦旗，接待得热情隆重，招商项目也谈得融洽顺遂。他乘兴而归，去找他的北妹，却发现大门紧闭，屋内如洗劫似的，买给她的衣服、首饰、化妆品、家电，全都不剩，房子也卖掉了，倒是给他留了个纸条：

你走后，不小心摔了一跤，孩子没保住，流产了，对不起。房子这些就当是我应得的补偿吧，我走了。

很像是被女孩算计了一把。正因为太像了，难以置信。到这时候，他发现，竟然没有女孩家里的联系方式，下意识里，女孩不过是个青春的一次性的生育容器，他只关心对他有用的那部分身体，没有耐心也觉得没有必要了解她的来历，他让人去她以前的工友那里打探，辗转得出的答案是女孩往家里寄了一笔钱，再没出现。

难不成老马失蹄，真被一个小女孩给摆了一道？可这里面漏洞太多了，早产为何不联系他？她在哪个医院生的？前一段产检肚子里婴儿还胎动活泼，怎么摔一跤就流产了？他恨不得冲到家里，摇晃沉静的妻子，质问她："是不是你干的好事？你把那女孩怎么了，我的儿子呢？"可没有实质性的证据，他不能贸然对质。

过了好几年，他才找到当时雇用的保姆。保姆告诉他的话也如反复排演过的："您走后，小姐摔了一下，早产了，生下来是死胎，她受不住，精神崩溃了……"

宋非拉着保姆，辗转赶到隔壁城市郊区的精神病院，望着已经眼神直愣的女孩，摇晃她，她虚弱的身子在他撼动下苍白地摇摆，她举着手，看着，冲他笑了，疯疯癫癫地说："血，好多血……"

他兜头扇了保姆一掌："太太给了你多少钱？"保姆一声不吭，任他拳脚发泄。怎么都撬不开她的嘴，他甚至求她："我给你更多的报酬，告诉我，孩子在哪儿？”保姆被他逼得无法，最后只破碎地回他：“我什么也不知道，你问太太……”

宋非明白了其中的前因后果。

可他也只能压着。和妻子对质有什么用呢，她做得这么绝，就没打算再留后路。宋非想，孩子要么死了，要么还隐蔽地活着，这两者，他都要弄个水落石出。这些年，宋非一直在找，他寻遍当年和妻子可能有交集的人，威逼利诱，都没能问出下落。茫茫人海，有个和他血脉相亲的孤儿，他知道他活着，可就是求而不得。妻子去世后的半年，他集中火力，几乎将海城可能想到的范围翻了个遍，掘地三尺，仍然没有找到他可能存活于世间的骨血。

妻子在折磨他。他感受到了。

宋非将手里的杯子往安放妻子骨灰盒的壁龛里扔过去，已经换不回任何回击。他摊开手，恶狠狠的，却什么也攥不住。

他甚至接受老丁的建议，在警务系统里预留了他的DNA。过了一年，在他快要放弃的时候，朋友给他信息，有个入室盗窃的孩子采集的信息和他极为匹配。宋非见到他第一眼，这个皱缩的少年，“唰啦”一下，时光重回，他终于可以大致拼凑出妻子当年干下的罪孽。

他和小北妹的勾当，妻子始终有眼线，在他浩浩荡荡率团招商洽谈期间，隐忍已久的妻子当机立断，派人到藏娇的金屋堵住她，逼她签了房子售卖合同，将房内物什横扫一空，然后直接拉去引产。孩子生下来，被抱到外间，因为不足月，因为没寻到母乳，哭号得坚韧顽固。妻子嫌恶的同时，又忍不住好奇，他和别的女人搞出的孽种是个什么样的？说也奇怪，她看向婴儿的刹那，孩子突然不哭了，还对她笑了一下。简直毛骨悚然。她一哆嗦，这孩子倒是命大，还笑呢，以后有你哭的。她辗转托人，送给相隔不远、贫户集中的博厦街上最寒碜的一户人家。

等他回来，人去楼空，只余一抹隐痛。

这一痛就是十七年。

直到那天，一番验证，确定无疑。宋非拥住这失而复得的儿子，发誓要给他最好的，弥补之前他陷在底层的亏欠。而他的宝贝儿子，在他老泪纵横的搂抱中，受不住这突然降临的热情，一脸懵懂，挂着不知所以却桀骜不驯的笑容。

5

改名为宋天心的张浩辰稀里糊涂做了富家公子，竟发现还没有在破烂博厦街上耍得开心。这样的急遽转换的人生，如同天上掉馅饼，而且这馅饼是黄金的，他想世上没有几人有如此幸运吧？可他很快只觉出一份力不从心。

在宋非的布局里，长兄逃港留下的儿子由他抚养成人，如父子情分，宋非安排他从政，这些年稳扎稳打，上有荫庇，下有托举，已然位置骄人；女儿留学归来，在商界驰骋，帮他打理产业，已是父亲的主心骨；风调雨顺的，忽然多出个号称是亲生的小儿，哪儿看都多余。这小儿流里流气，透着一股子市井里积习难改的顽劣和猥琐，上不了台面不说，还常有觊觎之心，几次口无遮拦将来要和兄妹二人平起平坐。

父亲真是老糊涂了。

相处不到三个月，在其兄其姐虎视眈眈的防备下，在老宋的严苛要求下，除了报复性地胡吃海喝一番，宋天心并没得到什么实惠。老宋给他断了之前的联系脉络，送他去贵族学校，请私教帮他补课，击剑、书法、美术、钢琴、礼仪，各种班安排得满满的，老宋要将他的过去连根拔起。宋天心明白了，金饼砸到头上也是疼的，他不过是个可怜的壳，要赶紧填满所有高贵体面的东西，以符合老宋儿子这个既定角色。

他开始后悔上次莽撞的入室盗窃了，不为改过自新，为不入富贵之门。他这只野鸟，在黄金笼里，受这些冷眼和限制，处处有人盯着，失去了往日那些狐朋狗友，玩也玩不痛快。宋天心开始接连制造祸端，他十来年生活在贫户，认知能力有限，闯祸也闯得腌臜，先是骚扰私教老师，故意撕破了那位大三女生的裙子，老宋关了他一天禁闭。再是打碎了一件双耳镶虎插花钧瓷，这瓷器是个北方客户为从他手里承包工程时特请老家顶尖钧瓷大师定做的，烧了十件，就这只开窑华变，难得是虎眼，青边黑眼，凶狠明亮，这瓶插什么花都不足以激发其霸气，唯独插崖柏干枝，野性遒劲，相得益彰，老宋喜爱非常。小宋临门一脚，就将老宋的心头好报销。老宋将他关进佛堂。

宋非近年退居幕后，玩起了崖柏根雕，他的这栋别墅，是个小型收藏馆，享誉岭南，字画文玩金玉除外，仅三楼一层的崖柏、檀木之类佛像，据说估价数亿。关了两天，老宋再一进去，被一股青春逼人的尿臊气打了个闷棍。老宋真给气着了，呜哇乱叫，抄起墙上悬挂的辟邪木剑，满室追讨孽障。孽障绕屋跑了两趟，停住了，笑咧咧的，等他剑刃劈下的刹那，小宋挺举上身，稳稳擒住老宋手腕，木剑摇摇晃晃的，就是落不下来。孽子还笑嘻嘻的，眼神挑衅。“你说让我在这儿对着佛们面壁思过，没说不让我屙尿啊。”他还有理了。老宋气急攻心，心脏承受不起，如石坠地，带动得他坐了个屁股蹾。眼瞅着小混蛋大摇大摆地上楼而去，老宋吼出一句："混账东西，不要忘了你之前是什么身份！"

吼出来，老宋蓦然一惊。这不是妻子以前每每气急时对他的最后致命一击吗？"宋非，莫忘了你当初是什么身份！"妻子在时刻提醒她的恩德，不要翻了几天身，就忘了将你从污泥烂屎里拔擢出来的恩人。

其实，宋非的出身称得上家世渊深，父亲曾掌控一方水陆码头，他也听闻过那些昔日雾里看花的繁华，只是没赶上罢了，运动一来，父亲被划了个恶霸，他老人家一甩手挺直死了，连累得他们兄弟在村里无以存身，哥哥赶上过家里的好时候，生养得娇，到底受不了，逃跑了，是他撺掇哥哥跑的。那是另一段九死一生的惨烈故事，老宋轻易不愿提及。哥哥窜逃后，家里重担落在他身上，他插秧、捉鱼、偷东西，赡养卧床的老娘、年幼的妹妹、哥哥留下的妻儿，挖塘泥时他累到吐血，割稻子时他腰肌损伤，站不住，跪着割，往前匍匐，膝盖都磨烂了……然后，生不如死时，上天开了眼，一束微光照在他身上，赶上了知青下放，妻子的知青点在他们村。那时宋非年轻，眉目敞亮，身板健壮，因为家世，谈吐不凡，很容易从一帮泥腿村民中显山露水，虽然身份低贱，还是吸引了这个下放的丑女孩。宋非心说，丑是丑了点，心肠不坏，总是揣着一些点心或者罐头悄悄周济他。原本他顶着这个出身，不敢想会有女孩和他成亲，和丑女孩偷偷好上，也算聊以自慰。他没想过还有拨云见日的一天。过了些年，丑女孩的父亲被重新启用，竟然是那么厚重的后台，女孩回到省城，还不忘他，不顾反对，将他调到海城的政府部门。他再见她，这才心有颤动，觉得她漂亮多了，微露的龅牙笑起来也好看了，他很是珍惜，小意使尽，曲意逢迎，将女孩感动得嘀嗒融化，最终成功高攀了她，喜结连理，他松了一口气。尽管岳丈并没出席婚礼。这时哥哥在香港也闯出一片天地来，刚一开放，回来办厂，做来料加工，上有政策，下有激情，左右逢源，厂子兴旺，他在家里的声气才算日益茁壮。如此再过几年，积攒了一定金钱资源，再看妻子眉脸，还那么丑嘛，心下不言，还是觉得婚结得仓促了点，可逢到难事，被老泰山轻拿轻放化解于无形，又觉得娶妻若此，也还划算。就这么喜忧参半中，难免和妻子磕磕绊绊，有时拌起嘴，他刚要说句要强的话，妻子的五指山就压将过来："宋非，你莫忘了自己当初是什么出身，不是我……"压他经年，他敢怒不敢言。

可小宋闻言，才不管，直接犟嘴："你以为这些我稀罕？又不是我找你来的，有本事还把我送回去啊。凭空多了个全面管控的爹，还多了个疯疯傻傻的妈，嘿，演电影似的，以为老子多乐意配合呢，前十来年怎么没见你们露面，都死了吗？"他眼含泪影，走得杀气腾腾，扭着身子，"哈呸"一声，吐了口痰。

老宋倒在地上，悲怆欲绝，心说报应，报应。

6

推开那扇灰色的铁门，林碧微一度以为终于推开了灿烂的人生光景。

参观完宋非的收藏行宫，到得顶层，宋非在楼顶花园等她。"我们又见面了，小林。"宋非斟茶给她，"还要大碗喝酒吗？"笑了一下。平常威严惯了的脸，突然的笑有雨后天霁的效果，放大了他的随和。

林碧微赶忙笑着附和："宋叔，上次杨局那里多亏您……"她刚要表达谢意，宋非摆摆手："来，喝茶。"他说，"我老了，到这个年纪，能交上你这个小友，也是有缘，"微笑散在他平静的目光里，宋非推过去一个小盒，打开，是一尊玉佛，"也不知道你们年轻人喜欢什么，其他的都显俗了，这个物件，我随身把玩的，送给你，图个吉利。"

她觉得贵重，指尖蜷缩。

"这么说，林小姐是不拿我当朋友喽。"说到这个程度，林碧微不好再拒绝，可也不敢贸然收下。宋非啜一口茶："拿着呀，底下有事求你呢。"

林碧微陡然间正襟危坐，表态得过于郑重，说："您尽管吩咐。"

宋非笑了。"放心，不是收买你让去杀人越货，别紧张，小事一桩。先喝茶。"

喝了一壶茶，扯了一会闲话，宋非忽然问她："林小姐有兄弟姐妹吗？"

"家里就我一个。"她的原生家庭，在这城市里，没人知情。

"在这里也没个亲故？"

"嗯，没。"

"一个人打拼，确实不易。"

事后她才琢磨出玄机，这城市里她孤零零一人，没个根基，就算消失了，一时半会也没人在意。

"听周立说过你的努力，女孩子自强自立，到哪里都受人尊重，是好样的，我很欣赏，"他说，"可惜我的子女，不及林小姐这样争气，特别是小儿，最不省心。"

林碧微想，那是呢，含着金钥匙，不管往哪个方向，一抬脚，路自动铺好，换做谁也不用满世界急吼吼地争抢。

“请你来，就是想让小儿多和你接触接触，以后你多开导他。”宋非说，“给你添麻烦了。”

林碧微想，带孩子？保姆？少爷侍读？

“小儿不成器，有件东西，家里一直收着的，被他拿了出去，也不知是卖了还是送了人，他脾气坏，不肯说，现在不知下落，当然他也是无心的。你和他熟了，方便时帮着问问。”

林碧微满腹狐疑，你怎么不去问？就这么确信我会问出来？

“是什么东西呢？”

他眼里精光一闪，沉吟良久，方淡淡地说：“他自己知道的。”又说，“周立那边我帮你请了假，薪资照付，忙完这一段，你要是愿意继续留在我这里，那就更好了，”又说，“当然，还要征求你的意见。”

这就是没得商量了。林碧微一阵窃喜，舒一口气，看来这回押对宝了，换一个山头，风景自会不同。她心怀感激，加水添茶。“谢谢大叔，”她说，“可我还是想不识相地问一句，为什么选择我呢？”

宋非笑得竟有些寂寥：“以后你会知道的，相信我不会看错。我老了，和小儿沟通起来，他也听不进去，只好辛苦林小姐。”

见到宋天心，林碧微才体会出宋非的颓然老境。宋天心斜躺在沙发上，跷着脚，一脸的玩世不恭。“老头派你来的，监视我？”他说，“现在我要去拉屎，你要不要跟着？”

林碧微眉头都懒得皱，这种两人之间的较量和轻型剑拔弩张，她太熟悉了，前面有暴躁的母亲长年陪练，后面在公司里有周立，都是针尖对麦芒的脾气，这些路数林碧微早已修炼得挥洒自如。她率先打开洗手间的门：“祝你拉得顺利哦，要帮你擦屁股吗？”她平静的样子，风云都能攥在手心，宋天心气势上先输了半截，倒讪讪的了。“从今天起，我来给你补习英语，签订的协议是你什么时候分数及格了，我才能拿到工资，所以，我们都用点心，行吗？”林碧微说，“要没别的事，我们开始吧。”

“还是别费这个劲了，”宋天心说，“这屋里的，你看上哪个，拿去，就当补你工资了，”他说，“我觉得我们没必要为难对方。”

“你好大方哦，可你真能做得了主吗？我可不想拿了件东西，像某人似的，做个小偷，多丢人哪。”

提到他丑事，戳到痛处，宋天心气咻咻的，踢倒灯台，又摔了一个茶盏，宣示他对这里的物件毋庸置疑的所有权。

“这就恼了？”林碧微旋转着杯子，一杯清水喝得不疾不徐，“底下还有呢，要不要我说下去？”

“你说，你说。”

“你哥你姐人家都是留学回来，各自独当一面，你爹虽然提供了平台，可他们也的确有能耐，是给台子接着添砖加瓦的；你呢，除了会使性子撒个欢，做点男男女女的烂事，耀武扬威的，还会什么呢？那些围绕身边恭维你的，真以为都怕你？无非想从你这里和你爹攀上一层关系，分点蝇头小利，他们对你笑得多用力，就说明生活是多残酷。你马上要十八岁，睁开眼看看你博厦街的那些小伙伴们，要么在努力上学，要么早早下来被生活摁在地上摩擦，有几人不竭尽全力，以求命运开恩于万一？你真该庆幸你伟大的疯娘当初赌对了，让你侥幸成为寄生在好运气上的废物。”

“你，你……全他妈屁话，你以为我傻吗，没想过这些事儿？再说，你有什么资格评判别人的生活？告诉你，世界就是被你们这些把野心和欲望包装成梦想的狗日的弄坏掉的，到处都是钩心斗角，乱糟糟的。我在博厦街上，有自己的活法，至少每天都是快乐的！”

“可拉倒吧，傻弟弟，你那不叫活法，叫混日子。一个两手空空的人，连给暗恋的女孩送个东西都得靠入室盗窃，还快乐？你这快乐可真够掉价的，接近于无耻了。”

“我偷的是街面上横行霸道的祸害家里的，不觉得有什么跌份的，哎呀我去，算啦，说不过你，读书多的就这德行，说啥都一套套的。”他恼羞成怒，却也无计可施，又不能给她两拳，只好恢复吊儿郎当的样子，笑嘻嘻的，“看来对我做了不少功课，还有没，说不定再激将一下，真能把浪子唤回头呢，多有成就感的事，是吧，大姐？”

“才懒得劝你，我有自己的事做，到哪里都饿不着。我是可怜你，寄生在别人屋檐下，屋檐再华丽，人家再有钱有势，也是人家的，你不过是个暂时的陪客，有你俩哥哥姐姐，轮不到你做主角，再这样瞎混一气，到最后，老爷子一死，你屁也不是，一声滚，立时被逐出家门，倒是也没白折腾，落一个疯娘要养活。”

宋天心忍不住，这女人太恶毒了，想扇她几巴掌，他攥住林碧微衣襟，右手扬起，迟迟，还是没落实。“你不是来教英语的吧，说吧，老头让你来干什么？”一旋手，作势要卡她脖子。

“你现在还不知道自己的危险处境，告诉我那件东西去哪里了，我告诉你个天大的秘密。”

“什么秘密？”

“你家老头，肝癌晚期。”

“你怎么知道的？”

“那就是我的本事了，”她说，“现在你哥姐还不知情，尚有转机，不然，他一死，你也就到头了，OUT，出局。”

宋天心浑身一震：“你说的是真的？”

“现在，可以把那件东西的下落告诉我了吗？”

7

老徐好喝几盅。玻璃小瓶，六两，当地产的米酒，味道清甜，主要是便宜，几块钱，配一碟切得细薄的猪耳，够他消磨半个晚上。他喝酒也不单是因酒瘾，而是拿这个止痛，腿疼时，喝上一气，醉醺醺的，能暂忘了疼。近来他的静脉曲张更严重了，血管瘀滞，血瘤子一嘟噜一嘟噜凸在那儿，呈紫黑色，葡萄丰收似的，从小腿盘根错节一直延伸到膝盖以上。喝醉了，他恨不得照自己腿上打几巴掌，同样都是出力的，别的人怎么没有静脉曲张？你呀，真是，生就的贱命，屁症还不少。可他不敢打，医生警告过了，你就拖着吧，几十年的烂腿，血管都打结了，疙疙瘩瘩的，一旦血瘤破了，没法止住，小医院都不敢接收。每次上工前，他用纱布将两条腿小心缠上一圈，再套上厚厚的劳动布裤子，生怕磕碰了。

可老徐最近干劲很足，他被品牌油漆的家装公司聘请为高级工，不用再自己到处去找活儿，公司的订单源源不断。现在年轻人买个新房不易，装修起来，对墙面色彩要求高，一个房间恨不得几种颜色，婴儿房有的还要用多种油漆调配出色彩效果，他手艺好，不偏色，刷得细致均匀，历经岭南湿漉漉的回南天好几年都不返潮起泡，客户间相互介绍，指名要他们公司老徐来刷。工资挺高，他挺骄傲。刷着别人的房子，他心里美滋滋地想，看什么腿啊，哪有那个工夫，哪天真不行了，一蹬腿死了算了，趁现在还能干得动，再辛苦几年，攒下些钱，说不定还能给茵茵买个小房子呢，到那时，他得好好刷它个五颜六色。他嘿嘿笑，笑了一半，想女儿喜欢素色，可能不允许他发挥呢。他还是咧着嘴笑，同事问他："老徐，笑个啥呢，白日做梦娶着媳妇了？"他也不恼，乐呵呵的。

可是，女儿没让他将好梦做完。

乖巧的徐茵茵，忽然下了学，再不愿上了。

老徐后来才理解女儿为何不上学的。

徐茵茵学习中等偏上，有点偏科，但他知道，女儿尽力了。自上了高中，徐茵茵更显瘦了，她听父亲的，一门心思扑在学习上，希望能考上一个像样点的大学，有个相对稳定体面的工作，以期将来父亲老了，更好地报答他。而老徐，对女儿欣慰之外，压在心底的，还有一份额外的感激。

当初，妻子要和他离婚，老徐没什么可说的，抽着烟，烟蒂灼了手指。年轻时，妻子很美，在他这里，有些枉费。他甚至劝徐茵茵："囡囡，听话，跟你妈吧，对你将来好……爸爸没本事……"可女儿还是选择跟了他，老徐的眼泪唰地就落下来了。后边母亲几次开车在学校门口堵她，要接她走，徐茵茵都没曾动摇。老徐加倍对女儿好。日子捉襟见肘，父女俩却其乐融融，在博厦，卖菜的、修鞋的、算卦的，但凡和这些老相识攀谈起来，老徐三句话就能扯到女儿身上，一个父亲对女儿的护犊情深，谁也招架不住。老徐是真得意，这个女儿，俊俏、勤快、争气，是他寒碜的大半辈子里唯一拿得出手的东西，是上天恩赐的礼物。

可不知从哪天开始，女儿不再有啥事都和他叽叽呱呱说个不停了，放了学就进到自己的小卧室里，连开关门都轻手轻脚，心事重重的样子。老徐试探问了几次，她不说，他咨询过同事，得到的反馈是女孩儿到了这个年纪，自然有点敏感叛逆，心往内收，沉默寡言，注重自己的私人空间。“没事，老徐，你就是对闺女太过关注了，没了距离。不能这样，你得给她留点空间。”老徐刚要宽点心，却突然，女儿不愿上学了。怎么劝都不听，也问不出原因，老徐动怒，甚至打了她几下，当然下手很轻，可话说得有点重。爱之深责之切，眼看着通往未来的唯一一根希望的绳子，毫无征兆，咔吧，断了，老徐捶胸顿足，却无计可施。

这天，刚吃完早餐，徐茵茵将一个纸包丢给父亲：“预约了后天的手术，去看腿吧。”

老徐接过，打开，眼睛被蜇了一下，眨巴着：“这……这钱，从哪来的？”

“你别管，没偷没抢，”她说，并追加一句，“反正指着你做个装修工，天天批墙搅油漆，忙活了半辈子，也医治不起那副烂腿。”

“装修工怎么了，瞧不上？那点工资是不高，可也没耽误把你养大啊，都会吧啦吧啦犟嘴了。”

“那是，看怎么养法，有口吃的能活着是养，人家金堆玉砌也是养，”徐茵茵噙着眼泪，“就当我欠你的，这次我还你，以后我们谁也别管谁。”

老徐歪着脖子，眯着眼，使劲看，却看不懂现在的女儿，他换成商量的口气：“茵茵，要不你还去上学吧，学校我帮你打听好了，就插到复读班里，不拘考上什么，爹都供你。”

可女儿一句话就将他顶回去：“你有钱？”

“我现在工资涨了，再说，没有也可以借嘛，你这样在酒店里做事，终归不是长久之计。”

“都说了，不要你管。”她说，“你要的不是女儿，是学习好、乖巧、听你的话的那个小人儿，你真在乎我吗，你在乎的是你的面子。是不是觉得我现在拿不出手，给你丢人了？有本事你再打好了，我就这样了。”

这些势利的家长，还好意思说，体面时是你女儿，不体面就不是了，也想得太美了。她得拿出这恶狠狠的劲儿，徐茵茵咬着牙，掐着虎口，怕自己泄了气，做不到凶狠到底：“认不认我这个女儿，随便好了。”徐茵茵开门走出去，“记得，后天。”

望着女儿倔强娉婷的身影，老徐叹一口气，想，真作孽，上次不该不分青红皂白打骂她的，这下好了，多少年维系的父女感情，前功尽弃。老徐在自怨自艾，却不知这是女儿留给他的最后一抹剪影。

8

徐茵茵并不算惊艳，脾气随和，小巧玲珑的，邻家女孩的模样，长相里有一份恬静，似月光落在眼睛里，常笑笑的，这一静一动在青春的眸子里汇合，清纯而活泼，是很多男生心目中初恋的样子。刚一进光明高中，就有很多人追她，当然，她都没答应。因为她心里有中意的男孩。男孩在隔壁班，学习好，长得不仅好看，还清爽明朗，是几个兴趣组的组长，那种魅力和自信，脸上自带着光芒。总共和他也没见过几次面，可一个人心里装着另一个人，就像装着一面鼓，所有关于他星星点点的话题，都可以在心里溅起巨大的轰响。轰响多了，再见他，脸上不由得发烫，心跳得那个快呀，像商铺平安夜挂在圣诞树上的小彩灯，一闪一闪，明明灭灭。她努力着，让自己变得优秀，再优秀些，或许他就会注意到她了。

期末班级联谊，徐茵茵被强制报了个节目，她唱了一首孙燕姿的歌。她声音纯净，唱歌好听。她在唱《遇见》的间隙里，有几次发现他在看她，还随着她的歌声配合着哼唱的口型，可她站在台上，不敢和他对视，那种感觉像是全世界都不存在了，只他一双眼睛是最后的光源，而她怀着一腔紧张，不敢去看……终于下了台，到了闲聊阶段，各人谈及梦想的大学，徐茵茵听到他说了自己的理想，她心里一个"咯噔"，那是一所有名的学府，徐茵茵咬咬牙，记下了，也决心去考它。一转头，发现他也在看她，徐茵茵的心，一下子鼓点乱了，怦怦怦怦，跳得五彩缤纷。她喝了一口可乐，呛住了，眼泪欢快地跑出来……徐茵茵想象着，她也考进那所大学时，他那么聪明，一定能明白她的心迹，到那时，她该以怎样的欢喜甚至甜蜜的委屈，来回应他灼热的眼神呢……

可事情的发展比她预想的要美好得多，到了周末，他主动约她，他们去学校附近的小河边散步，河水缓缓地流，他们沿着河岸走了很久，她全明白他的心思了。

徐茵茵一眼不眨地盯着某个虚无的点，她回想着他在河边说过的话，回过神，摊开书本，她在心底告诫自己，徐茵茵，你要努力学习，非常努力，才能跟上他的脚步呀。她埋下头，正要温习试题，却飞来一封不速之信。

信上歪歪扭扭，错字连篇，大意是注意她很久了，要和她“交个朋友”，署名是张浩辰。如此一月下来，信冒失地来了十来封，火力密集，死缠烂打，格调低下，直奔主题。徐茵茵理也不理。这天正课间休息，她做着习题，张浩辰领着一众男生，大摇大摆地到她面前，敲敲桌面，啐一口，宣布似的，高声说道：“在学校你跟老子装什么清高呢，摸一下跟狗咬了似的，夜里头怎么不见你清高呢？”他甩出一沓钞票，兜头抛撒过去，“这是昨天晚上你该得的。”

徐茵茵愣了一下，在别人的哄笑中，张浩辰摇晃着走掉，剩下她，被奇怪的眼神原地围剿。她无助地伏在桌上哭了，底下整整两节自习课，她都没抬起头，悄悄地，一直哭。她哭的不仅是被张浩辰诬陷，还在于当时，围观的人堆里，隔壁班的他，也在里面，一直报以冷眼。

她感觉天塌了。

流言像被石子遽然击中的垃圾坑里四窜的苍蝇，围绕着她，嗡嗡的，她走过时，忽然噤了声，她刚走远，立刻又汹涌翻腾。闲极无聊的学生们指指点点，议论纷纷，之前追她不成的，也奋勇落井下石。“真的假的啊，看不出来哦……”“平日装得那么清纯，原来早被睡过了……”“听说她妈妈就不是什么好货，嫌她老爸穷，婚内出轨另觅金主了，如此说来，她可真是深得家传啊……”

那些嘀咕，也许只是在枯燥的学业中，宕开一笔，逞一时嘴快，并没上心，可恶毒的雪花，一瓣一瓣累加，最终压垮了她。她才知道，同龄人的恶意，有时比成人有过之而无不及，这恶意很多还是无心的。徐茵茵恨不得戴上面具，或者自此从学校消失，她快速地瘦下去。可这还不算完，命运还要再补上一脚，让她彻底寒心。

那天，一到课桌前，她看到桌洞里的信，那熟悉的字迹，那温暖的话语，让她泪下两行。信上写着：

这几天常常梦见你，知道你难过，却不知怎么劝慰，好像跟你说了许多，又像是什么也没说，惊醒过来，才发现你的样子就像醒后记不清的梦，月也朦胧星也朦胧，在天上飘在云里游，什么都是雾蒙蒙的，但是一种很美好的感觉，存在心头，袅袅不散，星河下面，就我俩并肩站在那儿……

末尾留下一行：“今夜来河边，有话给你说。”

她去了。

这个世界都在看她笑话，只要他还相信她，理解她，给她一个笑，就够了。徐茵茵到了学校后面的小河边，那里有一片丰盛的树林，是初恋学生的隐秘乐园。她羞赧了脸，刚踏入树林边缘，闪现出的却是张浩辰，笑嘻嘻的，踱到她身边，一把将她拉进树林。

“你不是喜欢他么，他也说过喜欢你，搞得你俩两情相悦、忠贞不渝似的，可结果呢，稍微吓唬一下，给点小钱，他就夙了，主动写信替我将你约到这儿，你说妹子，你这都什么眼光啊……”

张浩辰欺压上来，捂住她的眼睛和嘴巴。

天黑了。

9

“烛光别苑”是他们私下给的称呼，实际上不过是一栋临海别墅。它特别的地方是一楼极尽奢华，二楼装修简单，全楼不通电，以示无任何电子设备监控，落地窗帘遮掩，室中置仿古青玉五枝灯，高七尺五寸，下作蟠螭，龙口衔灯，点燃后，鳞甲闪动，屋里明亮闪烁，灿若星辰。人就在这瑰丽梦幻中放心地撒欢。老丁的演艺公司负责往这里输送大小的女伶，以供各路要人前来消遣。

她依稀记得车开了很久，被架入屋里时扑面嗅到了咸润的海风，到了屋里，高高低低走了一段楼梯，揭掉眼罩，眼前是一张白净面庞的中年笑脸。男人的嘴唇薄而缺少血色，时不时舔一下，油亮的眼珠转动腾挪，灵活的眉眼和锋利的嘴唇配合出一个三角区，跟着大佬，眼珠一错，察言观色，嘴唇开合，随时见风使舵。再细看，他并没有笑，可能平日笑得太多，太下力气，脸上的纹路早已惯性固定了，像一张面具，所以他愤怒时，也透着一团喜气。

“这玉虎头是宋天心送你的吧，他倒挺舍得，没事，我们不追究，”他说，“但是，你得交代一下这里面少了的那件东西，去哪儿了？”他眨眨眼，“很小的一个东西。”

徐茵茵打量着屋子，觉得似曾相识。低调的房间内，最醒目的是中央的水床，床被装饰成一艘大船的模样，船头上屹立着一件天然形成的崖柏长龙，龙身上嵌着碧玉裸女，人在船上，摇桨打橹，船便乘风破浪，如置身波涛翻滚的海洋。望着那件龙形崖柏，她想起来了，那些视频上的场景就发生在这里。

她打了个冷战。

“知道多少钱赎回的吗？”老丁伸出五根指头。这还是阐明利害，店主忍痛割爱，实价远在这之上。“你倒好，白菜价卖了，不过卖了也没啥，那个芯片你留着也没用，想想放哪儿了，这个回头还送给你。”老丁摩挲着虎头，“这个大个的籽玉，沁色柔润，真是难得，”他说，“再给你的话，别典当了，我帮你收了它，足够你家买套房了。”老丁放下玉虎头，等她回话，“还不打算吐口吗？”他说，“叔叔知道你是被迫卷进来的，没打算伤害你，可你要是这么不配合，也就别怪……你想想，家里还有老爹等着你回去呢，他可就你这一个女儿。”

她发现老丁的两只眼会变换，一会是狼，目露凶光，一会是羊，温良湿润。在狼的凶狠和羊的苦口婆心中，徐茵茵沉默得明显力不从心。

“还不说吗？”

“叔叔，我没见过，真的。”

老丁摇摇头：“这就不好了，你是清白人家的孩子，年纪这么小，不该说瞎话。”他说，“这屋里的场景是不是觉得熟悉？”老丁叹口气，“那可能是你忘了，没事，我帮你回忆下。”

他搬出笔记本，支她跟前，放出一段视频。徐茵茵脸红耳赤。老丁在旁边讲解：“听说你喜欢唱歌，你仔细看看，这个女的，认识吗？”电脑上一对男女赤裸身体，在船形水床上呻吟。当事的女孩，竟然是曾红极一时的歌手。“给你机会了，你不珍惜，到现在你可能还认识不到这事的严重性，非要卷进去。”他又打开几个视频，徐茵茵低下头，不去看，老丁拽着她的头发，摁住她的脖子，让她盯着电脑。画面上男的赤裸着，她不曾深入社会，不知道这些人都是有来头的各路诸侯，身下的女生娇喘着，有几个，她认出来了，是平日星光熠熠的角色。

她感到一种恐惧，如掉进一个莫名的旋涡里，徐茵茵张大着嘴巴，哇地哭了。“叔，您饶了我吧，我真的什么都不知道……”

老丁恼了，扇了她一个嘴巴子，抽了支烟，她断续的哭泣让他心烦，老丁举起烟灰缸，要给她一下。

正于此间，身后一声喊："老丁，你干什么？"一个女子奔过来，将电脑合上。

老丁还瞪眼："你充什么好人？"他嘀咕道，"我可不像杨云涛，以为宋非对你高看一眼，就吓破了胆，其实你算个什么呢，真不知老头发昏看上你哪点了，告诉你，最好别惹到我，不然……"他做了个凌厉的手势。

"好，你厉害，有本事你去问老宋，别他妈就会吓唬个小女孩，"林碧微把电脑杵他怀里，"现在，请滚出去，好吗？"

轰走了老丁，林碧微坐下来，凄恻地笑笑："妹妹，别怕，有什么话，和姐说。"

徐茵茵捏着纸杯，手不住地颤抖，被林碧微握住，放在手心，林碧微望着她："妹妹，我也害怕，在这里，我们都是蚂蚁，他们随时可以碾死我们，无声无息地。"说着，她流了泪，清冷的泪珠挂在脸颊。

盈盈的笑脸，家常的装扮，让徐茵茵感到一丝温暖和信任，却不知这是早已商量好的，一个唱黑脸，一个唱红脸。

"我要是劝不下你，你知道他们会怎么做吗？"徐茵茵看着她，手抖得更厉害了，"他们会让我们成为刚才你在电脑上看的那种玩物……"林碧微帮她揩去泪痕，自己也擦了擦眼睛，揽着她的肩头，在她步步惊恐的目光中，说道，"所以，就当帮姐姐了，也是帮你自己，你知道的，都说了吧，好吗？"

惊惶中，徐茵茵点了点头。

一个小时后，林碧微来到楼下。

"问出来了？"老丁问她。

林碧微没理他，兀自坐下。

老丁趋附过来，一脸喜气：“老大果然没看错，真有你的，”他说，“我们怎么就没你这亲和力呢，循循善诱的，说哭跟真的似的，哈哈……”

林碧微正色而起：“刚不还说我算个屁呢？我也告诉你，老丁，我是无足轻重，是不入你眼，但这次随着了解越多，我越不愿意卷进这个浑水，也没打算和你在老头跟前争宠，明白吗？”

“都不过是想傍上老宋这棵大树走点捷径，假撇清什么，”他说，“你已经进来了，还能抽身吗？”

林碧微叹口气：“礼盒就在她工作的酒店个人衣柜里，她根本不知道夹层里有个芯片，只拿着那个虎头去典当，想换些钱，给她父亲看病。你去取吧，回头你给老头说一声，事情解决了，让他也安心。”

到这时，老丁是有一点感动的，让他给老头汇报事情搞定，而所有的计策几乎都是她设计的，却没邀功，老丁想，是个有心气的女人哪，成也在你单打独闯，败也在你单打独闯，在老头跟前，我追随这么多年，总不能让你抢了风头。老丁说：“你确定她真不知情，没动过，没有备份？”

“一个小女孩家，应该没那个心机，问起所有事来，她一概不知，不像是装的。当然，你要不相信我，自己再去追问好了。”

“那也不必，相信你的能力，绝对骗得她给你交了底。”老丁嬉皮笑脸的，忽又很愤怒，“你说老头也是，这么重要的东西，放在哪里不好呢，非得放在他所有收藏里最不值钱的玉虎头盒子里。这一顿折腾……”

“这芯片里到底是什么重要东西呢，值得这么大张旗鼓？”

“我觉得你还是别好奇了，”老丁叵测一笑，“为了你好。”他说，“我去取，你看住她，回来再做计较。”

老丁驱车而去，过了个把时辰，方才返回，进屋冲林碧微摇摇手里小小的黑色芯片。“嘿，果然在里面。”老丁放心了。他取了红酒，倒了两杯，颤颤巍巍，杵到林碧微跟前，“事妥了，来，庆祝下。”“叮”一下，和她碰了杯，老丁示范性地喝了。林碧微也抿了一口。

老丁笑了。

林碧微扶着额头，晕乎乎的，坐立不稳，头脸发热。回想一下，酒里有一点淡淡的涩味。林碧微惊住，破口大骂：“老丁，你想干什么，所有的功劳都归你了，你这么做，还算个人吗？”她嘶喊着，“我要给宋非说，给我电话，我要打给他……给我电话……我要告诉他……”

她的声音渐渐低下去，转而想到，如果宋非不授意，他哪来的这个胆子？但她还心存幻觉，或许宋非不知道，老丁这个狗东西作孽，可事后即便宋非知情了，大约也只会装模作样训斥老丁一下吧……林碧微欲哭无泪，捷径还没走通呢，就已经付出耻辱的代价，她从愤怒转换为恐惧，身体像是一张弓，被不确定的惊恐支配着，抑制不住地颤抖，她深刻体会到了刚才徐茵茵的抖动。

老丁终于支好拍摄支架，走近她，他说：“你不是好奇盘里都是什么内容吗，我们总得有点把柄抓在手里，录上这一段视频，就有理由相信你了，以后再做什么，我们就一条心了。”老丁扯她衣服，“菩萨低眉，金刚怒目，我们都是阎王跟前的小鬼，做事得多替老大想想，不能有纰漏。”他开始解皮带，“没办法，你担待，”老丁黑压压地覆盖下来，垂在她耳边，说，“想平白加入进来，暗地里总要付出些代价，要些心机就能狐假虎威，世上哪有那么便宜的事，是吧，妹妹？”

她想挣扎，想打骂，想哭喊，想讨价还价，可头昏脑沉，眼皮上似坠着铅块，睡意袭来，她躺倒在沙发上，动弹不得，费力睁开眼，发现二楼拐角处徐茵茵正朝楼下客厅这边探看，她捂着嘴，流着泪，掏出手机，那样子要报警，阻止老丁的暴行。林碧微作势让她退回屋内，对她微笑，没事，妹妹，你不要轻举妄动，因为，没用。可徐茵茵还执意小幅度做手势，手指凌乱，林碧微看了一圈，也没能猜到她的心意。可她还是坚持让徐茵茵退回去，装作没看见。林碧微转过眼，老丁带着烟臭的喘气压过来，她感到一阵目眩，忽而领会徐茵茵的意图，她无声苦笑，眼泪滑落，这下坏了，原本以为已经平稳推进的事情，又要荡起不可预测的波折。

10

记忆里那条河流总是丰盈的，悠然地流淌，最后汇入浩荡东江。晴好的日子，云朵在河中静静流动，两岸的花草一脸烂漫，仿佛人间从来没有秋天。沿着河岸走下去，走过草地，走过花朵，直到有一处高坡。坡上长着灌木小树，仔细看去，每棵树身都镌刻细小的文字，有的奔放，有的婉约，不外是附近学生的萌动情愫。周末时，她常来坡上坐坐，摘一枚草叶，在手心揉搓，望着河面潺潺，心头浮着朦胧的忧伤，青春期的女孩子，有了柳絮般起落的心事。

她在河流左岸，也就是所在的学校在河流左岸。其实，河流本来只有此岸和彼岸，可是她却喜欢这么叫法，就如他的名字叫孟阳，她却喜欢叫他大熊一样。他身形高大，笑起来，像是一张网，笼罩着她，她甘愿被笼罩，信赖地接受他的光芒。

当时，对岸是广阔无边的田地，齐整的稻畦，始终是一片模糊的印象，仿佛很神秘很遥远的样子。那个让人温暖到心碎的黄昏，他曾牵着她的手，在棕榈上刻下他俩的名字，她抚摩着那并排刻下的名字，眼角湿润，心跳加速，她说："大熊，你看，它们在一起了，多么好……"他眼睛明亮，望着她，嘴角含着夕阳的光线，她想就此沉溺下去，可他有主意，说："茵茵，我们都是没有家底的孩子，只有好好学习，才能有未来，等我们考上大学了，再来这里，"他忽而变得羞涩起来，这么大个子，在她跟前红了脸，在邹孟阳和徐茵茵两个名字之间，还留了一点空白，"还有三个字呢。"她知道，她懂得。她真想幸福地哭上一会儿，她原本的要求很少，那些情愫压在心底，能和他一起学习，一块散散步，她就很知足了，可命运一下子恩赐这么多糖果，她有点受不住了。还有比这更美好的事吗，你眷慕的人，也恰好眷慕着你，眼睛里倒映着彼此的心跳，咚咚咚，她捂住胸口，生怕一颗心会化作水鸟飞出去了。她扶住棕榈树，吸一口气，空气都是甜的。他还在说："到那时，再刻上，你要记得，追你的人那么多，不要一转身甩了我哦。"她终于忍不住，眼睛落了一阵急雨，她哭了，又笑了，打他一下，努力点着头，一脸笃定，一脸憧憬，拉着他的手，一直走到落日尽头。最后，望着浑圆的落日，她说："幸福鸟飞走了，飞到右岸去了。"她管那种白色的水鸟叫幸福鸟。此刻，连一棵草一朵花，都是幸福的。他攥着她的手，拂开她脸上缭乱的鬓发："我们一起努力，也会飞到对岸广阔天地去的。"

她信他。一直相信。

……

她知道，那封信是张浩辰逼着他写的。她不怪他。她甚至傻傻地想，张浩辰，你不是要纠缠我么，那我就奉陪你好了，可是，你不要耽误他，他是我心底的那颗星，是我右岸的风景，他有远大的前程。

她下了学，在酒店做前台，邹孟阳还曾费尽力气找到她，徘徊在门外，到了晚上无人时，才进来，问她为何不上学了。她一言不发，他开始扇自己耳光，哭着，求她原谅。她不为所动，满眼冰冷："我学习又没你好，上学有什么用呢，考上大学，还不是给人打工？"她头也不抬，"你的目标不是中山大学吗？你不说家里还指望着你翻身，带他们一起逃出穷窟吗？还不去努力？你忙，我也忙，以后不要再来找我了。"

都高二下半学期了，我的真命天子，你要拼搏进取，考上心仪的学府啊，我不值得你再浪费心力。她笑了："说起来，多亏你拉的好皮条，谁能想到呢，张浩辰走了狗屎运，现在变成了宋天心，他对我很好，他老爸有多大势力你知道吗？只要我愿意叉开腿陪他玩，这个酒店他现在眼都不眨就能买下来送我呢。"她说，"可真要感谢你。"

没想到才几月不见，她出语这么直接粗鄙，他愣在那里，泪珠子挂在脸上，一时都忘了哭泣。

"怎么，还不走，好吧，给你看个东西，这是宋天心今儿随手给我的，说我是98年属虎的，送个玉虎头给我，哈，真遗憾不是属大象的，说不定这傻玩意还送个更大的呢。"她鼓动鼻翼，笑得无所顾忌，"你能送得起再来找我哈，"她说，"我也陪你玩儿。"

邹孟阳嘴巴张着，一下子心被掏空，凸着眼睛，憋得满脸紫红，“好，”他说，“徐茵茵，原来你是这种德行，你活该！”他一跺脚，转身跑掉。他奔跑的身影涨满愤怒的夜风。

等他彻底消失不见了，她的眼泪才哗哗流下。

……

她来到河边坡地，找到那棵棕榈树，掏出小刀，把自己的名字划掉，树上于是只剩下他的名字，在晚风中，孤零零的。徐茵茵哭了，她摩挲着他滚烫的名字，心说，对不起……右岸或许是我今生无法抵达的一个梦吧，我的亲人，你要替我去实现它。

11

到了那栋公寓附近，老徐就想起来了，这里的墙面是他粉刷的。当时为了那种低调的高级灰，他用进口的油漆调配了多次，试验了好几回，才让主家满意。在附近的绿化带里潜伏观察了半个月，他慢慢摸清了这里的人际格局。所以他黄昏消隐时分进来的样子熟门熟路的，径直走到林碧微的办公室，说：“林小姐，你的外卖到了。”林碧微从电脑后抬起头，哦，原来是他。

埋伏的石头终于露出来了，林碧微叹了口气。原以为别墅的那个晚上，不值一提，像是一个小插曲。大佬不小心将备份之一的芯片放在桌架下的玉虎头盒子里，被不成器的孽子顺手偷去借花献佛给曾经心仪的女生，女孩典当虎头为父亲医治烂腿，芯片也顺利追缴回来。老丁仍鞍前马后伺候，插科打诨，根基很稳。各方都没损失，不过是河流里虚掷了一枚小石子，波纹退去，河面依旧平静。只是事后在偶然的深夜里，惊醒于接连的噩梦，老丁压下来，录像器嘶嘶转动……她会在心底问自己一句，林碧微，你值不值？可她很快就能找到理由为自己开脱，弱肉强食，一个女子，有什么办法呢？那些鼓吹的独立姿态，都不能掀开门帘往里细看的，她见得多了，不过是一种故作的姿势。

其实她没打算从周立那里辞职，原以为狐假虎威可以借力省点事，可真到了老虎身边，才知道步步凶险。在宋非给她的几个职位里，有去越南胡志明市监督新厂的，有去某地开发区做分厂人力资源总监的，可她还是选择了打理宋非个人收藏馆这个清闲边缘的位子。林碧微想，我不过是谋生，没必要以性命做赌，陷入是非中心。可日子在继续，水是流动的，总会溅起一些涟漪，伴在猛虎身边，骑上去不易，下来更难，林碧微无奈一叹。

“我们又见面了，”她说，“你是茵茵的父亲吧，送外卖了？”

老徐一脸焦灼：“林小姐，你能告诉我，茵茵现在到底在哪里吗？”

“不是在江西吗，新开了一家酒店，她在那里做领班，她主动要求外派到那里的，听说做得很好，茵茵好强，将来还会有出息的……”

“她在电话里，也是这么跟我说的，可我去找了，没有所说的那家酒店。”老徐打断她，“不要骗我了，告诉我她到底在哪儿？”老徐的眼皮鼓胀着，眼睛灼灼，忍住汹涌的泪意。

林碧微本想事不关己，以一句反问撇开，你的女儿，她都不跟你说实话，我一个外人，怎么会知道呢，是吧，徐伯？这里面的浑水太深，她是真不想介入，可老徐突然扑通跪下，他身形高大，这猛然一跪，像一堵墙轰然倒塌，带着扑面而来的声势席卷了她。老徐哽咽道："我就这一个女儿，已经两个多月没见到她了，闺女，你告诉我好吗……"

林碧微赶忙奔过来，拉住他，他花白的头颅摇晃在眼下，林碧微默然许久，说："伯伯，你坐下。我只知道，她没事，现在过得也还好，别的，我就不清楚了。"她接了水，端给老徐，俟其平静，甚至掏心地说，"毕竟，在这里，就像你在社会上一样，我们都是小角色，"她说，"茵茵很聪明，她不会有事的，你放心，好好医你的腿，过不多久，她就会回来看你的。"她在言不及义地劝慰，"伯伯，有些世界，是你也是我不曾踏入的，所以有些事，你可能暂时不能理解，茵茵不愿告诉你，就是怕你担心，其实，她没一点事，从现实考虑，甚至可以说，交到了好运气，你放心好了。"

"你让我怎么放心？"老徐拿出手机，"两个月没见她了啊，"他翻出一张照片，林碧微看了一眼，天旋地转，是她在别墅那天被老丁剥去衣服录像时，徐茵茵从楼上拐角处照的。她的原意可能是留存证据好报警处理，在被林碧微制止后，出于恐惧，徐茵茵慌乱中发给在紧要关头唯一可以为她挺身托举的父亲，虽然她很快就表示发错了，并撤回。彼时老徐正在涂墙的间隙，让年轻的工友教他使用智能手机，当时工友即时下载传阅，还开下流玩笑："这女的谁呀，身材不错哦，挺白。谁发给你的，备注是'阿丫头'，你闺女？我去，老徐，你女儿看这种图片，你可要当心哟。"丫头前加个"阿"字，是想女儿在通讯录里显示第一个。当时老徐还辩解："许是她手机中毒了，你不常说有病毒啥的嘛。"

林碧微明白他为何单找她来问了。

“后边我才认出是你，”老徐说，“你肯定知道中间的内幕，能和我说说吗，”他说，“我只想知道和我女儿有关的。”

该怎么说呢，事情都是一环套一环的，从哪里截取都觉得离奇，可她又没有能力将全局统筹连在一起，是该说宋非怎么和妻子联姻并赶上时代的红利谋取到现在的势力的；还是说老宋十七八年前的一念之差，将一个不过是想走点捷径的漂亮北妹肚子搞大，女孩机关算尽太聪明却没能翻过大婆的手掌心，儿子引产后被送到贫民窟呢；或者是说张浩辰亦即宋天心对老徐乖巧伶俐的女儿的觊觎之心；再或者是说老宋掌控他的商业帝国，古之贤者是坐密室如通衢、驭寸心如六马，他是坐密室如宝座、查监控以驭众人，藏在茶室观赏录下的各路要人不雅视频以控制各方且以自娱的怪癖，并不小心将某个芯片随手放在抽屉的盒子里被孽子偷取献给心仪的女生作叩门之礼呢；或者再说为了讨好宋天心，老丁将徐茵茵派往另外的住处，并逼迫她以手机汇报父亲说外派到江西工作；抑或说她林碧微为了套取宋天心信任，经由老宋同意，伪造医疗单据，骗他说他父亲肝癌晚期，哄出他和徐茵茵的故事；再或是说她从别墅出来，提上裤子，对老丁的举措，选择了默认？

很多细节她都是道听途说才能前后连贯的，这里面的关系错综复杂，她算什么呢，不过一枚小小的棋子，哪有资格看清全盘？既然是偶尔役使的棋子，主角自有其谋篇布局，依附在狮虎旁边，安分地做个配角，拾取一些恩赐的残羹冷炙就是，她该怎样向局外的老徐道清这缠绕的脉络？

体味了这其中的曲折，林碧微笑得煞是苦涩：“如果说真有什么错，就是不该把女儿培养得这么优秀，”她说，“很多事情，是身不由己，事不由人。”

不知道这么说，他能懂么？

老徐浑浊的两眼望着她，他没能明白，也不需明白，他是一位父亲，他只想要他的女儿。他语气疲惫，面色茫然，悲哀至极，说：“我就知道，你和他们是一伙的，不会说实话。”他说，“没办法了。”老徐从衣兜里抽出一个东西，似刀子又不是刀子，那是他用了十几年铲旧墙的工具，已经磨得十分锋利，他心说，你们这些人，和我们根本不是一个世界的，总是眼睛朝上，何曾正眼看一下我们，但是，今天，我要你正眼看看，匹夫若怒，也可血溅当庭。

林碧微哭笑不得，他真以为她是他们一伙的了，她不过是要做个小小的狐狸，带带路，帮帮腔，省点力气，得些实惠，可在他眼里，到底是为虎作伥的货色。老徐疾跑几步，甚至有点踉踉跄跄的，林碧微有机会将桌上的热水泼过去，或是将黑曜石做的镇尺摆件砸过去，再或是拔腿跑掉，可她没有，似乎在等着这一刻似的，被老徐颤颤巍巍地以利器抵住咽喉。

他眼眶通红，勒紧她的脖子。

她说：“你就算杀了我，有用吗？”林碧微笑了，“你找错人了。”她想，自食其力做之前的工作多好，非要弯道超车，道没超成，车先废了，可是要再给她一个机会，再出现一个能依傍的虎威，她估计还是要费心攀附的，这也由不得她。“其实，伯伯，你根本没必要参与进来，真的，你这么一来，所有的事情，都乱了。”

徐茵茵还有一个大杀器，林碧微知道，以她的聪明，那个芯片，她绝对有备份的。就在河岸边她和邹孟阳并排刻下名字的那棵棕榈树树洞里。

一年后，海城的专项打黑除恶行动中，宋非杨云涛老丁周立之类悉数落入囹圄，老虎去势，自然鸟兽尽散，林碧微也失去依傍，徒剩狐狸身后空空荡荡，形只影单。到那一天，林碧微自顾不暇，当然更不清楚，是不是和徐茵茵事后将那个备份寄到纪检部门有关。而此刻，铲尖戳破她的皮肤，老徐还在泣血嘶喊，他哭着，乞求着：“闺女，在这世上，我就这一个亲人了，你们还给我吧，我给你磕头，求你啦……”

环形泪

1

张小菲隐隐的恐惧并非来自小医院肮脏的铁床，而是源于发短信给教务主任周信奎的那个黄昏。按照杜一鸣的授意，编好短信，即将发出的刹那，张小菲十五岁的右手不可抑制地抖了几下。她说：“你确定这么耍他？”

“嗯，他最近老找我茬，耍他一下，出口气。”

“不过你这也太下作了点儿。”

“怎么，害怕了？”他打个响指，“没事，你要是怕，这点小事，我再找别人。”

“怕你妹。”

张小菲吹吹刘海，天边落日辉煌浩大，风吹来，她燃起为爱情付出的悲壮，拇指发力，暗暗咬牙，按响炸弹引擎般摁下发送键。

底下就顺畅多了，像一场游戏，他们两个，一人握一部手机，你一句，我一句，发完一串预谋的短信。杜一鸣摇摇偷来的手机，大功告成地笑了，一笑，眯着眼，眉毛挑起来，坏坏的，过来搂搂她：“晚上一起去玩？”

张小菲挣挣肩膀：“自个去，爱谁谁，别烦我。”

他拍拍她头发，故技重演地笑，一把拉过她，用力揽住肩头。张小菲挣了两下，便不再那么坚决，终于任他搂着，嘴上却说：“你不是喜欢她吗，还找我干什么？”

杜一鸣不管不顾地亲过来，轻薄的嘴唇将她覆盖。张小菲爱也不是恨也不是，还在委屈，却又泛起一层甜蜜。杜一鸣再哄她一句：“她爸是镇上的小领导，我家在镇上做生意，逢场作戏陪她耍耍，不想得罪她罢了，不然，你以为我愿意搭理她？”他点着她的鼻子，“你也真傻。”

张小菲心里踏实了，笃定地依偎着他，望着漫天晚霞，幽幽地说：“我就傻。”

等他飞快地把偷来的手机放回办公室，两人一起去了网吧。陪他玩了大半天游戏，饱吸了一肚子二手烟，两人亲昵一番，张小菲才骑自行车回家。一路上，她回放着杜一鸣好看的笑脸，他一笑，她的世界就忽然亮了，天也高，云也白，心里暗暗地张灯结彩。张小菲哼着歌，完全不知道因为她的一条短信，许多人的生活已经哗然改变。

2

周信奎从何入流着手，终于拜见到了其兄何入海。一顿饭下来，周信奎已喝得摇摇欲坠，而何入海仍然八风不动，笑眯眯地抽着烟，看着周信奎信誓旦旦地表演。“教学楼建成了，要立块捐资助学功德碑，到时候把你的名字刻在第一个，每个字都这么大——”周信奎大着舌头，手握成拳头比画，“走过的人老远就能看见，你说多露脸。”

何入海呵呵笑笑，不置可否。

“这可是功德事，老何。”

“咱这名，可挡不住那样显摆，不往上写也罢。”

“这可是给咱老家的学校集资，我的何总。”这一声何总喊得热忱，酒盅和笑容满盈，擎到老何跟前，然后，先表态，一口干完。

何入海捏起茶盏，随了一下，手里捻动着串珠：“一个字你要我赞助十万，老周，你说我这名是不是也忒值钱了点儿？”

“前年莽山修庙你还施了二十万呢，”周信奎给他点上烟，“这点钱，你想，老师、学生时时刻刻都念着你的好，不比给那几个假和尚花天酒强？再说，你侄女不也在咱学校，还不是为了给她创造个好的学习环境？”

何入海心里冷笑一声，嘴上打哈哈：“我的钱也不是天上掉的，是吧？现在哪行哪业都不景气，我这一摊子，外面看着好像挺风光，其实呢，欠银行一屁股账，天天愁得睡不着。老周，你在学校，不知道社会上的钱有多难挣呀。”说得语重心长了。

周信奎恨得牙痒，孙子似的赔着小心伺候你这么一会了，到现在还是没一句敞亮的话，一个臭名昭著的混子，不就是这几年做房产糊弄了俩钱么，装什么呢？可恨归恨，还得赔上笑脸：“这么说吧，何总，以您现在的身价，大家都等着您打个样呢……”尊称都用上了，看你再怎么敷衍？下半句已很明显，你好歹一大老板，总不能缩头乌龟似的，比那些小商小贩出得还少吧？

何入海被逼到话语的墙角，却还是淡淡地笑：“急什么，我又没说不出。”他收起紫檀串珠，“我施舍给庙里，可不光为了几声祈福，庙里每年是要分我门票钱的，嗯？”

周信奎心底叹了一声，也怪自己啰唆，终究抹不开脸直接交易：“教学楼建成，兄弟哪天说话管用了，第一件事，就将学校食堂承包给何总你名下的餐饮负责人，你看怎样？”

“那就预祝你早点把这校长当了。”

“还早，还早，”周信奎呵呵笑，“来，老何，再喝点儿。”

3

回到家，祖父仍在吧嗒着旱烟袋等她。月色里，祖父蹲在屋檐下，像一块衰老而仍倔强的石头。张小菲扔下自行车，扯了书包就往里屋走，没看门口抽烟的石头。

“给我回来！”祖父忽然从身后喝一句，猝不及防，倒吓得张小菲一个哆嗦。她转身，把书包负气扔到地上。“冷不丁吼啥？吓谁呢！说吧，又想审问我什么？”张小菲拉过藤椅，大咧咧坐下，跷起脚，上下抖动。

“学校就教你这样给大人说话？”咚，祖父磕着烟袋锅子，指点着她。

“还不得亏你一手训出来的。”

“坐好，捋直舌头，好好说话。”咚咚，祖父又敲烟袋锅子。

“就这么着了。”张小菲翻翻白眼。

“没一点教养。”

“那也是跟你学的。”

“放屁！”咚咚咚，祖父的烟袋终于敲裂了，发出暴躁的破音。

“你有教养，会偷看我日记，会翻我抽屉？”张小菲哼了一声，转过头去。

“那还不是为你好，怕你学坏……”祖父气急，破碎的烟袋飞过去，砸中她摇晃的脚踝。

张小菲不抖脚了，一声“哎哟”，捂住腿，眼里漫出泪，“看你多会为我好！”她起身回屋，一瘸一拐的，恨恨地踏着脚步。

她那咬牙说话的冰冷模样，让祖父心中一凛，他沉沉叹了口气，摊开手，身子滑到地上。那个雀跃着牵他衣角、喊他“爷爷，爷爷，抱……”的小丫头一转眼长大了，会顶撞他了，那明亮的大眼睛，肉嘟嘟的笑容，蹦蹦跳跳的欢乐神情，去哪里了？祖父蓦地呜呜嗬嗬哭起来了。

病着的妻子被吵醒，披着衣裳起来，拉他，也拉不动，叹口气，陪他坐地上。“你也是的，吵她干什么呢，还当是丫头呢，大姑娘了，管不动喽，他爹说她都不听，你说有啥用呢……”

“还不都是你惯的，”祖父将一肚子气撒到老伴身上，“平常要个啥都想方设法弄给她，吃个饭也挑三拣四的，现在好了，翅膀根硬了，老子说两句她还犟得叭叭的……”

“那还不是觉得她爹娘都不在家，没个人疼，怕苦了咱孩子么……”妻子咳嗽起来，抹了抹眼角。

“这下好，你疼出花儿来了，疼得她不好好学习瞎胡混，常有那些个染着黄毛的小混蛋来找她，成什么样子？一个女孩子，万一出了事，咋给她爹娘交代！”祖父越说越气，“你现在就给广盛打电话，就说闺女大了，管不了了，让他赶快带走。他在外面挣点钱手一甩不管不问，可怪省心。”

“你就消停会吧，老头子。”妻子受不了他的催促，说道，“电话在这，要打你打，顺便让你儿子把我也接走算了，你这躁脾气，我也跟着受一辈子了。”

“好，都滚，老子一个人过，倒清静！”

祖父起身，翻箱倒柜，去找碘伏，找到了，塞妻子手里，还怒气冲冲：“去，看破了皮没，给她擦擦。”捡起地上摔断的烟袋杆，一声长叹，“真作孽呀。”

4

那天，周信奎和妻子拌了几句嘴，是因学校暑假组织去张家界旅游，本来妻子蔡玉芬作为优秀教师在其中的，可副校长关胜根的妻子也想去。“市里是奖励年度优秀教师，她一个家属，又不是老师，再说上回已经占用名额去过一次，凭什么还要去？”

周信奎不帮衬着说这句还好，一说蔡玉芬更奓毛：“凭什么，你说凭什么？凭人家是副校长夫人。”妻子眉毛立着，痛心疾首的样子，“我能怎么说，只好拱手让出名额。”蔡玉芬气呼呼的，“让了也就算了，你猜她后边说了句啥？”

“说啥了？”

“她说‘你家老周前一段不是身体不好，正好趁暑假你多陪陪他’。”

周信奎前一阵子对于人事升迁不满，这个教务主任一干七八年都没个动弹，愤愤不平，向来工作积极的他，报复性地休了一个月病假。谁都知道是赌气。

这事儿做得气人，话说得更伤人。周信奎也被煽动起情绪，骂了句：“狗仗人势的东西，真把自己当回事了。”

妻子还在嘟囔：“那人家也有依仗，不像我，名额被挤了不说，还受一肚子闲气。”

这就很直接了，潜台词里又在埋怨他没能耐，七八年了，还在原地打转。妻子摔摔打打的，甩着脸子择菜做饭，嘴里仍没闲着。周信奎盯着女人翻动的两片中年嘴唇，叹一口气，为自己，也为她。这个女人啊，当初在师范学校，心高气傲，一心学了英语要出国的，蜗角名利何曾看上分毫，现在呢，做个怨气满腹的英语教师，被生活糟蹋得一身臃肿。他恨恨骂了一句，也不知骂谁。

“前一段不是有人匿名举报吕凤池贪污建校款，他昨天和我约谈，听他那语气，竟怀疑是我背地里干的。”

“你怎么说？”

“能咋说，他那个人，素来疑心，分辩他又不信，老子一气，跟他顶了几句。”

“你，跟他吵？”蔡玉芬说，“真有出息！可有你好果子吃的。”

当时吕凤池举着教育局转过来的举报信复印件，向他们几个副手质问：“我还有不到一年就退了，你们就那么急吗？”别人都不吭，唯独周信奎觉得最委屈，辩解了半天，也没消除对方的疑云，一时激愤，也是气不择言，嘀咕道：“你的一年和我们能一样？”吕凤池一时气结，嘴哆嗦着，颤抖了半天，说：“好，好！”

周信奎想起就堵得慌，抖抖翻看的报纸，摔在茶几上。

这动作引发女人的进一步对抗：“给谁看呢，有本事去外面摔，在我跟前耍脾气算什么。”

周信奎大幅度地把门拉开，一头栽进外面的黑夜。身后妻子追问：“干啥去，还吃不吃了？”

周信奎没好气地说：“死去。”

憋了一肚子气，出了门。信步走到操场旁边的小花园边上，心想，真是该争取一下了，老这么着，别说女人看不起，自己也憋屈。又想，这回建教学楼，还差最后一笔资金，何入海已经答应赞助，事成了，也算一个亮点，吕凤池还有一年就要正式退了，到时候人事调整，有了这个亮点，怎么着也可以搏一下……郁闷地抽着烟，烦乱地想着，直到烟头灼了手指，才慌忙甩开，弹到旁边小花圃的泥地里。烟头的火点划了一个弧线扑过去，然后溅起一声尖叫。周信奎推推眼镜，大约看清花圃的树下有一对早恋的学生。刚才他就觉着不对劲，隐约一团黑魆魆的，没顾得上想，原来是见他来了，静悄悄地埋伏在那儿呢。

周信奎呵斥道："谁，出来！哪班的？"

一团大黑影拉着身后一团小黑影，鬼鬼祟祟地，往前走了一步。只凭对方嗯的一声，周信奎就判断出男生是杜一鸣。这个小祸害，他太熟悉了，打架斗殴、勾搭女生，哪件事也少不了他。"杜一鸣，你可是记大过一次的人了，再这么胡闹几次，离开除就不远了。"

杜一鸣拧着头，满不在乎："那我早日争取。"

周信奎气得跺脚："少废话，回去写份检查，下周一升旗当着全校：检讨！"然后叉开手虚晃一枪，往杜一鸣背后一指，惯性地说："还有你，小姑娘家，不知检点，和他一样，回去检讨，下周你俩一块念！"

说完，周信奎就气冲冲走了。

然后，何湾湾就嘤嘤地哭了。

杜一鸣心都要碎了。

灯光暗处，其实周信奎根本没看清那女孩是谁，何况杜一鸣还把她挡在身后。要知道是何入流的宝贝女儿，老周可能就装作没看见走开了，这样也就没有后面的事了。

可何湾湾一想到要在全校师生面前宣读检查，就觉得天都要塌了，丢脸死了。她哭得梨花带雨："我就不该和你出来的，这下好了，呜呜呜……”何湾湾捶打着他，哭得更厉害了。

杜一鸣追了她两个多月，都破纪录了，以往哪有女孩他短期内拿不下的。一张帅气的脸，痞气的笑，幽默的谈吐，那些轻易拿下的女孩也很快被他轻薄地甩开。唯有这个何湾湾，像是童话里走出来的，睫毛长长的，眼睛亮亮的，笑起来，带着一份天真和明朗，看她一笑，让人心情也莫名好了起来。不像他平常要的那些女孩那样，带着一种故作风尘的轻佻相。何湾湾出落得古典而矜持，像什么呢，如温室里开出的新花，干干净净的，香气也不一样，不刻意，不浓烈，清清的，淡淡的，反倒让他更难忘。以前他耍女孩，都玩的是酷酷的做派，要那种被女孩围绕的感觉，享受着，也嫌恶着，忽冷忽热、若即若离的，那些女孩反而更黏着他。这回不一样了，何湾湾久久不回应，而且好像对他也不怎么感冒，终于轮到他在一边辗转惆怅了。

越是追不上，越激出他的执拗，心思用尽，今晚这才约出来，刚把她哄上路，一下却被周信奎给毁了。杜一鸣牙根痒痒，却无计可施，眼睁睁地看着何湾湾哭，清澈的眼泪像是露珠，娇俏的脸颊粉扑扑的，他想，她真美啊……他握住她扑打的小手，嘴唇抵在她的眼睛上，她的泪水像是初涨的春水，带着温热甘洌的气味。杜一鸣心里凭空感觉到了一种苍茫的忧伤，这忧伤柔软又美好，他想，这回玩砸了，哥们儿可能真爱上这个娇小的女孩了，没办法，从来没有这种心疼的感觉啊。杜一鸣心中泛起大量廉价的柔情，抱着她，说：“有我呢，别怕，放心吧，什么事也不会发生，安心做我的小公主，好吗？”他俯下身，掠起她飘摇的鬓发，小心亲吻了她。

5

吕凤池这人老派，开会最看不惯年轻人在下面手机滴答滴答响个不停。每逢开会，周信奎索性把手机放在办公室里，省得让其扫兴。那天他开会回来，翻看放在办公桌上的手机，上面电源显示红色，可他记得是刚充了电不久的，当时还想着这破手机真该换了，这么不耐用，也没在意。事后想想，似乎应该是被人动了手脚的。

因为第二天，周信奎循例到大办公室转一圈，刚一露面，就发现同事们窃窃私语着什么，见他进来，忽然噤了声，看他的眼神也很不对劲，躲躲闪闪，憋着什么事似的。他一转身，眼睛们又汇集过来，他甚至能感到那些目光黏糊糊的重量。他想，是不是裤链没拉上，还是脸上带着饭粒，悄悄查验了一番，没有啊。心里狐疑着，逮住一个年轻老师，他还开玩笑道："怎么今儿好像都这么关注我啊，是不是我这身衣服还挺精神？"那年轻人期期艾艾的，而后连忙点头道："那是那是……"欲言又止，夹着教材急急忙忙上课去了，把周信奎撂在原地，一脸迷茫。

回到旁边自己的小办公室，一杯茶还没喝完，蔡玉芬进来了。一听她气势雄大的脚步声，周信奎就知道有事不妙，却没想到她轰隆隆地冲过来，关上门，粗暴地从他面前把报纸抽掉，然后拍了一巴掌。

这一掌不疼，可来势汹汹，周信奎蒙了，扶正歪斜的眼镜，压住怒气，咬牙切齿地说："你疯了，在家还没闹够吗，来这里耍什么威风？"

蔡玉芬也不接他的话茬，把手机划开，杵到他脸前。他眨眨眼，看了一遍，摘下眼镜，揉揉眼，又看了一遍：

“今晚来亿隆酒店 403 房。”

“主任，让我去那里干什么呢？”

“来了就知道了。”

“现在就想知道。”

“来再说。”

“是不是跟以前在您办公室那样啊……”

对话的短信填满了一整屏，约请短信来自他的手机，对方是一个女生。周信奎从屏幕上抬起头，带着一副溺水的表情，奄奄一息地问妻子：“这怎么回事？”

妻子表情扭曲：“我还想问你呢！”

周信奎大叫一声：“是他们诬陷我，一定的，没想到，这么快就报复！”

蔡玉芬上前捂他的嘴：“你小点声，外面都等着看你热闹呢。”缓一缓，问他，“到底是不是你发的？”

周信奎急得跺脚：“都这时候了，你还不相信我，我会发这些？”他摁着桌子，质问妻子，“你说你说！”

“你先别自乱阵脚，想想谁这么对你，能不能找到什么证据？”

“我上哪儿找去？”周信奎手抖着，烟没点着，索性捏断，扔掉，“肯定有人偷拿了我手机，以我的名义编了那些短信，”他说，“这么简单的事你看不出来吗，还不早点告诉我，还上来就给我一巴掌？”他低吼道，“你去帮我查这个女生是谁，去啊，还愣着干什么？”

“我上哪儿查去，”蔡玉芬咕哝道，“这图片上，她的号码被遮住了，要像你说的，有人偷了你手机发的，你还真以为有那么个女生？编造这事就是想让你出场丑。”

周信奎攥着拳头：“这下好了，跳进黄河也洗不清了，彻底把老子从竞争名额上抹去了，真他妈毒，哈……”

事态很快朝着不可控的方向狂奔。

先是有人截图在学生群里传，后来就传到校外群了，借助智能手机的接力，加速了看客的围观热情，人们评论着、咒骂着、传播着，不到一天，已经几何级数地四面扩展。快下班的时候，周信奎正躲在办公室焦头烂额，副校长关胜根敲门，让他去校务处接电话。周信奎盯住老关，很想从对方紧绷的脸上寻出一些幸灾乐祸的隐秘笑纹，可老关痛心又同情地拍拍他肩膀，什么也没说。

什么意思？等于默认他干了骚扰女生这事？

周信奎反而笑了：“这下你们都满意了吧？”他点上烟，慢慢抽起来。

“老周，这么说可就没意思了，”这位步步紧随吕凤池的二把手，眼睛小如绿豆，眼袋却大，沉甸甸倒挂着，总似睡不醒的样子，此刻却瞪着眼，“刚我和老吕在办公室还告诫说在没调查清楚之前，不让同事们瞎议论呢。”

“那可真得感谢您了，关校。”周信奎哼的一声，转身去校务处接电话。

电话是市报新闻版的记者向学校求证信息真假的，刚才打了多次到他手机上，他没接，这才打到校务处。接了电话，等那闻风捕影的记者问完，周信奎才反击：“就凭一个截图你就判定那些信息是我发的？”

“可那确实来自你的手机号码。”

“手机不会丢吗？不会被人偷走发完短信又送回来吗？手机是死的，人也是吗？”

“那周老师你的意思是有人故意设局诬陷你？”

“我可没确定。”他说，“我觉得在学校这些年我的人品如何，还是让我们领导给你说明一下比较好。”周信奎转过身，暂时捂住听筒，望向吕凤池和关胜根，“两位校长不帮我说几句吗？”

吕、关二人面面相觑，然后看向屋子里某个虚无的点，一个继续喝茶，一个接着抽烟，似乎都没听见。

周信奎冷笑一声：“那好吧，”转过脸，“不过，关于我们学校上学期学生餐费的用途，记者先生，你有没有兴趣也调查一下？”

旁边吕凤池和关胜根的脸都绿了。老关抢先一步：“我来说我来说。”周信奎一笑，让他看清听筒还捂着呢，关胜根大松一口气，接住电话，嘴皮翻动，卖力帮他做人品鉴定。

6

张小菲没想到会闹那么大，本想着一出恶作剧，吓唬一下周信奎，就完了。可现在满世界都在找那个被打了马赛克的手机号码，她怕很快就有人识别是她。她请了假，给杜一鸣打电话，约他出来，想问他接下来该怎么办。打了几次，他才不耐烦地和她见面。

杜一鸣也没想到会发展成这么大一个谣言。刚开始他还得意想出这么一个点子，现在，眼看着一块巨石不知往哪个深渊滚落，他心里绷着一根惊恐的弦。但是见了张小菲，还佯装镇静："你该干吗干吗就是了，大不了，手机换个卡，怕啥呢？"

"你说得轻巧，那你当时怎么不把短信发到何湾湾号码上呢？"

"那不是咱俩好么，妹儿。"他贴过来，摸她的脸。

被张小菲打开。

"杜一鸣，我告诉你，是，我犯贱，喜欢你，但不代表我傻，活该被你玩得团团转。"

"这么说，有意思没？"

"你有意思？利用着我，撩着何湾湾……"张小菲攥着拳，对自己说，不哭不哭，这个人，不值得，可还是心里一恸，身体这种老实的反应，总让她很无助。

"怎么说呢这是？"

"不是吗？"张小菲觉得自己真不争气，心里泛着委屈，眼底泪意汹涌。她清一下淤堵的喉咙，很大声地说："别以为我不知道，你们天天在一起亲亲热热的，还骗我说你根本不喜欢她，和她早分了……"

"你偷偷跟踪我俩？"

"'你才是我的小公主……'"张小菲学着他说话。

"啪"的一巴掌。

"你打我？"张小菲捂着脸，"杜一鸣，你打我！"她扑上去，跳起来还击。轻易地被杜一鸣攥住手腕，她脚还在踢腾，杜一鸣钳制不住，情急之下，头俯下来，覆住她的嘴巴，以为像往常一样，这小女孩家家的，吃醋呢，打几下，哄一哄，就好了。却不想被张小菲顺势咬了一口，下嘴很重，嘴角都破了。"你是狗哇！"杜一鸣猛推了她一把，张小菲就倒在了地下。

刚下过雨，地上很脏，张小菲一身泥，还在那里模仿着偷听到的杜一鸣和何湾湾的对话：

“‘听说那个张小菲很喜欢你哎。’”

“‘别说她，老一个劲儿往我这黏，也不照镜子看看，长得整个跟土特产似的……’”

张小菲躺在地上，对着天空，哈哈笑了，笑的声音那样大，以至于带出了满脸泪花。

7

市里民生节目记者报道解说：近来备受关注的雪湖一中教务主任短信骚扰女学生事件，日前又有了新的进展，下面是我们记者现场采访片段。

记者：这些短信是发到你手机里的吗？

女孩：嗯。

记者：你确定这是他发的？记者指了一下周信奎的照片。

女孩：那就不知道了。我只知道这是他的号码。

记者：听说他经常叫学生到他办公室单独谈话？

女孩摇摇头：我不知道。

记者：叫过你吗？

女孩点点头：嗯。

记者：只谈话吗？有没有……

女孩：……

记者：别害怕，孩子，什么话都可以跟叔叔说。你再想想，除了谈话，还有没有别的，比如动作、暗示之类的？

女孩低着头，默不吭声，蹲在那儿，一会拨弄着鞋带，一会拿着石子在地上画来画去，偶尔抬起头，眼神里是湿漉漉的惶恐。

记者转移了话题：你父母多久回来一次？

女孩：他们在广东打工，一般过年回来。

记者：那也就是说一年你也就能见他们十来天。

女孩：嗯。

记者：见了觉得亲吗？

女孩：亲不起来。女孩在镜头前坦露出羞怯的脸：他们是爸妈，心里知道，可没什么话说。

记者：那和谁亲，爷爷奶奶？

女孩：小时候亲，现在……女孩吐吐舌头，摊摊手，没明确表态。

记者：想你父母吗？

女孩先是点点头，后又摇头，然后闪烁地笑了：我都记不得他们的样子了。

叹口气，记者：这是前几天给你做的检查，现在结果出来了，你想知道吗？

女孩抬起头，一脸懵懂，甚至到此刻她才弄清上次被拖去医院的真正目的。她接过单子，看了一会儿，脸上连番交织着茫然、震惊、无助的表情。看完了，她下意识地捂住腹部，自肩头而下，整个人在阳光里抖动，像是一种由内部散发的冷，围剿着她单薄的身子。她抱着自己，头发散落下来，露出脸颊绷紧的线条。过了许久，她仰着脸，眼睛睁大，抿住嘴唇，终于做出决定：能不让他们知道吗？她快速地指了下屋里面色凄哀的爷爷奶奶。

镜头转过来，屋子低矮，院墙破败，一条黄狗带着无辜而好奇的神气，转动眼珠盯着相机，几只鸡溜溜达达的，悠闲觅食。屋门打开，在阳光下，像个黑洞。

采访结束，离开女孩的家，记者方才展示他手中的医院彩色超声检查报告单：

姓名：张小菲　性别：女　年龄：15 岁　科别：妇产科

检查项目：子宫、附件、胸腹彩超

超声提示：宫内早孕，约 4+ 周

8

入夜了，月亮黄黄的一抹，像被冻住了。

蔡玉芬办理了停薪留职。

“你一走了之，把这烂摊子留给我？”一个多月下来，周信奎瘦了，颧骨凸出，头发也有了杂色。

“这烂摊子是你惹的，又不是我。”她说，“你以为我想走，我都快四十了，没承想到了这个年纪还要一个人出去打工。”蔡玉芬落了泪，为自己委屈，也为这命运悲愤，“算我瞎了眼，跟了你。”

“不是跟你说了，已经找到发短信的那个女孩，她也承认了，不是我发给她的，只是她还嘴硬，不说受谁指使的……”

“可是她确实怀孕了，”蔡玉芬打断他，“说这些还有用吗？你现在是过街老鼠，你觉得你还有脸在这里混下去？”

周信奎一脚踢翻椅子："我就不信这个邪！"说道，"还没个真相大白的时候了？"

"那你慢慢等着去白吧，我受够了这些当面的眼色背后的流言，我走了。我早就该走的。"

他拉住她："玉芬，你不能走，你一走好像我们真怕了，好像我真做错了……"

妻子甩开他，头也不回，拉开门，步入外面的天地。

而同段时间离开雪湖镇的，还有张小菲。母亲回来，见了面，跑过去，先脱下鞋，扇她的脸，一下一下。她一言不发。母亲扇着扇着，撇下鞋子，呜咽着，抱过她，紧紧把她揽在怀里，凄厉地号啕起来……她却望着天空，凄清地笑了。她记得这是长大后，母亲第一次这么抱她……母亲带她去隔壁县城做了流产，然后，家也没回，就坐上了发往东莞的火车。父母在南方那座工厂遍地的城市里打工，不出意料，玩具厂生产线上不久就会多出一个伪造身份证年龄的女工。

在火车上，张小菲睡着了，朦朦胧胧的，又梦到那天的场景，她因为和隔壁学校的女生发生冲突，那女生找了六七个人，下学的时候，将她堵在拐角处的小巷子里，正打到酣处，杜一鸣踩着单车路过。过了很多年，她依然记得那天的场面：

在她被密集的拳脚包裹，如溺水的人将要沉入水底的那一刻，路过的少年停下了车，大步奔跑过来，加入她的阵营，与那些外校的人厮打起来。那些人不知道他在此校的威名，五六个人合揍一个，他很快就处于下风……在对付他的间隙，那些施加在她头顶上的乌云被掀开，阳光重又洒了下来，那少年原本只属于梦中，此刻却为她舍身拼命。张小菲内心激动，爬起来，少年朝她看一眼，张小菲周身的血液便燃烧起来，吼叫着，和少年并肩作战……当然，很快一记闷棍愉快地抵达她的腰身，在倒下的时刻，她看到仍为她冲锋陷阵的那英俊的脸。张小菲笑了，春天一样，心里回荡着盛大的温暖……虽然在杜一鸣来说，不过是为了维护自己的尊严，不容许外校的人在自己地盘上放肆罢了，却值得张小菲怀想很多年。

伏在火车小桌面上，她捂着阵阵刺痛袭来的腹部，心说，欠你的我都已还，就这样了……

妻子走后，烟盒里仅剩最后一支烟，不足以度过这漫长的夜晚，周信奎打算出门再买一些。路过收发室，有他一封信，他拿回家拆开，字迹歪歪斜斜，写着：

周老师，我错了，虽然我也很烦你哎，烦你开会时那些假大空的教导，烦你关于学生是水就得要约束着才能不流偏了的破观点，烦你训斥我这样的坏学生时那种高高在上的学究范儿……但还是不该这么戏弄你。周老师，以后对其他学生好点吧，也试着尊重他们一下，毕竟每个学生都是独立的。知道你是对我们好，但别老骂我们，很烦的！你看你骂醒了几个呢，是不是越骂越逆反呢？告诉你，其实我没那么坏，心里也想好好学习的，你看，我包里还带着一本字典呢，我会多学点知识的。好了，就说这些吧。这有个存储卡，上面存的，是那天杜一鸣让我发短信时的录音。我走了，对不起。

纸的反面，还有两行字，不知她是从哪里摘抄的，也不解何意：

每个人的泪水，落下来
潮湿的都不止自己……

流动的宴席

1

落日潦草。大半天都是阴的，临到傍晚，太阳才露个红脸，没撑多大会儿，就匆匆下山。钟占宽眯眼抽了一锅烟，有了笑意，对孙子说："行，明天能开席。"钟必行却黑着张脸，不作声。

祖父在桌角敲了几次烟袋锅子，咚咚咚咚，如擂战鼓。几番催促，钟必行才不情不愿地往车子上收拾厨具，炖锅、炒锅、马勺、菜刀、火钳、一摞摞海碗，都搬完，出一头汗。祖父这时也做好了晚饭——一盆挂面，一碗乱炖。祖父喊了他，他嘀咕一句："又是这两样猪食。"钟必行实在搞不懂，宴席上能翻出花儿的祖父，对自己的一日三餐怎么就这么能对付？

钟占宽笑笑："有的吃就不错啦，还挑三拣四。"他笑呵呵的，从桌子下摸出个盒子，是袋装的烧鸡，前几日小女儿买来孝敬他的，他没舍得吃。钟占宽拆开，敲敲桌面，唤了声喂猪仔时的吆喝。钟必行哭笑不得，低眉顺眼地过来，撕扯着烧鸡，蘸着辣椒面，吃得倒也痛快。祖父给他也倒上一杯烧酒，钟必行嫌弃地扭着头。老头儿笑笑，自个儿滋溜有声，喝得悠然，吸溜了一口汤面，又向孙子举杯相邀，钟必行不理会他的怂恿。祖父损一句："和你爹一样儿，喝酒不行，人也不行，黏糊糊的。"

这是说钟必行和他没出息的爹一样，不似祖父性格里风火。钟必行也只能驳斥一句："谁像你，酒晕子一个，还多骄傲呢。"可父亲确实温暾懦弱，只会跟着工头在建筑队里做木工，勤扒苦做，钱其实也没少挣，可是呢，到头来，却连个媳妇都看不住，又有什么用？钟必行的母亲，尖酸强势，个子高，下巴尖，说起话来踮着脚，架势居高临下，落下个唾沫星子都似如来佛手里的巨石，将父亲压得死死的。父亲并无怨言，对传得到处都是的风言风语也不在意，毕竟，她抚育着儿子，操持着整个家。直到母亲连最后一点脸面也不给他留下，在钟必行三岁时，跟镇上开饭店的老李跑了。父亲自此一蹶不振，常年在外，也断续处过几个相好，大约是伤了心，再没续娶，这几年身体不好，木工不做了，在工地上看守材料。

钟必行跟着爷爷奶奶长大，从省里大学毕业后，在沿海城市找了工作，做网页设计，工资不高不低。年后他就没再返回公司，不是不想漂泊打工，而是疫情中公司不景气，他干得憋屈，暂时没处可去。祖父还豪气："不想干就算了，听你讲好像干得也不开心，不差再养你几年。"不过祖父又眯着眼补刀，"唉，养头猪半年就能出栏，养个你呢，二十多年了，就会叭叭犟嘴。"

说得钟必行又感动又惭愧，常想，自己真没用啊，还要七十岁的祖父养活。可有时和祖父逗着嘴，他又想，多么幸运，二十多的人了，还有祖父可以依托。钟必行跟别人不吭不哈，对祖父可不示弱："老头儿，我到城里哪儿不能找个活儿干？再不济送个快递总行吧，为啥不去呢？你还不明白？"

老头儿明白，孙子想在家多陪陪他。钟占宽笑呵呵的，还要加酒，被钟必行夺了杯子："行啦，喝两口，有个意思就得，还真以为自己英勇呢。"祖父就笑，想起当年结婚踩着板凳和人猜拳行令喝烧酒的情景："再老十年，爷也能喝趴下你兔崽子。"钟必行没酒量，一杯下去脸就通红，他爱喝各种可乐。"行行，老头儿，你厉害，说你胖你还喘上了，小心我告诉姑姑哦。"

上次老头儿中风恢复后，姑姑就明令他戒酒。小女儿的话，钟占宽不敢不听。不是他怕小女儿，是她过得更难些，或者说，钟占宽觉得她更苦些。小姑有两个儿子，还要供养多病的公婆，才四十多岁，鬓角就有了杂色。几个子女里，钟占宽最偏宠小女儿。其实，贫户人家，能宠溺到哪里呢？无非是言语亲昵些，允许她撒个娇使个小性儿，赶集时买点儿零嘴，过年添件鲜艳衣裳罢了。可心里亲。两个女儿一个儿子，就他的小囡囡能解心意。所以，想到这娇憨的小女儿为人妻为人母，也要受种种艰辛委屈，钟占宽就格外心疼。

小女儿现在偶尔能来看看他，就很好了，他不忍心给她添乱。不过钟占宽还是倒了一杯，才拧上瓶盖："你姑还说帮你介绍个对象呢。"

"就别让她操心啦，谁会看上我呢？"

"别说丧气话，我觉得我孙子挺好的，除了懒点、馋点、说话冲点，其他没啥大毛病。"

"让你夸了？经你一说，我还有个样儿吗？"

祖孙俩又斗了一会嘴。

"行，早点睡，明个好出活。"他又特意叮嘱孙子，"少玩会手机，起不来，当心揍你。"

钟必行嘴唇嗫嚅着，祖父没给他说出"我不想去"的机会，就将他推出屋门。

2

恰如祖父预料，日头已高，钟必行还没起床。不是睡过了头，他一早就醒了，到底年轻，好赖床，晨间半醒半梦，心绪飘摇，他爱想事情。其实也想不清，可就是那种混沌朦胧，烦心事没那么刺刀见红，美好的回忆和畅想缭缭绕绕，似乎一切都还没那么糟糕。钟占宽往车上装零碎的作料之类，收拾完了，也不喊他，自个儿开着电车走了。钟必行这才火速爬起，从窗口喊："老头儿，你走了我咋吃饭？"

"有泡面。"钟占宽心说，小兔崽子，不帮我干活，还想吃呢，吃大黄拉下的吧。大黄是祖父养的一条狗。连它也嗅出钟必行散发的颓废气息，狗眼看人低，对他爱搭不理的。

钟必行没脾气，起来发现老头儿将厨房门锁得死死的。他回屋翻了翻，果然仅有泡面可以充饥，不过呢，就一桶，是他回来时坐火车吃剩的，一直放在茶几上，过没过期都不好说。"嘿，老头儿，你挺绝。"

他接着去祖父床头的木盒里翻了翻，除了藏的零钱和奶奶的照片，箱子底下，压着一册病历。

熬到半上午，钟必行坐不住了，骑上摩托，大黄跟着，去了邻村。远远地，就听见鞭炮、唢呐齐鸣，越走近，钟必行越伤心。到了热闹的发源地，钟必行似乎耗尽了所有力气，脸色都是不自然的虚白。大黄闻到炖肉的香气，兴高采烈，撒欢儿奔过去，丢下他，门外孤立。

朱红的大门旁边，立着新郎、新娘放大的婚纱照。展示牌上，胡向东踮着脚露着龅牙，眉开眼笑，揽着娇媚的新娘，急于向全世界宣告他的幸福。让钟必行难过的是，亓欣欣也配合地笑着，水汪汪的大眼睛深情款款，望着夫君胡向东，妆后晕染的眉眼放大了她的崇拜效果。钟必行总以为，她怎么也得似被俘获的羔羊，带着点被迫而嫁的委屈吧，没有，看得出来，亓欣欣满意、甜蜜。

那之前她的无奈都是装的喽。钟必行苦笑，刚想口吐一句脏话，肩膀被人拍了下，回过头，是来丈人家送东西的胡向东。

“老同学好啊，多久没见啦，听说去南方发展了，挣到大钱了吧？哈！”

钟必行心里骂，哈你妹呢，我又不像别的人跟着你混饭吃，在我跟前摆什么谱？你钱多钱少关我屁事？可是呢，大家心目中的女神，他执拗暗恋的亓欣欣，毕竟被胡向东据为己有了，再对比自己失业在家的处境，钟必行的硬气就有些没底。他不尴不尬地笑笑，不打算和胡向东深聊。

可胡向东紧追不舍，孔雀开屏似的，要展示他的优越：“你的女神欣欣就在楼上，昨晚陪我玩得晚了点，还在睡呢，一会我接她去试妆，要不要一起去呢，路上聊会？”你的女神，陪我，玩得晚了点，话里都是想象空间。钟必行一阵恶心，又泛着心酸。没等他表态，胡向东一拍脑袋，朝钟占宽那边看了一眼，钟占宽正埋头砌着简易灶台。“哦，忘了你是来给你爷帮厨的，这两天辛苦老同学了，该开席了，你去忙吧。”说着，喜笑颜开地走了，把钟必行气得攥着拳头，呼吸急促。

钟占宽看看孙子，本来想逗弄奚落他的：“不是不来吗？泡面味道怎么样呀？”就没说出口，只努努嘴，旁边小灶上给他留着饭：“快吃点，干活。”

钟必行脸色铁青，没吃，一声不吭，搬砖抹泥，帮祖父将三个大小灶台垒起。正忙活着，亓欣欣从楼上下来，被胡向东拥着，路过时，不经意间和钟必行打了个照面。亓欣欣倒也没太讶异，掠起鬓发掩面过去。胡向东停下，热情地散了一圈烟，收获了一众恭维话，才携着亓欣欣上了大奔。

车子走了很远，人们还在议论，啧啧称羡中隐隐地透出嫉恨，这远近驰名的小美人，自此以后，连多看一眼都不能了。谁都知道胡向东的霸道凶狠。

钟必行向隅而泣，心还是尖锐地疼了一下，就是那种往事呼啸拍来，岸却承受不住的程度。可在现实里构筑一道坚固的堤岸，太难了，金钱、地位、运势，一样不能少。岸不牢靠，美人如水，自然要流入别个的怀抱。此时再想起之前两人上学时的暧昧和朦胧诺言，就觉得真讽刺。钟必行气愤之余，体会到一种真切的无力感，他借着系鞋带，蹲下来，肠胃心肺都绞痛，似乎被人照肚子上揍了一拳，闷闷的，疼。

明天是亓欣欣的婚礼。

灶台垒好，要试火。钟占宽将烧火的任务派给了孙子。钟必行心不在焉，要点燃梨木和硬炭，祖父掐来一把柴草："先来软的，硬材硬火，炉膛一下就裂了。"

柔软的火光，舔在钟必行脸上。祖父炼猪油，润润锅，以油渣熬白菜粉条，所有帮忙的人员，自己拿海碗，随意吃。明天是正席。吃完抽袋烟，钟占宽就忙活开了，炸制整鱼、肘子、丸子，切配各种菜。饶是疫情期间，村委限定宴席人数，还是忙活了半天，到了傍晚，才将预先炸制的、切块的、清洗的，所需的菜码配齐，就等明天宴席开场，集中火力烹炸煎炒。

祖父明显累了，打起精神，给主家炒了三桌菜。晚上，新娘子家的亲戚、邻居得聚聚，喝喝喜酒，礼事上帮忙的，也得闹会儿酒。主家也邀钟占宽坐上去，一道吃点喝点，他照旧摆摆手，沿袭着他的规矩："一个厨子，来给主家忙事儿的，得守着灶台，哪能上桌显样呢？不合适。"就和孙子不离灶台，伺候三桌依次上完菜，等着，确认不需要加菜，钟占宽才坐下来，抽会烟。

钟必行打小在节假日跟随祖父走村串乡做宴席，祖父的流程都在他心里。不等祖父吩咐，他就炒了个酸辣白菜，盛一小碟下午炸好的花生米，端给祖父。钟占宽摸出自带的药酒，喝上两杯，解解乏。

这么吃，也是钟占宽多年的习惯。在以前，是为主家节约，宴席还没开呢，你一厨子，喝酒吃肉，按理说也是应该的：近官得贵，近厨得食；厨子不尝，五味不香。可架不住那时候都穷，你近水楼台，吃着喝着，难免有刻薄的主家觉得糟蹋东西，让人嫌憎，主家心疼。现在当然谁家也不在乎那点酒肉，钟占宽仍保持着习惯，一碗烩菜、一碟花生、一碗面，再悭吝的人，也无一句闲话可说。钟占宽做了一辈子宴席，瘦瘦的身子走到哪里都硬朗朗的，主家都看得起，底子就在这里。

祖父闲酌的工夫，钟必行下一碗葱花汤面，祖父喝完酒，连汤带面吃上一碗，舒舒坦坦的。然后，钟占宽抽着烟，蹲在炉灶边，取着暖，耳听着主家和主事的聊天。不单为听闲话，也是摸清明天的宴席，哪桌是嘉宾，哪些是撑场面的头脸，哪桌是娘家人，哪些是随礼的，他心里有个数，布起菜来，也如布阵，有个轻重缓急。

钟必行什么也没吃，祖父瞅了他几次，错错嘴唇，还是什么也没说。三桌宾朋吃完闹完，快到半夜了，几个人喝多了，因为划拳赌酒，起了争执，还打碎了几个碗碟。钟必行帮着收拾了。都妥当了，祖父拍下他的肩膀："忙活半天，一口饭不吃，你饿着顶什么用呢？她会心疼？没出息。"这么一说，钟必行的眼泪一下就要扑出来，他转过身，咬着牙，不放出喉头的哽咽，等确定自己可以笑得弧度绽开，才转过脸，训斥祖父："老头儿，你咋这么多话呢？还有，告诉你，孙子才不想来！我翻吃的，找到我奶的照片，我答应过我奶，得替她照顾你，盯着你少喝点。你以为我想干这烟熏火燎伺候人的狗屁活儿？”

“嘿，来不来都得是我孙子。”钟占宽挤挤眼，忽然悄悄说一句，“快看，她回来啦。”

钟必行因为转身太急，趔趄了一下，脑袋里一阵天旋地转，待站稳了，门口什么也没有。祖父在背后嘿嘿笑。钟必行当时就恼了，当着祖父来了句：“我去，老头儿，你没治了。”又不能打他，钟必行气呼呼的——没个正经，这老头儿。

“行，难得我孙儿一笑。把剩了的面条吃了，赶快去睡，明个才是正经忙活。”

被老头儿逗了一下，这一惊一乍之后，还真觉得饿了。钟必行捞起面条，正吃着，车声轰鸣，胡向东和几个伙伴簇拥着，这回，她真回来了。亓欣欣下午去试妆，在名贵化妆品的加持下，越发显得娇艳动人，不可方物。钟必行看呆了，嘴里还含着一口面条。亓欣欣似乎望着他笑。他的脑门都是热血呼啸，晕晕的。亓欣欣真的走过来了，在灶台焖住的炉火上烤手，还是那样春水泠泠的声音，说：“能不能帮我做碗汤呀？起风了，有点凉。”

钟必行赶紧搁下碗，捅开炉火，朝钟占宽求救。祖父笑眯眯的，摆摆手，让他自己来。“行，老头儿，你行。”钟必行恨恨的，却又心怀激动，洗手调羹，做了一碗粉丝丸子汤，勾了薄芡。她不爱吃香菜，他细细切了几刀水芹嫩叶；她爱吃酸，他又点了一勺香醋。她的一点一滴他都记得清楚。钟必行捧着汤碗送过去，再返回灶台，守着一腔惘然和虚无。

他迷瞪的间隙，亓欣欣又捧着碗出来，坐在灶台边，说：“还是向着火有意思。”钟必行和她一道望着炭火，眼眶热热的。

储蓄的满腹话语，一肚子质问，此时却一句也说不出，两人沐着火光，平分着一袭沉默。只余汤匙偶尔碰撞碗壁的轻响。

“我爷说，明天要开三十桌，分三批，应该很热闹。”亓欣欣父母决定风光嫁出女儿，由胡向东出面沟通：“我们也不想搞这么隆重的，可架不住大伙儿随礼热情嘛，都是低头不见抬头见的。”经商定，分三个批次，先后进行流水席。

“他那人，好面子。”亓欣欣喝了一口汤说。

接下来，又都不言语。

“听说溪边的桃树都砍掉了，”过了良久，她低着头说，“我没敢去看。”

靠近黄河故道边，有一段清澈的小溪，两边遍植桃树，结好大的黄桃，是做罐头的好原料。可惜这几年市场不好，桃树也老了，被砍得七零八落的，改种种上了更有经济效益的药材。

桃树没砍之时，每到春天，桃花开得不管不顾，灿烂得如梦如幻。每次上学下学，他们结伴走过桃林。桃花开了又落，他们走了很多年。高三那年春天，周末从县城回家，车子仅到镇上，下来还要走一段。到了溪边，亓欣欣停住脚步，道一声：“喃，开得真好。”斜阳染得桃花灼灼，似一片鲜艳的火。两个人就那么站着，看花，看日落，看了很久。从没有过，却又似早已这么并肩看过无数次景致。亓欣欣望着云霞似的桃花，说：“能一直这么开就好了。”她转头，“你帮我画下来吧。”

钟必行学习一般，画画却好，走美术生的话，可以考个不错的大学，可惜辅导班学费太贵了，就算考上，艺术院校相对高昂的学费，也不是他能承担得起的。

“你打算考哪所学校？”亓欣欣问他。钟必行说了省会的一所学校。亓欣欣哦了一下。又看了一会儿桃花，天色暗下来了。亓欣欣兴致好，沿着溪边一蹦一跳的。学校如牢笼，此刻她才恢复了一点青春活力，天性在暖风花香中舒展。河岸不平，她摇摇摆摆的，钟必行担心她会跌倒，可她总能平衡得很好，像一只羊羔在草地上蹦跳，那份轻盈和生机，格外动人。钟必行走在稍后的位置，手始终伸着，保持随时搀扶她的姿势。在她再次趔趄时，他小心触了下她的指尖，亓欣欣回视一笑。正是这笑，鼓动了他，他终于忍不住，握住她的手。钟必行什么时候也忘不了，握住她的手的感觉，像是抓住一尾跳波的鱼，有种美妙的温柔和滑腻。亓欣欣挣扎了两下，就任由他紧紧握着。钟必行的手心里都是突突的心跳。

那是他最心动的瞬间。烟花一样美好，却转瞬即逝。

到了村口，亓欣欣停下来，忽而说了句："我也会努力的，你等着哦。"她成绩还没他好，他明白了，她也要考他所说的那所学校。钟必行郑重地点头，像是真能守住这段朦胧的情意，只需他深情地等。而事实上，那所学校他们都没考上，钟必行勉强够线读了个二本，亓欣欣本科线都没过，她没再复读，上了一年幼师，就在市里幼儿园工作了。

他们还沉浸在清溪边桃花的幻梦里。胡向东在堂屋和来客说话的间隙，不时地瞥向这边，终于看不惯，走过来，冲亓欣欣说："看见你吃，我也饿了，炒几个菜，我和几个哥们儿加个餐，喝点儿。"

"还喝，你今天喝几次了？"

"哈，那不是娶了你，高兴嘛，我的宝贝儿。"胡向东说着，弯腰搂着亓欣欣，脸贴上去亲昵，也不嫌肉麻。亓欣欣推不动他。钟必行明白，胡向东特意做给他看的，胡向东在表演宣誓主权。

他刚要起身溜到一边，祖父过来，低声说："你们聊，我来。"钟占宽洗锅，"新郎官，要吃什么？"

"还是让我老同学来做吧，见识下他手艺。"

这就暗含贬损了。

"他呀，过些天还要去广东好大的设计公司做主管，看我忙不过来，过来帮帮忙，炒菜还得我老头子掌勺。"祖父给他撑面子。

"没事，我看刚才他做的汤就挺不错，怎么着，给哥儿几个也来一锅？"

"不怕他往汤里给你来泡童子尿？"钟占宽呵呵笑。钟必行乐了，老头儿真替他扬眉吐气。

胡向东还没发话，手下的伙计不乐意了，推了钟占宽一把，嘴里不干不净的："老头儿，怎么说话呢？"

"你大爷，老头儿也是你能叫的？"钟必行抄起板凳，就要冲过去，被钟占宽及时制止了。

老头儿训他："洗菜去。我们是来做事的，多大的气都得受着。"转身冲着刚才推他的年轻人，"小伙子，挺有劲啊，这一下推的，要不是我老头儿下盘还算稳，稍微这么往地上一出溜，新郎官的好事可就被你耽误喽……"

胡向东明白老头儿的厉害，他真要这么往地下一躺，说是推倒的，明天的宴席够呛不说，还不定什么路数呢。胡向东赶忙架住钟占宽的胳膊，端稳了，递上烟，赔着笑，让推他的人道歉。

钟占宽始终笑呵呵的，向孙子挑了一下眼角："小子，生火，炒菜喽。"

胡向东哪还敢劳动他做消夜呢？几个人打个哈哈，作鸟兽散了。

3

翌日一早，钟必行就起来了，洗漱完后，开始剁肉。按以前的规矩，四喜丸子、红丸子、蒸肉等都得用刀剁，现在大家都要速度，粗糙是避免不了了，绞肉机甚至搅拌机都用上了。可宴席，有一道压轴——白丸子，还得手工。精选肥瘦相宜的猪肉，剁成肉糜，加蛋清，朝一个方向反复上劲，然后挤成类似鱼丸的小巧丸子，丸子在文火热水里定型，煮熟后颗颗晶莹，漂在水面，不下沉。上桌时，老母鸡、棒骨吊的清汤，对应入席人数放八颗白丸子，中间是一饱满圆润的红枣。丸子莹如雪团，红枣画龙点睛，被白丸子拱卫着，皆浮动在汤面上，煞是好看。可丸子如果漂不起来，人们就笑话了，说这丸子是“死的”。任谁主厨，脸上都挂不住。

钟占宽看到孙子起这么早，嘿嘿笑。他那个样子，钟必行不挤对他两句都难：“老头儿，不要以为我改邪归正啦，是怕你等会忙不过来，丸子真成‘死’的了，我也跟着丢人。”

钟占宽只笑。

上午的宴席早早开始，祖孙俩忙活得脊背生汗，调停得当，不忙不乱，菜品依次而上。每桌八人，一次开十桌，八凉八热八烧，黄河的鲤鱼、雪湖里的鸳鸯鸭、农家饲养的土猪，扣肉、红烧蹄髈都轩昂油亮，每桌还来了一盘甲鱼。大家擦擦油嘴，抽着烟，喝得迷离，都说是近几年最丰盛的一次宴席。

唯独最后一关，白丸子入锅，还是大半沉入汤底，好在每桌就那一碗，钟占宽将浮起的捞出，也够分配。钟必行看见了，略显惭愧。祖父笑笑，没吱声。

到了下午两点多，最后一拨流水席才完。这之前钟必行只顾着端盘子配菜，忙得如拉满的弓，不作他想。这会儿忙完了，箭射出去了，弦松了下来，被压制的思绪纷纷兵变：胡向东抱着亓欣欣进婚车，关上车门的瞬间，亓欣欣朝他看了一眼；而胡向东路过端着盘子的钟必行，似乎也得逞地看了看他……钟必行这才意识到，这射出去的箭，自此和弓一别两宽，再难有交集。他吐了一口气，心下惘然。

大黄风流惯犯，已娴熟地勾搭了一条眉清目秀的母狗，正殷勤地带着新欢满院子寻找骨头，路过钟必行，拱一下母狗，似在对他翻一个嘲讽的白眼。钟必行气不过，踹了大黄一脚，将吊汤的棒骨偏偏扔向别家的狗。

晚上，是亓家帮忙的人一起吃饭，算是答谢，气氛宽松，欢笑连连。厨师炒好菜，解了围裙，也被叫上桌喝酒。钟占宽被大伙儿恭维，都说宴席菜品漂亮，主家脸上有光。他心里挺美，站着接过敬上来的酒，连喝几杯，摆摆手，谢了好意，不再喝了。

祖父不上桌，人们就怂恿钟必行代祖父出征，强拉硬扯着：“小伙子，辛苦两天了，来，好好喝点。”他开始还拒绝，一旦上桌，此地酒风粗悍，劝起酒来火力生猛，钟必行招架不住，只要喝下一杯，接下来就如大堤崩溃。钟必行大醉。也许自己本来就求一醉。

醉了的钟必行红头涨脸，抱着胳膊，颇冷的样子，对着桌上的谁都笑眯眯的，却吧嗒吧嗒掉眼泪。在座有约略知底的，就劝他：“人家都嫁人了，你还放不下，哥们儿，别太痴情啦。”

其他人懂了，不怀好意地笑笑，劝他继续喝："这会儿人已入了洞房，正热火朝天干着呢，你在这哭唧唧的，有啥用呀？来，喝酒吧，一醉解千愁哇。"倒满的酒杯，钟必行继续笑纳，也继续落泪。喝到这时候，在座的大都是年轻好酒的，荷尔蒙涌动，有人想想矮胖的胡向东，又想想亓欣欣的花容，对新人此时发生的细节格外着迷，借着酒意，越说越没遮拦，直到说出亓欣欣："以前走路风摆杨柳似的，最近好像两腿叉拉着，怕不是姓胡的早播下种子了吧？"他们勾着头，哈哈笑。

笑眯眯的钟必行忽然变脸，站起来，一把将桌子掀了，抄起酒瓶，就要爆那人的头。

一时剑拔弩张。

旁人一看，分别摁住二人，不尴不尬地说着："没事，喝多了，喝多了。"

钟占宽看不下去，扭着孙子耳朵，开着电动三轮车，载他回去。

出了亓欣欣的村子，到了半路，夜色四合，土路颠簸，钟必行胸腔里似揣着万千火团，烈火灼灼，他恨不得扒开胸膛，几声干呕，他要吐了。钟占宽停下车，拍着背，让他趴在土沟边吐。钟必行终于吐完了，也虚脱了，爬不上车，倚在路边杨树上，还笑："老头儿，给你丢人了。"

"又没外人了，小子，想哭就哭出来吧。"

钟必行大嘴一撇，真要哭。钟占宽嫌弃地嗨一声："收住吧，丑死了。"他给孙子点根烟，"他们笑话得没错，你这确实挺没出息，别的不说，不像你爷，当年……"钟必行摆摆手，让他也收住，老头儿当年的那段英勇故事，他也听烦了。

钟占宽年轻时家里穷，他父亲掂了大半辈子勺子，身板小，力气轻，拎不动锄头，常常辛苦一年，到秋收一结算，还要欠生产队的。实在没办法，钟占宽顶着风头，偷偷往交界的邻省县区贩东西，咸菜、粗布袜子、针头线脑，无非求个活路。来回一百多里，钟占宽一天一个来回，走时回时都担着一天星。因为年轻，苦，觉得也能受住，除了家里能活下去了，也因为她。钟占宽来回要走隔壁村口，她家在村道旁边。钟占宽黑里来黑里去，按说碰不到她，可心里存着念头，黑天黑地反而成了掩护：去时，路过她家，他咳嗽一声，敲敲最西边的墙壁，那是她住的屋；回来，轻轻拍拍墙。就这样，她的那面土墙像是灯塔，拍几下，像在轻叩心扉，去时身上有劲，回来心里有盼望。敲了一个月的墙，钟占宽在墙下堆着的柴草里留一个小包。第二天再路过，小包裹不见了，放包裹的地方，有几颗花生。钟占宽高兴地跳了几跳，嘿嘿笑。他把那几颗花生揣在怀里，一直不舍得吃。自此，两人守护着这个秘密，钟占宽买给她的小玩意，梳子、头绳、手绢、布头，悄悄放草堆里，她能回馈的东西实在有限，但能看出是费了心的：一颗漂亮的卵石、几颗野灯笼果儿、一小块玉米窝头……他们没见过几面，却似默契多年。就这样过了一年多，两人添砖加瓦，已情意深厚了。这天，他回来，是夏夜的好天气，虽然累，他兴奋——他在村子里收到了一只银手镯，卖家情愿贱卖换点小钱买米面。银镯是以前工匠的老手艺，打得精致。他急着给她。到了屋后，他刚要敲一下，却见她就在柴草堆前，见他来了，羞得直不起头，捂住脸，透过月光，从指缝里看他。钟占宽直接傻在那儿，嘴唇只会哆嗦，忘了要说啥了，回过神来，将银镯子抛给她，竟然涨红着脸，一溜烟跑开了……刚跑几步就懊悔得想扇自己几巴掌，跑啥嘛，可又不好意思再折回去，就停下来，转身望着草堆的方向。她还站在月亮下，像一朵幽幽的花。钟占宽使劲看，看得眼泪都要出来了，他忍不住，冲着月亮轻轻喊了一声，心里开心得像是过年时打铁花一样，啪一下，火树银花，璀璨极了。钟占宽一夜无眠，辗转在懊悔和惊喜之间：懊悔的是，存了那么多话，一句也没说利索；惊喜的是，她对他笑呢……一大早他就出发了，迫不及待呵，只想赶快跑到她屋后，敲响她的土墙，如果她再出来，将昨晚没说出的话一股脑儿说给她，说完了干什么呢？敢不敢拉一下她的手？就这么想着，到了她家跟前，他就愣住了——草堆不见了，被连夜清理了，只留下新鲜露出的泥地……钟占宽想，被她父亲发现了，不会吧？——果不其然，很快，听说家里给她定了亲，好像是生产组长家的儿子。钟占宽急了，如热锅上的蚂蚁，团团转，也顾不上怕了，揣上一年多挣下的零钱，求到村里最有能力的媒人那里，说明来意，买了礼品，拉着媒人就去提亲。他出身不好，家里又穷，干的是投机倒把的事，还妄图勾搭好人家的女孩儿，她的父母一口回绝。钟占宽也不恼，反正提亲了，她本人又没明确当着媒人反对，家里不同意，就慢慢磨呗。熬了两年多，生产组长的儿子对她的清白早就怀疑，继而嫌弃，她执拗对抗家里，他们才如愿结为连理……

“我要是你呀，有这哭天抹泪的工夫，不如端直到她跟前，当面告诉她，爷们儿喜欢你，能咋吗？瞧你这出息。”

“老头儿，你懂个屁。”钟必行给他个白眼，“听说和我奶定亲的那家，家境可比你强多了。老头儿，我就问你，我奶如花似玉的，一辈子跟着你生儿育女，临了也没享几天福，你就没有那么几个瞬间，觉得挺亏欠我奶的？”

这一问，把钟占宽问蒙了。

钟必行苦笑："老头儿，时代不同了，婚姻附加的东西太多了，做不到给她幸福，就保持沉默和祝福，也好。"

4

初秋，玉米正嫩，钟占宽扯了几穗，煮好；以前肉少，逢年过节用豆子换些老豆腐，切薄，炸了，再卤，切成丝，凉调或者热炖，都有嚼劲有肉味，钟占宽很久不做，这次卤了半锅；摘了屋后的酥梨，梨子带着金黄的光泽。都是妻子生前爱吃的，装了满满一篮。之外，钟占宽还炸了薯片，钟必行拈了片尝了下，就停不下来了，直到被祖父打开手。钟必行舔着手指上的余味，不得不啧啧感叹，老头在做菜方面确实有天赋，厚薄、色泽、口感几乎和超市里的没差别。

母亲五年祭。三个儿女里，就小女儿来了，另外两个根据经济能力也各自寄了钱。钟占宽携着小女和孙子，去坟地里祭妻。

妻子的坟墓前收拾得干净整齐，草长在该长的地方，这个季节，还有一丛月季绽放。钟占宽摆上祭品，小女儿和孙子都磕头拜了，退在一旁，留下他再念叨一会儿。

秋日旷远，玉米排行列队为颗粒饱满做最后的冲刺，蚂蚱赶在霜降前及时行乐，众鸟高飞，人、草木和丛中的蝼蚁，在秋天的阳光下聚集。生和死浑然一体。有个瞬间，钟必行甚至觉得祖母并没去世，她不过是以另外的方式，和他们仍在一起。这是钟必行在城市里所未有过的体验，脚下踏着土地，头上顶着太阳，似乎这一枝一叶在风中的律动都呼应着自己的心跳，人是饱满的、安宁的、有根基的，钟必行想，来自这片土地的，也终将归于这片土地。

可是，真实的悲伤挂在小姑眉宇间。疼她的母亲，确实不在了。像失去荫庇的小树，小姑要独自面对接下来季节变换中的荣枯。小姑才四十出头，鬓角已有零星白丝。钟必行脑海中忽然滑过一个念头：有一天小姑是不是也会化为一抔黄土？他站在外边，只能凭借斑驳的记忆，拼凑她的音容……钟必行被这个念头给吓住，秋风里，望着祖母的坟冢，他的眼泪悄悄滑落。母亲走后，他成长中获得的爱，除了爷爷奶奶给予的之外，最多的就是来自小姑。小姑未嫁时，天性里洋溢着快乐，进出常哼着歌，还教过钟必行不少。他喜欢上画画，就是小姑买给他的连环画启蒙的。小姑的青春期正是流行歌曲的黄金时代，她镇子上的同学能从县城买到磁带，小姑床头贴满港台的明星，一脑子粉红的梦。回想起来，小姑算是乡村的文青，也就是在听歌交换磁带的时候，小姑认识了后来的姑父。可惜的是，姑父清瘦儒雅，落在生活里，却左支右绌，给不了小姑也给不了家庭严实的庇护。

小姑转过身，问他："毛毛，听说上回你喝多了？"小姑宠他，从来只柔柔地叫他的乳名。

肯定是祖父传的闲话，指不定添油加醋编派他多少糗事呢。这个糟老头子，钟必行恨得牙痒。

"那女孩好没眼光，没事啦，姑再帮你介绍好的。"

"姑，你就别替我操心了，我都这么大了，啥也没有，养活自己都费劲，有时觉得自己挺没用的，可不敢祸害人家女孩了。"他笑着说，"其实，她才是对的。结婚可不是恋爱玩儿，就得实际一点。"

"你这么一说，就姑傻呗。"

“姑，要是你当时选择那个部队提干的，现在生活也该是另一番样子吧？”

姑姑不吭声，微笑着，摇摇头。过了片刻，她才淡淡地说：“选谁不选谁，又不是做买卖，哪能都算计那么清呢？”她说，“姑没后悔过。这些年，难是难了些，也有过开心。你姑父是没大本事，不是那种呼风唤雨的男人，也没有什么权势，但不管是顺境还是逆境，两人扶持着、包容着，一步步走过来，就没觉得熬不下去。钱多钱少，日子能过，身体还算健康，孩子眼看长大了，心里有份希望。姑觉得没走眼，不是自我安慰，真觉得挺好的。”怕他不相信似的，又说了句，“真的。”姑姑说话时，还保有小女孩的神态，眼神永远这么坦白地望着对方，带着湿漉漉的无辜气质，像羔羊。她不会说谎。

姑姑确实也没撒谎。在他们聊天时，姑父风尘仆仆地提着礼物赶了过来。他们在县里经营个水果摊，他上午送完了同城网上预订的外卖单，托付了别人看店，才带着祭品抽身赶来，来了就烧纸祭奠。一年没见，姑父似乎又矮了一点，脸上依稀还能看出年轻时的俊朗，但笑起来，褶子里有了生活压下来的疲态和无奈。一个中年男人，守着小小的水果摊，要养两个男孩，还有日渐苍老的父母，肩膀上怎么都像被无形的东西压着，再也轻松不起来。可他看向妻子的眼光里，掩藏不住的，都是温柔和疼惜。那是两个人一起走过风风雨雨，深深的默契。

望着他们夫妻，钟必行觉得小姑是对的，可还是不由得为小姑心疼。虽说姑父对她好，可落在生活里，日历上的每一页，都翻得辛苦、沉重。想起小时候无忧无虑的光景，他一句话，就又把小姑惹哭了，他说：“姑，那时你多爱唱歌，奶可喜欢听了，要是奶再能听到就好了。”

祭奠完了，回到家，祖父做了几道菜，有小姑爱吃的拔丝地瓜，有钟必行爱吃的扣碗，有姑父爱吃的扯面。吃完饭，陪父亲聊会天，小姑就和姑父回去了，要给放学的小儿子准备晚饭。

钟必行就在一边玩手机，祖父吧嗒着烟袋，忽而悠悠地说：

“小子，你上次问我，我想了好几天，不敢说对你奶没亏欠，但有一点，有啥好东西，都是先尽着她。我把能给她的都给了。确实，她跟着我，养育三个儿女，操持整个家，辛辛苦苦，一辈子没享过啥福。可三个孩子里，除了你爹娇惯得有点懦弱，娶了个强势的老婆，日子过得不如意，你的两个姑姑都还可以，至少他们三个都本本分分地生活，上能孝顺父母，下能抚育儿女，平头小百姓，还求什么呢？我知足了，你奶也知足了。我们尽心尽力了。”

祖父抓了一把薯片，咔嚓咔嚓地吃。

“还记得不？你有次回来，买了一包薯片，你奶吃得可开心了，吃完了，又不好意思再去买。后边病了，说走就走了，再没吃上。”祖父轻叹，“我是替她吃。”

一下子勾出钟必行的泪。

“爷，给你说个事。”

“哎。”

“把我奶的照片摆上吧。”

“不摆。”

“为啥？”

“放桌上，你小姑来一次哭一回，我都被她哭烦了，再哭能咋？你奶能活过来？”他说。抽了很久的烟，望着天上，祖父忽然低低地说：“我都摆心里了，老婆子。”

5

入了秋，红白事渐多。主家骑个摩托，来到钟占宽院里，递上支烟，说声："大爷，日子定在某天。"钟占宽点点头。闲聊一会，抽完烟，来人起身，奉上个红包，道声："有劳了。"往常，钟占宽笑笑，就接了，回一句："放心吧，爷们儿。"这次，来人递来红包时，钟占宽往孙子那儿一指，来人就再次笑着，将红包交给钟必行，不忘恭维："挺好，你这后继有人啦，咱四邻八乡有口福。"

来人走后，钟必行嘟囔道："他搁这咒谁呢？我会这么没出息，去当个乡村厨子？"

"厨子能当好，也算你能耐。"

钟必行撇撇嘴，很不屑。

祖父冷笑一声，小子，不羞辱你都不行了："你在南方工资多少？拣开得最多的那个月说。"

"七八千。"

"真有出息。给你，看看。"钟占宽抱出床头的木盒子，他的百宝箱，里面挤挤挨挨都是散乱的钱。这些纸币因为流转频繁，磨损起卷，皱巴巴的，更显得规模可观。祖父豪气地扒拉几下："上个月的，接了九家，每家两千，有一家去世的是五保户，只收了一千，总共加起来，一万七，就这，还有主家给的烟酒没算。"

钟必行沉默。他确实够没出息的，上了学，却找不到体面的工作，在公司里做设计改得一天想死几次。对他交上去的设计稿，领导动辄指着自己分头下的太阳穴，一副不耐烦的嘴脸，轻薄的唇甩出经典的口头禅：“钟生，idea，OK？来，头脑风暴一下，我要创意！”就又开会，开不完的小组会，拉个屎恨不得都在憋创意。钟必行经常梦见自己在领导说创意时一把将笔记本摔了，创你妈个意！醒来看到微信里房东轻飘飘一句“下个月房租涨三百”，再想想日益蹿高的城市房价，一年工资不够买一两平方米，立足无望，更不能反哺辛苦了一辈子的祖父，高不成低不就，现实里弱不禁风，无力招架生活的任何招数，竟还有脸瞧不上老头儿的营生。可他还嘴硬：“我的工资是吹着空调喝着可乐挣的，不像你，烟熏火燎。再说也就是秋冬几个月生意好，平常也没几单，有啥可骄傲的，老头儿？”他还给老头儿追击一句，“要不下个月我就出去？省得你看着没出息，惹你心烦。”

这回轮到钟占宽沉默了，过了许久，才试探地问：“真要出去？”沟沟坎坎的脸上，带着委曲求全的表情。钟必行于心不忍，却又回复得认真：“那就看你表现呗，反正我到城里总能找个事做实在不行，”他撸起袖管，露出纤弱的肱二头肌，“我扫大街去。”

钟占宽明白了，骂一声：“小狗日的。”笑眯眯的，“中午我们熬羊汤，我这就去市场。”

钟必行摁住祖父，从他的百宝箱里抓了一把钞票：“你先去刷碗洗锅，我去买肉。”又拿了几张，“这是跑腿费。”

祖父咧着嘴，笑得满足而欣慰。

这小老头儿，就得这么怼他，他才温柔。可一转头，钟必行的眼泪就落了一脸，傻老头儿，还以为我不知道呢，接下来的日子，我怎么舍得再离开你一天？

6

自此之后，人们常见钟必行开着电动三轮车，旁边坐着钟占宽，车斗里拉着盘子、碗，串街走巷，去做宴席。祖孙之间的传承关系，自然而然，谁都觉得理当如此。

今天去的这家说起来和钟必行还有点远亲，他得叫姑奶奶。姑奶奶仗着身子骨硬朗，在往梁上挂为儿子晒制的腊味时，只觉膈膜那里"咔嚓"一声，气血上涌，眼冒金星，登时摔倒下来，人就不行了。

祖父照例支锅垒灶，切菜、炒菜。吃完杂烩菜，来帮忙的亲邻就有点群龙无首。去世的姑奶奶有儿子，并且儿子非常光彩，在大城市，任某医院副院长，是区域范围内"别人家的孩子"，每个不努力学习的后辈，都被父母老师拿眼前这鲜活的榜样对比教诲过。可因为疫情，儿子姚远被派往别的国家支援，母亲去世得遽然，他有任务在身，一时赶不回来。

人们于是感慨，孩子太有能耐了也不行，跟天上的风筝似的，飞出了云外，有自己的世界，再指望不上，这下，亲娘死了，都不能送终，要这样的儿子有何用？特别是那些学习不行，不得不依附村子和土地谋生的乡邻，更觉得此言有理，纷纷点头。又有人说起老太太的固执，放着好好的城里不去，偏要守在家里，摔下来死了两天才被发现，真是悲惨。

钟必行接了个电话。姚远不知从哪里找到他的号码，想来应该是那年他报考哪个专业时向他咨询过。电话里，姚远委托了他两件事：一是将母亲葬礼的过程尽量多录一些；二是帮他磕个头，在棺材前摔孝盆。第一条钟必行立即答应，第二条他怔了一下。在他迟疑的刹那，姚远鼻音凝塞，央求一句："小兄弟，拜托了……"钟必行为之一震，这个中年男人极力想维持得体，不愿在一个后生跟前显露脆弱，而内心储蓄的悲伤，已经快要漫出来了。钟必行回道："我得和我爷说一声，您放心，应该没事。"

摔孝盆，是此地葬礼上一道重要仪式。这个盆，连接阴阳，盆为聚财，寓意死者生前吃饭的碗，摔碎了，和这个世上也就一刀两断了，可以安心去往另外一个世界；也有说这孝盆，底下凿着孔，是为了逝者过奈何桥时少喝一些迷魂汤，不忘阳间还有亲人挂怀。到得起灵出殡，亲邻抬棺行至路口，缓缓落下棺材，孝子将灵位前燃烧香烛纸钱的陶盆，举在头顶，吉时已到，丧礼主事者令下，孝子将瓦盆在棺前摔破。盆碎了，相当于一声号令，唢呐哀乐响起，逝者要上路了，袅袅青烟为其指引，出殡的队伍开动，一路上棺材再不落地。

摔孝盆的，必得是逝者的长子长孙。

钟必行磕磕巴巴，跟祖父说明，怕老头儿不乐意：他还好好的呢，孙子就先摔孝盆了，不吉利。老头一听，没犹豫："嗨，我当多大个事，一分钱不能要他的。"风俗里，不是亲儿亲孙，替摔了孝盆，必先认为干儿干孙，亲族默认是可以继承逝者遗产的，姚远刚刚就表示会给钟必行一份厚重的酬谢。有了祖父的话，他放心了。钟占宽叹息着，又加一句：

"小子，好好摔，就当是为你奶。"

钟必行的眼泪唰地就下来了。奶奶去世时，正是他高考前最紧张的一段时间，直到他考完回到家，才知道奶奶不在了，只换回原野上一处苦黄的新土。钟必行体会到什么是撕心裂肺，就是那种被无形的手，一片一片撕开心中最柔软的部分，不仅是疼，是抽离了骨骼的瘫软，人呈破碎状态，只感觉血红的眼泪从体内泄洪一般往外涌……他其实恨了祖父很长的时间，怪他自作主张，不让自己见奶奶最后一面。祖父在大事上，有着沉默的决断。祖父向他解释：“你奶有心脏病，突发心梗，也许是她最后几年信了主，她信的圣母眷顾她，走得没太多拖延的痛苦，挺安详的。”

钟必行架上手机，拍丧礼上的场景。他拍得很细致，不能辜负了姚远的嘱托。可只拍灵位前的吊唁，太沉重了，他也拍了些祖父做菜的场面，没别的目的，就想留下祖父的视频，百年之后，还有视频可以将回忆穿起来。

刚拍时，祖父还有点不自在：“这是干什么的？”钟必行回：“说了你也不懂，好好做你的菜就行了。老头儿，你不是总想着让我继承你这套手艺？我录下来，想学的那一天，回头慢慢看。”祖父连连点头，以为孙子想通了，要跟他学厨呢。

钟必行在公司做设计时，做过类似的宣传视频，单拍画面单调，需要聚焦镜头下的人讲述些东西，省得他旁白。按照他的要求，做饭的间隙，祖父觉得小子既然打算改邪归正，孺子可教，就忍不住卖弄，从豫菜的历史说到他的家世：

“商相伊尹，厨师鼻祖，有说就是咱这儿的人。《清明上河图》上的酒楼林立、饭肆遍布，《东京梦华录》里饭铺繁荣，菜肴数百种，豫菜于此时达到鼎盛。以后就衰落了，后边，项城的袁大头当了总统，豫菜又有了点儿回光返照，出了不少名菜，糖醋鲤鱼焙面、鸡茸酿竹荪、锅贴金钱牛肉等等。

“说起来，中州地利，得四季天时，调和鼎鼐，包容五味，豫菜五味调和，质味适中。成也其中，败也其中，豫菜缺乏其他菜系的鲜明个性，中和，少有特色。细想下来，这些都和做人是一样的。

“我老头儿为啥做饭好吃？有渊源的，祖辈就是干这个的，侍奉的都是开封、洛阳有名的老店。尤其到我父亲，豫菜历史上都留有名姓的，不容易。据说他老人家还曾在北京赫赫有名、专做豫菜的‘厚德福’干过一段时间。可有一条，他好赌，越混越次，最后到县城的饭店里安身，就这，公私合营后店里把他开除了，这才落回老家。”

“行，吹得挺好，您老继续。”祖父说起家族的历史来，没完没了，也不知真假，他都录下来了。他在短视频平台上注册了个账号，名字就叫“流动的宴席”：不单是照应祖父操持的流水席，钟必行想，一季季的草木，一茬茬的人，不断叠加的坟，无不是上天在下饺子给岁月吃。钟必行粗做剪辑，将祖父絮叨的做菜视频传了几条，如他所料，关注者寥寥。他想，就当个记录好了。

本来略显仓促的葬礼，忽然传来消息，市里领导要来慰问，宣传表彰姚院长高尚的医者精神。领导要来，葬礼一下子热闹了。市里相关部门先来，县上、镇上、村里大小领导争先恐后地陪同，探查了一番之后，确定了领导的行车路线、慰问参与人员、电台的镜头取景地点等等。这么一来，原定的丧事从简就推翻了，成了一项任务，领导已逐层指示了，要“在从简的基础上，凸显出隆重”。不停地有相关负责人进出指导、落实。

老太太的丧礼规格一下子被拔高了。

镇上紧急调派一批物资，重新布置了灵堂，老太太的遗像装裱得金光闪闪；县里临时组织了一批师生，前来鞠躬献花……狭窄的村道上，一时车水马龙。

人们于是又感慨，孩子还是要有能耐，风筝飞到云彩上，才能见到天边，谁家老娘的葬礼市里领导会来呢？大伙儿立刻转斥自家小孩，看见没？要以姚家为榜样，好好上学，也当他个什么院长，家里才能跟着沾光。

说是丧事，人来得多，就有交际，除了不喝酒，饭菜还是不能少的。钟占宽更忙。可不管先后多少人，钟占宽始终有条不紊，各种菜品及时有序。来了领导，村里主事的为了讨好，往往临时起意，要加菜。加菜跟吆喝服务员似的，颐指气使，以此显得自己有威仪。菜加了，对胃口便罢，有时众口难调，主事的还要向领导赔笑，损一句："到底是乡下厨子，手艺有限，您对付几口。"

祖父倒波澜不惊，任谁说啥，只要不杵到脸前，都当没听见。钟必行气得不行。祖父还笑："小子，你才经见几场？有那难伺候的，路数多着呢。"

怎么说，做菜也是伺候人的营生。乡下宴席，再怎么隆重，可大都受过穷，婚丧嫁娶的席面，底子里是节省下的豪掷，厨子来了，总要看主家脸面。各色人等，强人太多，伺候不好，说得就难听。当初，儿子跟着他跑了几年，说什么也不愿意继承他这摊子手艺，原因就在这里。

领导慰问那天，献花的环节，亓欣欣竟然来了，带着一班佩戴红领巾的学生。钟必行才想起，胡向东动用关系，早将她调到县教育部门。钟必行哑然而笑，她真是嫁对了。亓欣欣富态了，白皙的脸上薄施淡妆，为葬礼吊唁准备的悲意，带点小剂量的憔悴感，更突显出她立体洋气的五官。她应该也发现了他，眼神里含着一汪云烟，静静地看他两眼，没打招呼。钟必行自觉退出人群，来到外面，默默地抽烟。

终于到了出殡那天，钟必行跪在姚远母亲棺前，主事的一喊，他接过孝盆，应声摔得碎碎的。人们都说摔得好。孝盆摔得越碎，越吉利。可是，孝盆摔碎了，该起棺了，钟必行还趴在地上，长跪不起，压在胸中的委屈，哭得收不住。人们都说，这孩子，挺实诚，假扮一回孝子，还动真情了。

只有祖父远远地看着，借着烟雾缭绕，悄悄拭了下眼角。

7

冬初，大寒，却无雪，天干地旱。许多老人扛不过，在冬天的残夜里耗尽最后一点余温。钟必行给祖父买了电褥子。睡到中夜，风大，刮得窗户呜呜啸响。他起来，摸摸祖父的被窝，一片冰凉，祖父身上也没多少热气。摸到了祖父胸口，钟占宽嘿嘿笑了，原来他早冻醒了。钟必行急了："老头儿，开关就在床头这儿，冷了怎么不开呢？"

祖父探出头，笑笑："费那个电干啥？"他说，"以前那么些年，冬天，不都是这么过的？"

钟必行刚要驳斥他，能费几度电？瞧你抠的！转念想到邻村的孤寡老头就是用劣质电褥子，贪暖，一直开着，老人感受又钝，睡梦里就这么慢慢烤焦了，转过天邻居闻到气味不对，才破门发现。那种说不上是臭是香的奇异气味，经久不散。听闻这事的鳏寡孤老，再用电褥子，都不由得心惊胆战。老头儿这是怕呢。其实，老头儿也不是怕死，是怕万一他出了事，谁照顾这小子？他还没和这个会气人的孙子斗够嘴呢。

"我买的是好的，不是劣质货，放心用。"

祖父裹紧被子，不打算开电褥子。钟必行没辙，只好故作嫌弃地叹口气："往里挪挪，真是的。"祖父这下精神了，挪到挨着墙，将木床大半边都露出来，迎接孙儿。钟必行给墙角呜呜叫的大黄垫上旧棉袄。躺下，警告他："不许拽我被子哦。"老头哎哎答应，乐得不行。

两人睡下，都没动静。过了很久，祖父才伸出一只枯瘦的手，帮他掖掖被角。手试探着，在他头上停留了一下，想摩挲又怕惊醒他，就这么悬置在半空，还是收回去了。钟占宽满足地轻嘘口气，保持着一些距离，贴近孙子，嗅着他年轻的气息。

"爷……"

夜很静，他孤立的轻唤，如石子，砸破河面，涟漪荡漾开去。

"嗯。"

"嗯啥，老头，你晚上又吃蒜了，还没刷牙？"钟必行咽下喉咙里的泪意，嬉皮笑脸的，挠祖父的痒痒肉，凉手插入祖父后脖颈。小的时候他最爱玩这个小游戏。

钟占宽笑得呼哧带喘，连连求饶，钟必行这才罢手，容祖父瘫在那里喘气。

夜，重新冰冷地静下去。

又过了许久，钟必行扭过头，背对着祖父，似是喃喃，才说："爷，去医院吧。"

"不去。"

他明白孙子的意思。上次轻微中风，以为恢复好了，没有，一检查，高血压不说，心脏也有毛病。人老了，就像衰朽的老屋，看似还是屋宇的样子，可住了七十年了，地基早已松弛，梁木、椽子、檩条都有虫蚀，总有一天会塌。他才不怕，就是有点后悔，诊断书没藏严实，怎么就让孙子翻到了呢。

"孙儿求你，行不？"钟必行终于卸下嬉皮笑脸，绷不住了。

“傻孩子，这有什么好哭的。”祖父一时很无助，倒像是他做错了，不知怎么去宽慰孙子。“转过年，爷都七十一了，还能活几天呢，够本了，攒俩钱不易，留着给你娶媳妇。”

“我不要，爷，我能挣……没了你，我该咋办……”钟必行不敢想，祖父没了，他在这世界上还有什么意思呢？就像是一棵老树，枝叶萧疏，仍撑在他头顶，替他遮风挡雨。更重要的，这棵树没了，留下的天地，该是多么荒凉。他深刻理解了小姑在祖母坟前的恸哭。钟必行越想越怕，眼泪流到耳蜗里，他攥住祖父的手，像是在和想象中的死亡拔河，他要将祖父拉住。

钟占宽也落了泪。哆嗦着，抱住孙子。

“放心吧，爷年轻时吃的苦多了，命贱，身子骨硬，哪这么容易打垮的，还没见到我孙子娶媳妇呢，一时半会死不了……”钟占宽还笑，“就算死了，也没事，我问过信主的，爷这辈子没做过啥坏事，该不会下地狱。到时候，在天上看着你，啥都能看见。”钟占宽心说，我虽风烛残年，可因为有你，爷和这个世界、和将来，还有关联。小子，你要好好的，不要因为一时的挫折就泄气，要像爷爷一样，活一天，都乐呵的，开开朗朗的，不去想那些悲伤的事。要不然，嘿，爷就算在天上，也骂得你耳朵发热。

风还在刮着。

“爷，睡了没？”

“嗯，咱爷俩再聊会？”

“爷，想吃你烤的红薯。”

“嗯，明天烤。”

小时，他冬天傍晚放学，奔到厨房，炉膛内必定有祖父为他烤的红薯，祖父时间掌握得恰到好处，此时红薯外皮焦黄，不烫，掰开，香气绽放，吹两口，就可大快朵颐。钟必行长大后，再没吃过那样香甜的红薯。

“老头，我以后年年冬天都要吃。你得好好活。”

“好，爷听你的。”钟占宽拍拍他，说，“爷应该还能再活两年。”

“你知道，我姑心小，我奶一死，她都哭成这样，你要是……”他说，“不为我，也为我小姑。”

“别惹爷哭哇……爷知道。”

风像是小了，该是下雪了，有冰粒子，沙沙响。

“爷，睡不？”

“再说几句，就睡？”

“爷，问你，下辈子，你想做什么？”

“深山老林里，做棵树？或是做头猪，吃饱喝足，天天睡大觉？反正不想做你爷了，操心费劲，总还叭叭犟嘴。”钟占宽笑呵呵的。

“我还想当你孙儿，除非就不做人了，挨着你，做棵草。”他说，“做人，太苦了。”

“你还没狗年纪大，有啥好苦的？”祖父笑他。

他睡着了，祖父才念叨一句：“苦了也好，才显得甜。”

8

钟必行的账号关注人数慢慢多了起来，是逐渐增加的，大家看的不单是祖父做菜，还有祖孙俩斗嘴好玩儿。有不少留言说像追剧一样，羡慕视频里的这份乡村烟火、祖孙逗乐，是他们午间下饭必备的良器。钟必行想起他上班时，也是这样，吃着难以下咽的外卖，点开常关注的吃播视频，或搞笑段子，是他难得的松弛时刻。只是，当他成了别人关注的账号时，才知道这背后拍摄、剪辑、配字幕、配音乐的辛苦。但能陪着祖父，辛苦还是值得的。

他的厨艺也有了进步。

有几个视频，是小姑来时拍的。架不住他的哄劝央求，姑姑唱了几首老歌，邓丽君、叶倩文、徐小凤、梅艳芳等等，小姑唱得有模有样，这几条视频，竟然有了罕见的播放量。有人给小姑送礼物、打赏，钟必行真开心。不仅是有微薄的收益，更是因为他曾美丽的小姑，可以暂时卸下生活的重担，重回年轻时光，并且有不少人欣赏。

人有了希望，就像是有了高利贷的账。你不停地去计算这雪球能滚多大。这天早上，天冷，钟必行赖在床上，半睡半醒间，思绪纷繁，他打算趁热打铁，多拍些小姑唱歌的视频，希望能在平台上爆红，挣到钱，给祖父长脸，同时，也让亓欣欣刮目相看。他甚至促狭地想，胡向东你就嘚瑟吧，老天爷哪天睁开眼，你就是秋后的蚂蚱啦，一旦倒了台，看你还在人前显摆什么……越想越沦陷，似乎敌人已经灰头土脸，自己所有的美梦都能实现。

朦朦胧胧间，传来清晰的汽车轰鸣。

开了门，是胡向东。

仇人相见，钟必行瞥了他一眼，不打算寒暄。胡向东也自觉没那么大的脸面，打开车门，架出臃肿的亓欣欣。冬日的朝阳映在她脸上，更显得脸色虚白。几个月不见，亓欣欣裹着羽绒服，也能看出有了身孕。她胖了，也许是因为孕期反应，眼睛里透着疲倦。未曾开言，她下意识地捂着腹部，先笑笑，歉疚什么似的，湿漉漉的眼睛望着钟必行，问他："爷爷在吗？"

"前两天可能夜里着了凉，有点咳嗽，刚吃了药，在里屋躺着呢。"

"我家公，快不行了……"亓欣欣声音里含着水分，"老人的意思，丧席一定要你爷来做……爷爷能去吗？"

胡向东匆促笑一下，递上两条"中华"："我知道，我爹以前和你爷有点过节，是他的不对，我替我爹赔不是，现在我爹这样了，还是想请你爷……"

钟必行记得祖父跟他说过，胡向东的爹老胡，在村子里做了多年的头儿，有一年，给老母亲做寿，请钟占宽去做宴席。祖父的规矩，先要向主家咨询来多少人，酒席做成什么样规格，冷菜几个热菜几个烧菜几个，都问清楚了，他报出菜品，根据主家预期的成本调整菜单，等确定了菜品，他就开单子，写明各类肉菜、调料要买多少斤、多少包，单子交给主家去置办。采买的事儿，钟占宽从不沾手，牵涉到钱，总要避讳。

这回，钟占宽还没开单子，老胡已经买好肉菜之类，老钟一看，菜是蔫的、老的，肉尽是些筋头巴脑，一股脑堆在那儿，还散发着腐败的气味。钟占宽明白了，这是打着寿宴的名义收礼金呢。可这样的肉菜，确实没法做席。钟占宽找到老胡，陈述了自己的意见："主家，这样的菜，不好做哇……"

还没说完，老胡就不耐烦："这菜怎么啦？好做花钱请你干吗的？"得，没法沟通了，爱咋咋吧，钟占宽递上定金红包："我本事薄，干不了，您另请高明吧。"

老胡一听就恼了，"啪"一下打开钟占宽伸出的手，叱问他："你做不做？给你脸了。"也是颐指气使惯了，他有个堂弟在市局任要职，老胡跋扈一点，大家也都觉得有天然的合理性。

当着村里有头有脸的人们，钟占宽这么忤逆，老胡确实下不来台，人们劝着钟占宽：“快赔个不是，好好做饭。菜不好才显示你水平呢。”不劝还好，一劝，更落实了老胡故意买些赖肉坏菜，就为图谋大伙儿的礼金了。

要说也不能全怪老胡，老胡母亲为人悭吝，按说弟妹家将儿子培养成市里的要员，也带动她的儿子老胡鸡犬升天。可老胡母亲不这么想，她觉得自己各方面都比弟妹强，儿子长得也比她家的排场，就弟妹那个唯唯诺诺的样子，凭什么超过她这个嫂子？老胡母亲觉得自己挺委屈。她不反省是不是自己的性格将儿子培养得也骄横嚣张，也不怪儿子不争气，整天气哼哼的，合着谁都欠她似的，说话做事没个好脸色。且执拗吝啬，儿子做了村里的头儿，总以为别人要来占她家便宜。六十六大寿，老胡也不差这点酒菜，母亲却将地里种的菜，不分好坏贡献出来；肉是她自个去买的，没几块好的，就这，她还觉得亏了：村人不掏上多少礼金，都得好吃好喝伺候他们，便宜了他们！

如钟占宽当时服个软赔个笑脸，就去支灶备菜，也就罢了，可他递过去定金的手一直杵着，老胡就觉得这人太不识好歹，照他手上打了一下，他还递。

“你妈×！”老胡照钟占宽膝盖上踹了一脚。这一脚水平挺高，钟占宽应声摔倒，摔倒了他还笑，笑得很轻蔑。老胡气得直叫！

钟占宽爬起来，拂去膝头上的尘土，叹息一声，不看老胡，说一句：“做人不是这样做的。”将定金放在案上，拉着厨具走了。

在他拉车往回走的时候，老胡冲破相劝的人们，挥舞着木棍，砸在当时钟占宽的木架子车上，打碎了不少碗碟，并叫嚣道：“钟占宽，这村里的红白事，以后你别想染指，再踏进村里一步，狗腿给你打断！”

钟占宽一叹。

结果，临时找了别的厨师对付。宴席仍然热闹非凡，你想平常巴结还没机会，当着祝寿的茬口，谁不来？谁敢不来！都说菜好、酒好、烟好，啥都好。可第二天，出席寿宴的村民，集体没出门，皆窜稀，裤腰带都不敢系，一趟趟跑厕所，拉得虚脱。过了很多年，一提及老胡母亲的那场寿礼，村里人还不由得腿肚子发软。

如今，强人老胡，死之将至。

人们说，老胡死得还是及时的，省得目睹接下来的厄运。老胡的堂弟上个月被“双规”。胡向东在市里的生意也被波及，没了往日随行者众的风光。虽然老胡家底仍在，人们也知道，这回他家真要倒台。

当初趋附得有多热烈，现在远离得就有多迅速。

钟占宽会去为老胡做丧宴吗？

“知道了，主家，等定了日子，我就过去。”钟占宽从堂屋出来，“跟你爹说，放心好了，我老钟会用心的。”他说，“我也老了，快干不动了，就把你爹这回当成最后一次掌勺吧。”

亓欣欣的眼泪落了下来。胡向东弯腰奉上定金，连唤几声：“哎，哎。”说道，“大爷，谢谢您了。我这就回去告诉我爹，说你愿意接……”

胡向东和亓欣欣走了。

钟必行还转不过劲：“爷，你接他干什么？他爹羞辱你成那样，他又这么恶心我……”

“人这辈子，谁不是个几浮几沉？无非他家浮起来的光景气焰拿人罢了，说起来，我和他爹，也不是什么大事，给个台阶，顺坡下驴就好啦。计较得太多，日子还怎么过呢？”

9

老胡的丧事，冷清。或者说他生前太热闹，也或者他母亲当年的葬礼太轰动，对比之下，更显得冷清。

老胡这人，一辈子强硬。说话做事都是。他虽然独断，可也做了不少事：修整了村貌，连通了道路，帮扶了五保户，发展了村里的批量养殖副业，让村人得到了实在好处。平心说，很不错了。可他霸道惯了，在台上时，人们或惧于势力或跟随谋利，真真假假，表现得低眉顺眼，一旦倒了台，树倒猢狲散，被他霸凌过的，当然扬眉吐气，呸一声，骂句“活该！”；得他好处的，或忌惮新上台的，或恐于人言，都不好出面。吊唁的仅余亲戚三三两两，冷清，凄凉。

老胡的老婆伏在灵前，哭得哀哀的。不光是哭丈夫，儿子被牵连，家境必然急转直下，人享受过山顶的荣华，再滚下山脚，对苍老的她来说，每一天都必将是煎熬。

胡向东到底是老胡的儿子，没掉一滴泪，来吊唁的，他率领着妻子和妹妹，该有的礼节一点没少。停灵、守灵、通知亲友、选定殡日、联系殡仪馆、火化、亡魂回家、入葬，胡向东安排得当。父亲一死，他得挺起脊梁撑住天空，几天来，他站得稳，挺得住。

钟占宽做菜的间隙，望一眼胡向东灌满悲怆而挺立的身影，也忍不住叹息一句：“就事论事，养儿还当如此啊。”大有生子当如孙仲谋的意思。钟必行一时恍然，不知是否该批判老头可疑的立场。老头说完，还朝他望了望。顺势时能折腾能轩昂，低处时也能忍能扛。这是嫌他不如胡家儿子了？

“有这精气神在，他家挨过这个坎，将来还会翻身的。”帮忙的人们，有人预判，并说，“亓家的那女子，有点眼光，没嫁错。”

钟必行听来，这话就格外刺耳。这帮老糊涂，有没有点立场啊，胡向东现在是什么，是多少起非法集资、恶性开矿、暴力征地的调查对象，判他几年还说不定呢，他“将来”个屁啊！

钟必行很气。

可冷静下来，他不得不承认，他不如胡向东。胡家父子性格中有一种不服气的血性，何况家底还在，就算进去几年，出来还能弄出点动静。这一比就没意思了，灰心、挫败、无奈，或许亓欣欣从一开始选择就是对的。钟必行深深叹一口气。

因在孕期，葬礼上亓欣欣并未多露面，但也尽着一个儿媳的本分，在不停地叠元宝、做白幡，脸色肃然。钟必行几次将餐食端到她跟前，她凄恻地看他一眼，就低下头，继续折叠锡箔纸钱。

烧火的间隙，钟必行总下意识地望向亓欣欣羽绒服笼着的腹部。他真没出息，还替她愁苦。

祖父突然一马勺敲他头上，应声起个包。“火都灭了，想啥呢？别乱望，好好干活儿。”祖父心说，别人的媳妇儿，不该你操心的，傻小子。

钟占宽剁好了打白丸子的肉馅，一遍遍摔打肉泥上劲。“学着点儿，小子，就教你一回，下次再有沉下去的，还得敲你。”

钟必行心里烦乱，打起精神看了半天，老头只是不停地在盆里摔打肉泥，总以为要结束了，他歇歇手，继续摔打，枯燥至极。

不过他还是架上手机，将祖父调馅的过程录下来。

“是不是以为有啥绝技？”钟占宽说，“啥都没，老老实实摔够千把下，别想着偷工减料，就得经过这么多摔打，它才能浮起来。是不是和人这辈子挺像？”

钟必行似若有所思，又似在开小差，眼神愣愣的，但及时捕捉到祖父想去拿马勺的动作，赶紧回过神，继续听老头絮叨，脑子却想的全都是胡向东牵扯了几桩案子，传得有鼻子有眼，他出事了，亓欣欣怎么办？又想他们毕竟是一家人，她都神色坦然，看来应没大事，老头说得对，自己算什么呢，操哪门子闲心？

就这么犹疑猜测间，到了出殡的吉时。亲族抬着棺，在唢呐吹吹打打的呜咽声中，将老胡送入祖坟。墓坑预先挖好，烧了纸叠元宝，祭奠哭毕，棺材入坑。

一代强人，就此入土为安，却仍不能盖棺论定。他的功业，必然在很多年里，活跃于众多乡亲的口舌间，是是非非，都待评判。

“老同学，等会再走，陪我坐一会儿，有事跟你说。”胡向东拍拍他肩膀，对钟必行淡淡地说，神情里却都是凛冽之色。

众人都走了。

平原上，朔风横行。落日细小，一掌猩红。

胡向东拔支烟，丢给他，自己也点上，抽了一大口：“我家的事儿，你都知道了？”

“外面在传，听说过一点。”

“都巴不得吧，等着看笑话呢？”胡向东笑，狠狠抽烟。

忽然，破空来一句：“你真喜欢她么？”

钟必行明白他所指，低声回道：“这个，不关你的事。”

“别扯没用的，像个爷们儿，行不？”

“你想说什么？”

“孩子才三个月，打掉，她跟你走。你敢要么？”

钟必行转过头，盯住胡向东的脸，他以前总是怕他，他气场里有某种不可侵犯的东西，可现在，钟必行真盯上去，对面也不过是一张疲态尽露的脸，眼珠红凸，胡楂遍布。

钟必行发狠，道：“我爱不爱她关你屁事？就算爱她，老子也不要你的施舍，你以为你是谁呢？”钟必行被触怒，内心积压的委屈冲决得眼窝生疼，他愤然长吼，“还有，你把她当成啥了？一件东西吗？不想要了就转手？”他攥起拳头，照他肚子上给了一拳。这一拳，他想打很多年了。

胡向东没躲，结结实实挨了。弯下腰，大喘气，等痛苦平息，他苦笑。“你以为我不想和她多生几个孩子？我这万一进去，不知得多久，她这么年轻，你说，能耽误吗？”

“算你还有点良心。”

“我还没跟她说这个想法，老实说，我甚至不能保证她是否已有要打掉孩子的念头。”他抽着烟，黑着脸。

“你送她的那个土得恶心的银手镯，她还收着，我几次都想扔粪坑里，可惜，不敢动她的东西。还有，告诉你个秘密，有次她感冒高烧，烧糊涂时，喊的是你的名字。你满意了？”胡向东丢掉烟蒂，狠狠踱灭，“再问你一句，她要是跟你，你敢吗？”

钟必行整个人都是蒙的。

胡向东每一句话都是一个炸弹，炸得他五内俱碎。他又有选择了？她会跟他吗？他敢吗？他能给她幸福吗？钟必行真想大哭一场。

“真他妈没出息。”胡向东丢下一句，“想好回我，快查到我头上了。”

胡向东刚走掉，钟必行就对着残阳“啊啊”长号，他忍不住内心的万千号啕。他流着泪，想，胡向东说得没错，他真是懦弱，没有出息，活成这个熊样，一点都不亏。

10

钟必行的视频号渐渐有了人气，最不可思议的是钟占宽那个反复摔打肉泥的视频，他简单剪辑上传后就睡觉了，醒来一看播放量，吓了一跳，还以为是大伙儿看到了老一辈人做事的耐心呢，打开弹幕才知道，固然是祖父肉泥打得仔细，白丸子成品漂亮，但大家对视频中惊鸿一现的美女念念不忘，纷纷留言，不乏夸张：“这是哪位？仙女下凡？”“这侧颜我承包了。”“兄弟再拍下她啊！”不少人刷了礼物，为的是下个视频还要看到她。

这是钟必行视频收益最高的一次，礼物兑换成钱，有好几百元。跟平台上那些顶流相比，他这点钱不值一提，可钟必行看着手机上的数字，觉得沉甸甸的，挺有成就的同时，又哭笑不得。

他熬夜剪辑、配音、费心配字幕解说，前后发了老头儿十个精心做的各种硬菜视频、流水宴过程中的相关趣事、乡村的景致，却一直不温不火，没想到他当时心神恍惚，下意识地将手机聚焦到亓欣欣身上，就这么惊鸿一瞥，竟然俘获了大批粉丝。

上哪儿说理去。

说给祖父，老头儿倒是想得开："喜欢好吃的好看的，都是本性，可他们毕竟吃不到，不知味道，还是看女孩更直接。"钟占宽说，"你奶当年不比亓家女娃差的。"说着眯着眼，笑了。

老头抽了半袋烟，似乎才从回忆里抽出来："不是催你传新视频吗？给你出个主意，我做个菜，你叫她来吃。菜好人好，养眼。"钟占宽磕磕烟袋锅子，忽而来了精神，"老头儿给你们露一手，让你小子开开眼。"

菊花豆腐，豫菜中历史悠久的传统名菜，和淮扬菜里的文思豆腐有着异曲同工之妙，选用凝脂般的嫩豆腐，置于案板，颤颤巍巍，一碰就要碎掉，却要下大刀，切成发丝，最是考验刀工。妙的是，切完的豆腐，轻轻推入吊好的清汤里，如菊花绽蕊，在汤里载浮载沉，中心以枸杞点缀，娇艳水润。钟占宽用萝卜做了雕花，摆盘的效果精绝。

亓欣欣的吃播带着羞涩，不好意思看镜头，正是这份眉眼藏着的闪躲和娇羞，自然不做作，一经剪辑上传后，打动了无数网友。钟必行刚在旁白里介绍她是他"妹妹"，一众留言就插科打诨纷纷叫哥，争当"妹夫"。他索性说了："她嫁人了，现在，才三个多月，她男人……"

钟必行到上传时也组织不出合适的语言，大家却似乎都懂了，弹幕里纷纷是"节哀"和蜡烛：他们以为她男人死了，留下个遗腹子。可怜的身世，惊人的美貌，超脱村院环境的气质，将这个"流动的宴席"视频号推到夸张的点击量。

钟必行也没法解释。在围观的激情下，趁势做了十几条老头做饭、亓欣欣吃播的视频，参照着诸多同类视频，在他的要求下，祖父做饭时讲解每道菜的程式，亓欣欣吃时点评下菜的滋味。镜头下，祖孙饴饴，其乐融融，倒显得他是多余的。

钟必行第一次将收益的钱给她，有光彩从亓欣欣眼里溢出。她没接，头发掩住眼睛，低头说了一句："你就没有恨过我吗？"

钟必行沉默良久："说实话，真没有。"他说，"我听说了，你嫁给他，家里施加了很大压力，换位思考下，要是我，说不定也得嫁他。"

亓欣欣轻轻地笑，不知道该说他傻还是单纯，可她不想推脱："要是我说，没人逼迫，我自己选择的呢？"

钟必行怔了下，错错嘴唇，还是没说。再纠结这个话题，有什么意义呢？

亓欣欣的眼泪就这么直接落下："你哪怕骂我几句呢，说我攀高枝，说我瞎了眼……我可能也好受点，"她抬起眼睛，"钟必行，你不傻，我欠着你的，这下，还不了了……"

"你想多了，"钟必行再次将钱给她，"这是你应得的。"没有她，这个号也火不起来。最近，外面的人都在议论，钟必行成了"接盘侠"，替人家养老婆娃儿，也有说他俩早姘居了，反正都没好话。他说："说起来，我要谢你，有了这个视频账号，我觉得有了事做，不再是个一事无成的废材，接下来，我都打算在家陪我爷，把这个账号做好。钱你拿着，我拟了个合同，以后就当我们是合作关系吧。"

说着，他将一卷纸丢给亓欣欣，起身出门去找小姑，也将收益给她。

钟必行走后，亓欣欣展开卷纸，眼泪就啪嗒落下了，一只眼睛哭着，一只眼睛却在笑：

纸上是一幅画。一个女孩在看桃花，背景不是在夕阳下，是海里，有月亮，有星光，星星都如飘摇的海草，头部发光的那种条状海草，一飘一飘的，洒满海面。旁边是远古的鱼类，巨大、安详、沉默，只一个面目模糊的男孩和一个眼睛亮亮的女孩，坐在宇宙的深海，鱼群在身边，海草如灯带，桃花在天上开……

转天，钟必行找到胡向东。

“我想好了。”

胡向东再次苦笑。

“岔了。”胡向东说，“我们都想岔了，任怎么劝，她都不肯打掉。”他又拔出一支烟，递给他，自己也点燃，“我又想了下，容我说句下作的话，你要是愿意接盘，也好，只要孩子生了给我妈，底下随你们。”

“胡向东，你他妈确实下作，能不能让我看起你一次？”钟必行啐他一口，“想得真美，让我喜当爹？滚你大爷的！你那点脑子，就别想了，净出昏招，还是老子给你指个路，”他说，“你老实去自首，产检啥的，以后我陪她。”他说，“你不知道吧，我比她大半岁，我们早去庙里求过签，口头结拜过，我妹有困难，我理应照顾。跟你没关系，别得意。”钟必行冷着脸。

胡向东却蹦起，扑过来，一把抱住他，搂着他的肩膀，紧紧的，哽咽着，咻咻呼气，连声说：“好兄弟……兄弟……”勒得钟必行几乎喘不过气，好容易挣脱了，胡向东还激动不已，“以后我算看清了，就认你这一个兄弟！”说着，他将手腕上一直戴着的串珠解下来，塞到钟必行手里。

钟必行摸着犹带热度的手串，翻个白眼，心说，可滚蛋吧，老子能看上你……他嘿嘿一笑，似是大梦初醒，所有的希望都已兑现，所有的烦乱都已理清。朦朦胧胧间，传来清晰的汽车轰鸣。

樊素英

1

樊素英老时，回想以前的日子，就要往嘴里塞块糖。干瘪的牙床上浮着一泓甜，才敢放任那些年的旧影重现。

在她的开场，命运曾对她打过追光。与邻居相比，她家境算不错，作为小女儿，在父兄纵容下，自带娇弱气质，常笑笑的，不谙世事，一双眼睛清亮幽深，进出哼着歌。她的声音好听，春水泠泠，叮咚悦耳。樊素英学习好，在那个年代，考个师范学校没问题，而后就可以在县城中小学从教，在地方上较高的范围内择婿，一生安分守己，谨慎地踩好时代的每个踏板，便可拥有体面安全的人生，按政策要求生育一个子女，孩子长大后，她也面临退休，跳跳舞或是报个团旅游，在世俗中保有内心的小浪漫。

可多米诺骨牌的第一关就出现了偏移。

十四岁时，樊素英的母亲沉疴不起。熬了半年，去世了。她本可以顺风顺水铺展下去的人生，就此帷幕关闭。受母亲病逝影响，那年的师范学校她没考上，仅差四分。县城有所学校招收复读生，升学率高，她想让父亲提着礼物去校长那里说情，她想再考一次。父亲仍沉浸在漫长的悲伤里。父母感情好，妻子突然撒手而去，父亲迷茫无助，这么多子女，他该怎么办？对她的请求，父亲只顾抽着烟，脸上没有波澜，一句话就将她打发了："想上，自己找去。"父亲脸薄，一辈子自尊要强，不会求人；还有，父亲觉得她有点自私了，以前还好，现在没了母亲，父亲狭窄的怀抱暖不过来了。刚十四岁的女孩儿，之前一直在庇护下成长，县城都没去过，校长家在哪儿都不知道，她去找谁呢?

樊素英自此失学。

从此恨上父亲。也做家务，也照看弟弟，也帮大姐大哥分担活计，却再不跟父亲说一句话。刚露出可能的人生，被他断送了。她恨。

在家几年，其间，县里办了个夜校，有针对待业青年的速成培训，涉及面宽广，请了农技师、机电维修、养殖等领域的老师教学，就为不安定的青年有个一技之长。樊素英来这里不为学习，为散心，也为逃避家务。在这里，认识了张海兴。

老张给她最初的印象是土气，细看下去，土气里又自成体系，这个男人土得大大方方，不似其他村子里来的，松肩塌胯，贼眉鼠目，透着一股子被生活的五指山压住的猥琐。张海兴寸头，浓眉，大眼，气宇轩昂，唯肤色黝黑。他考上了师范，却被顶替了，认命在家务农，几年下来，晒出一身古铜色，觉得不是长久之计，听闻有此培训，撇下农活专门来参加的。张海兴学得极认真，眼睛探照灯似的，做笔记，写心得，提问题。

忘了是怎么开始的了，樊素英后来反复地想，想到心碎，也想不起他俩到底是谁和谁先说的话；至于说了什么，更是想不起，无非是打个招呼吧。但两个有缘的人，就如两股电线，同样的年纪、境遇、迷惘和希冀，让两颗落在局促现实里的心近了，两人有说不完的话题。零线和火线，遇上了，一时间，火树银花。

得知她恋爱的消息，大姐和大哥去张海兴家做了细致的实地考察，回来向父亲汇报：张家兄弟多，家里常揭不开锅，张海兴和父母住在老房子里，而且，妯娌不和，言语鄙俗。

父亲抽着烟袋，沉默了。沉默里明显是拒绝。

若父亲以缓兵之计，先是同意，然后再晓之以理，樊素英可能还听得进去。可父亲敲敲烟袋，扯动了下嘴角。分明是个讥讽的笑意。父亲觉着她瞎胡闹呢，就为了和他置气。

樊素英当了真，家里越反对，更激起她的报复心理。你越阻挠，我越要和他好，谁让你不叫我复读呢？我做什么，你管不着！

他们很好。再好下去绝对能爆出来未婚先孕的戏码。父亲木工手艺好，刨刮敲打，做了一套家具，抛了光，让大哥给她转句话："妮儿，你自己选的，你想好。"

樊素英扭过头，心里坚硬地说声，嗯，我自己选的，不管好坏，我认。

实际上，嫁过去的第三天，她就心生悔意。她才知道，婚房是借的，板凳、桌子、椅子都是七拼八凑的，粮缸是空的，家里唯一像样的，是她陪嫁的一套槐木家具。这个浓眉大眼演反派都正气凛然的夫君，就这么参与到这出谎言中，以婚姻图谋了她。

张海兴一次次往外搬东西，到最后连婚床都抬了出去，屋里搬空了。樊素英心也空了。她尚不知命运的釜底抽薪，只哭笑不得地问一句："这个家，到底还有什么东西是属于我的？"

张海兴还在笑，挠挠头。她明白了，就这么个不知是忠厚还是狡猾的傻大个儿，是属于她的。

两个人白手起家，利用在培训班所学的知识，种食用菌，种药材，种棉花。樊素英丢掉了小儿女的柔嫩、骄矜，干起活来，有股子拼劲。没办法，他们屋子漏着，一下雨，锅碗瓢盆都不够用。也顾不上哼歌了，生了两个儿子，樊素英害怕了，不敢再生了，做了结扎。

辛苦了四五年，才攒够建房子的钱。

婚后，她没脸去看父亲，也拒绝父亲来看她。这回建房子了，樊素英觉得略微可以扬眉吐气，打算让父亲来做木工。父亲见到她的刹那就哭了。原来娇柔的小女儿，现在黑黢黢的，腰身粗了，头发凌乱，粗服宽松，牙齿也没那么白了，脸上风霜刀割，眼睛里没了清澈。大儿子在一边玩泥巴，头脸身上脏污淋漓；小儿子光着屁股在毯子上打滚，挺着小鸡巴嗷嗷地哭，晾在院子角落的内衣，都是破烂的……父亲蹲下来，哭得止不住。

她本来准备安营扎寨，迎敌一样面对父亲的冷嘲热讽，痛斥她当初不听劝的蠢行。父亲这突然的大哭，樊素英坚硬如鼓的心，一下泄了气，背对着父亲，仰着脸，大放悲声。

她为自己的叛逆和自以为是的爱情，付出了代价。只是这代价，过于沉重。

张海兴正拉来建材，见岳父来了，大张旗鼓地笑着招呼着，要打酒，要买菜，要好好招待。有一份诚惶诚恐的郑重。酒买来，菜炒好，岳父不为所动，张海兴笑得就带着苦相了，趋着身子，请丈人上桌。父亲一口水没喝，一口菜没吃，搁下一千块钱，徒步四十里来，再徒步四十里回去。临走之前，拍拍张海兴的肩膀，什么都没说。等走出村口，在蹚起的黄尘里，父亲脚步踉跄，抬手扇了自己一耳光："作孽啊，害苦了女儿。"

张海兴守着一桌子菜，脸上下不来，真想把桌上那一沓钱撒了，可攥到手里，纸币上汗津津的，他似乎被烫住了。旋开酒瓶，他自顾喝起来。很快，张海兴醉了，就落泪，不停地对樊素英说："对不起，对不起……"他确实没一样对得起她，孩子没人带，屋子是破的，干不完的家务和农活。张海兴哭完，眼目灼灼："相信我，一定会让你过上好日子的。"

樊素英噙着泪，给男人倒水。就为了他这酒后的信誓旦旦，她搭进去一辈子。

张海兴确实在努力兑现誓言。

建好了房子，急于还清欠款，他连轴转，养了几百只鸡鸭，种了三棚食用菌，眼看着要打赢生活的翻身仗，人被希望撑着，张海兴黑瘦黑瘦的，可走路带风，疲倦的身体如烧着的木炭，炭火中心，是他炯炯的双眼，电力强劲。樊素英劝他："你也歇歇，慢慢来。"张海兴眼睛放光，亢奋的样子，像即将扑到猎物的饿狼。他在一五一十地算账：棉花卖了可以还多少账；鸡鸭品种优良，饲养得好，能卖多少钱；今年金针菇平菇价格看涨，三棚收完，不但能结清建房的款项，还有剩余；我要买一套那种软垫的沙发，再买个唱片机，你就躺沙发里，听着你喜欢的歌，或者看看小说，吃块点心……她畅想了一下他描绘的场景，幸福也不过如此了。跟着这个男人，是对的，她不后悔。

一直到死，雪花覆盖眼窝时，张海兴给她说的这些话，眼里的神采，手上的动作，滚烫的语气，樊素英都历历在目。

那一段是雨雪天气，樊素英在家照顾孩子，张海兴起早贪黑将采摘的菌类运到城里饭店和市场。他出事的那天，雾气弥漫。夫妻俩几乎一夜没睡，几百只鸡鸭挑拣分装到铁笼子里，樊素英看看天："要不等雾散了再去吧。"路上的积雪未化，冻住了，车子容易打滑，再加上大雾，她不放心。张海兴已和市场上的贩子约定好，不想耽误别人的生意，执意要按时送去。他笑呵呵的，手一摆："嗨，这条路我天天走，你就甭操心啦。"并让她赶在精力健旺的儿子们醒来前，睡个回笼觉。樊素英拗不过他，嘱咐一番，也真是累了，挨着枕头就睡沉了。刚睡着，就做了个梦，梦见丈夫开着货车向她驶来，他的脸上笑盈盈的，却似梦游的状态，快到了樊素英跟前，也不停下来，继续往前开，她喊他，挥手，他都不理睬，没看见似的。在张海兴漾着朦胧笑意，将车子驶过她身边的刹那，樊素英捂着嘴，叫了一声：“呀！”

她分明看见，有一双白色的手从后面探出来，忽然捂住张海兴的眼睛。他还挂着迷离的笑，继续驾车前行。

樊素英从梦里惊醒，喊道：“天哪！”

其时，张海兴正走到道口桥下，迎面撞上一辆从雾气中突然现身的绿皮卡车。人，当场就没了。

2

樊素英绝非水性杨花的女人。好似正坐在车里，虽是破车、慢车，路也泥泞，却没想过命运会将她从半道上扔下。丈夫留给她的是六岁的大儿子张自建，不到两岁的小儿子张二良，以及建房时的欠款。

张海兴死后，她坚闭门庭。日子残忍的地方在于，它不管你的悲喜，一天一天往下过。90年代初，打工大潮还未裹挟乡村，樊素英只得自力更生，在村口开了一爿小店，捎带卖些油盐酱醋针头线脑的零碎物件，补贴家用。白天她要去地里做农活，晚上小卖部才开门迎客。

吴支柱离得近，常来买个烟打个醋。

樊素英面目浮肿，眼神愣愣的，丢了魂似的，有时你打招呼，她陷在自己情绪里，没反应，等过了一会，才意识到你说了什么，她好像还没回应呢，就赶紧找补似的笑一下。正是这笑，揪住了吴支柱的心。

老吴这辈子最后悔的，一是错把老李当朋友，一是有过妻子。两件事互为表里。妻子嫌他没本事，人也萎靡，跟老李跑了。妻子另寻高枝，也能理解，吴支柱过不去的坎儿在哪里呢？这个老李，在县城经营演艺事务，也就是撮合一帮草台班子，县城生意冷清时，就下到周边村里，杂耍、戏曲、小调，一台杂烩。头天晚上演完，第二天背个袋子去各家“起钱”，有零钱给零钱，没钱给点粮食也行。不管是招徕观众，还是第二天要钱，得有个本村人缘好的张罗引领。到了老吴他们村，大都是老吴留宿，让妻子烙饼炒菜。演出当晚，老吴积极鼓动村民去听，要钱时有他引着，那些去看了演出想要赖说没去，就躲不过了。还有一点，各户家境如何，老吴知根底，户主没给到一定份额，老吴给老李使个眼色，他们继续说好话唱数来宝。一场忙活下来，合作愉快。老吴不是为了老李给的那仨瓜俩枣，他闲时好拉个胡琴，听个小曲儿，觉得能和来村里剧团的胡琴师父聊聊，有种自认同门高攀的兴奋。谁知一来二去，妻子被勾搭走了。老吴愤愤：老李，帮你这么多次，怎么也算个朋友吧，这是朋友干的事吗？

老吴摔了胡琴，再不唱那些酸曲儿。

吴支柱拉扯着女儿，辛苦且不说，常有个衣服炸线被子蹬烂的。老吴裤裆裂个口子，尚觉无妨，实在露面宽广，他大脚粗线连缀一下，也能对付。可女儿衣服破线了，吴支柱就没辙，他那针脚实在粗糙，女儿穿出去招笑。这时候他不恨妻子，专恨老李，骂一通，叹口气，搓着手，央求到樊素英跟前。

樊素英针线活虽根基浅，可心灵手巧，下学后跟着大姐学了几年，能做衣服鞋子，也能绣几朵花，只是没大姐那样精巧繁复罢了。吴支柱每次找她补完衣裳，都会给她一包软糖。糖是县城有名的百花商场买的。隔三两个月，他要去老李家一趟，家里有他老娘，老吴不信狗日的能丢掉老娘。可突击围堵两三年，除了老李的老娘白发越发醒目，一次也没碰上老李。“走后就没回来过，连个电话都没有。”老李老娘慈眉善目的，看样子不像在说谎，还骂了句儿子：“这小畜生，心狠，心硬。”然后两人相对叹气，老吴有时还要帮老太太搬个煤球修个水管啥的。忙完了，到了饭点，老太太留他饭，老吴也吃过几次。出了老李家门，老吴苦笑，这弄得，算什么事儿！可过一段时间，老吴还去，还是没有消息。老吴没堵上老李，就去百花市场买衣裳买糖，衣裳是给孩子的，糖给樊素英。

樊素英一辈子好吃个甜食。跟着张海兴，日子辛苦，就顾不上，现在也苦，老吴却想到了。“我尝一颗就好，剩下的，给孩子吧。”

“有呢，”吴支柱说，“给他们留着呢，放心吃吧。”就又没话。

樊素英含着糖，像含着珍珠，化得很珍惜、很小心。缝补好衣服，交给吴支柱。老吴没走，锁着眉头，还蹲在那儿抽烟。

“以后不用给我买啥，”樊素英说，“补个衣裳，顺带手的事儿。”

吴支柱笑笑，他脸上抬头纹深，一笑，更显苦相。“咋也不差这俩钱。”

“真就打算这么一直堵下去？”

“也不是，”吴支柱说，“早就不想去了。一到他家附近，就犯恶心。”他说，“就算堵着了，也拽不回来；就算拽回来，也没法再过，我都知道。可就是咽不下这口气。”

“那你，一辈子就为赌这口气？”

“也不光为赌气，还有一点，他们跑得突然，我还没和她离婚。”

樊素英就不语。糖甜得忽然有些腻。他不能说他离了婚才有希望和她成亲，她也不好回应什么。就这么的，吴支柱抽烟，她化着糖，有人响亮地咳嗽着走来，大约是买东西。

是石耿生。

老吴拎着衣裳，臊眉耷眼地走开，不理会老石双眼相瞪，怒气冲冲。

石耿生直脾气，还没坐定，就高门大嗓，训斥樊素英：“理他做什么，长得娘们唧唧的，他老婆为什么跟人跑？——摊上这不中看又不中用的货，搁谁谁不跑！”

樊素英脸上平静，接了钱，拿包“黄金叶”给石耿生：“老石，别瞎嚷嚷，人家老吴有孩子呢……”

“嗨，”老石打断，朝地上响亮地啐一口，“不定是谁的种呢。”

有了石耿生，樊素英才得安静。

一个寡妇，对自己来说，是默默吞咽的痛苦，可对同村的男性，就像从天上掉落一枚金币，就算不起贪心据为己有，可金币闪耀，也难免不侧目、凑热闹。悲哀在哪里呢，樊素英甚至得利用这份亵玩之心，专门腾出一间屋，支几张桌子，阴天下雨，让他们有个打牌斗嘴的据点，她才能多卖点烟酒饮料。

石耿生很嫌弃：“乌烟瘴气的！”

樊素英只能笑笑。

石耿生坐过牢，说是因在街上和人打架，他一个人单挑三个，就这，还打得敌军跪地求饶。从监狱出来后，老石才回村里务农。祖传的几亩地，老石一弓腰，汗珠子噼啪往下掉，肱二头肌鼓胀着黑黝黝的力，地里四季的活计被他轻拿轻放。庄稼一垄垄、一畦畦，整齐碧绿，在老石跟前，如列队听话的学生。

老石的地和樊素英家的挨着。

樊素英每次干活，都带着老二张二良。老二两岁多了，可能是营养跟不上，路还走不稳，只会爬。樊素英在地头挖个浅浅的圆坑，将张二良放在坑里，他哭只能任他哭，哭累了也就不哭了。这样，樊素英才能干活。老二拉长了腔，哭得韧性十足。这小子，从小就会缠磨人。樊素英忍住泪，穷人家的孩子，就是个活物。她狠狠心，继续锄草、施肥、侍弄庄稼。

老石看不下去，撂下工具，大吼一声："哭，还哭，烦死啦！"

老石面相恶，光着脊梁，浑身的汗水反射着太阳的光点。樊素英吓得一哆嗦，急忙奔到地头，去哄老二。张二良脾气暴躁，踢腾抓咬的，怪母亲迟来安慰，扯住母亲乳头，也不吃，硬拽，干号，发脾气。乳头被他揪成皮筋，樊素英疼得钻心，要扇他屁股又不舍得，只攥着他的手，往回拉着。

老石惊天吼一声："哭，再哭，小鸡巴给你剁了！"做了个手起刀落的架势，张二良这才眨巴着眼，往母亲怀里拱，抽搐着，止住了哭。

烈日和寂静里，老石继续干自家活计。樊素英被小儿一通折腾，加上疲累，奶饱了儿子，倚着杨树，抱着小儿，拍他睡觉。好容易将儿子哄睡着，樊素英也抬不起眼皮了。树荫下，有小黄蜂围绕野花轰响，也吵不醒她。

樊素英做了一个好梦，梦里母亲还活着，她还是父母的娇女儿。周末，睡到日头高照，慵懒地在散发着阳光味道的床上伸着手脚，已经睡饱了，醒了，却不想起来，处于甜美的惺忪状态。母亲熬好小米粥，摊好鸡蛋饼，拍她窗户："妮儿，吃饭啦！"她是被充分的爱托举的小帆船，在温柔的河面上游弋……

她是被自己的哭声惊醒的。母亲去世时，她只觉得惊恐，一个人、一个活生生的人、一个天天照料一家子生活起居的人，就这么突然消失了。她的震惊大于悲痛，当时并未能真切体会母亲的离开意味着什么。樊素英历经磨难，眼前仍是一团乱麻，隔了这么多年，梦里母亲一声"妮儿"，她的眼泪才真正决堤，她抱着杨树，眼泪止不住，在心里喊着："娘，娘啊，你的妮儿，想你了……"

樊素英哭完，仰起脸，田地里，正午烈日高悬，空气里是沸腾的热浪，石耿生弯着腰，甩着锄头，如破冰船划开冰面，他淌着大汗，大步流星，在她田里锄草施肥。被他打理过的庄稼，有了青葱的秩序感。

石耿生忙完，抹一把汗珠子，抽支烟。他抽烟不是老吴那种捂着腮帮子，嘶一下抽一口，牙疼的样子，老石大吞大吐，抽出了粗悍的壮观，随口一吐就是一片苍蓝。老石将剩下的半袋化肥扛上肩头，另只手拽住在那玩尿泥的张二良，冲樊素英："还愣着干啥，完活了，回家，不打算管我顿饭？"

樊素英的眼泪"哗"一下来了，倒把石耿生弄了个手足无措，他挥着大手，急于展示自己的无辜和糊涂："我说啥了？没说啥嘛！哭什么呢？"他那个憨傻的笨样子，又把樊素英惹笑了。

石耿生实在费解，一个女人，怎么一时哭哭笑笑的。不过，这顿饭，吃得真舒坦。在他的要求下，她擀了宽面，煮熟用凉水拔了，捣了蒜，放了辣椒面，拿热油泼得嗞嗞冒烟。老石一口气吃了三碗，还就着啤酒，吃了二三十个变蛋。老石吃得浑身冒汗，吃完，一推碗，满足地摸着袒露的肚皮，眯眼含着笑意，挠着头，这才问她："怕不怕被人说？"

"有什么好怕的。"嘴长在别人身上，说就说呗，怕有什么用呢，先要活。

"那好，以后有出力的活，我管了，就这饭就行。"

樊素英眼底一热，才明白这糙汉粗中有细呢。

石耿生又说："别听他们瞎胡扯，说我是街面上调戏妇女，和人起争执，打了架，才入狱的。根本不是那么回事。"老石懒得解释，只端直问她，"你信不信？"

樊素英点点头，她信。从上午她给小儿子喂奶，他发怪哭号，老石训斥他时，却侧过身不看她胸前，她就明白，老石虽凶恶，可对比来院子里打牌调笑的，他是个君子。

老石披上褂子，要走，又回头说一句："有人欺负你们，你就说，大不了我再进去一次。"

樊素英到底没绷住，扭过头抹眼泪。

3

吴支柱终于堵到了老李。

这地方的男性，称呼同类，总爱在姓前面加个"老"字，哪怕年纪轻轻。有戏谑的味道，也为显得要好，交情"老"到。十来年过去，"老李"真成了老李。见到老吴，他毫无愧意，仍笑嘻嘻的，递烟给他："兄弟，别来无恙哇？"

吴支柱就崩溃了，抄起凳子就要朝他脸上招呼，却身形瘦小，干不过老李。老吴呜呜哭了。有这么些年的憋屈，也有对老李无耻起来还这么硬气的不可思议。

老李到底于心不忍，掏出一沓散钱，给他："哭啥，你觉得你能留住她？"老李拍拍他，"这些年，带着她东奔西跑的，过得也没那么容易，钱没挣到多少，还把身体搞坏了。"

逃窜期间，老李不搞演艺，单枪匹马的，也没法弄，他买了台面包车，带着相机，去边远山区里，给人拍照，用廉价材质洗印装裱出来，一张几十块。偏僻的地方照相少，对装裱的家族照片重视。同行的，不少靠干这个发了财。别人半夜就出车，翻山爬沟，刮风下雨都不歇，挣的是辛苦钱。老李带着姘头，没有家累，优哉游哉，偏僻的山村就不去了，常到镇子周边，车往那里一扎，也不卖力吆喝招揽，生意做得随缘。女人刚得了自由，大手大脚，吃吃喝喝，有一段，两人很快活。但是呢，到了入不敷出之际，老李只得将女人寄存在镇子上，他去偏远村落，也不单照相了，还卖伪劣商品，洗衣粉、衣服、家电，挣了钱，姘头欢笑连连，能维持一段；挣不到钱，她就嘟嘟囔囔的，脸上不好看。有次卖了假货，没来得及撤走呢，被人识破，追上打了一顿，门牙都干掉半截。老李捂着嘴，这时才明白，弄个姘头，不是好玩的，得供着，好吃好喝养着，吸血呢。老李辛辛苦苦回来，锅凉灶冷，连口热茶也没。听说他白天出去坑蒙拐骗时，女人和最近来此收购野味的广东小老板眉来眼去的。老李摊摊手，叹口气，原来喜欢的就是她那份轻薄婉转的做派，到现在，恨也恨的是她浮花浪蕊的行径。自作自受，不过如此。久而久之，老李懈怠了，也想老娘。有天晚上，老李收摊回来，行至半道，发动机冒了下烟，车抛锚了，前不挨村后不着店，老李出来，坐在路边抽烟。山风强劲，老李抬头，见漫天星河，心想，何以落到如此地步呢？前无坦途，家不能回。老李很后悔。老李一后悔，挣钱也没那么积极了，钱包瘪了，两人之间的欢笑沉寂下去，性格里的刺，水落石出。这时老李才感慨，两人完全不对脾气呀，怎么就鬼迷心窍了呢？

“老吴，不妨告诉你，当初要跑，是你老婆提议的。”老李说，“她现在又把我甩了，跟一个广东的野味贩子跑了。你说为这么个骚货，哭什么，不值当嘛。”

如果老李说的是真的，吴支柱这辈子县城都没出过，广东那么远、那么大，超出了他的认知边界，这一下，妻子如风筝断了线，再上哪儿去找呢？找不到她没啥，这么多年也熬过来了，可他怎么离婚呢？不离婚，他怎么再结婚呢？吴支柱又气又愁，蹲在地上，呜呜咽咽地控诉道：“你赔我老婆，你赔我……”

老李哭笑不得，觉得自己确实作孽，把个老实人给坑了。“别愁了，我打算还干演艺，熟门熟路，你来帮我操琴吧，挣下钱，再娶个媳妇。”

“娶你妈呢！”老吴骂完，要走，老李母亲做好饭，叹息一声，非要拉着他吃饭。

饭桌上，老母亲兜头扇了儿子一耳光。扇得老李有点蒙，眨着眼睛，刚要辩驳，母亲的手又扬起了，抖抖战战的。母亲说：“这些年，你浪在外边，为了个女人，老娘也不要了。有几次心口疼，都是支柱拉我去的医院，没有他，我可能早就死了！小畜生，你说你干的什么事？”

老李低下头。

老吴摆摆手："一码归一码，姨，别说了。"

母亲让他给支柱倒酒，他不敢违逆，倒了酒，屎壳郎推粪球一样，推到吴支柱跟前。老人劝他："喝吧，孩子，姨生了个孽子，对不起你。我打听到了，你喜欢同村的那个丈夫早逝的女子，你没有娘了，姨就做你的提亲人吧。"

吴支柱一杯浊酒全从眼角里泄流，这么明事理的母亲，怎么就培养出一个浮华的儿子？还有，她没将樊素英叫成"小寡妇"，也没觉得他们的感情是和她儿子一样的苟合，经老人家郑重一说，像是有了某种合法性。吴支柱喝了酒，带着哭腔，喊了声："姨呀。"

4

张二良五岁那年差点死掉。1987 年前后出生的那茬小孩有不少患小儿麻痹症的，他们村更离谱，各处治疗后仍瘸腿的有六七个。乡卫生所发的"糖丸"，村里的医生没有挨家挨户派给村民，他辩解："我不也忙嘛，有来看病的就让帮着代领，谁知有的领了忘了给邻居，大意了。"但他的亲邻，没一家小孩患病的。一个乡村医生，也没什么家底，愤怒的人们打了他一顿，只能自认倒霉，分头去传说中"一针见效"的大小医院治疗。因为缺钱，他们大都笃信土疗法，电烤、熬药，延误了治病情，或轻或重留下了后遗症。张二良之所以没瘸，还是樊素英上过学，知道土办法靠不住，一直在县医院花钱如流水地正规治疗。张二良发烧、肠胃炎、呕吐，打点滴、输血，还是没有见效，樊素英蓬头垢面，既心疼儿子，也心疼钱。也是张二良命好，省城医院小儿麻痹方面的老专家来县城坐诊，樊素英挂到号，扑通一下就给老人跪下了。老专家给她指明了省城的医院和科室，樊素英才觉得有了光。老人医德高尚，临走前，亲自去病房检查了张二良的现状，老专家推拉着张二良的小腿，眉头舒开又聚拢，樊素英提着的心也如井里七上八下的桶，老人家嘱咐道："得抓紧啊，再延误，不敢保证没后遗症呢。"

樊素英千恩万谢，又要跪，被老人拦住，叹口气："省城医院科室的主治医生是我学生，我打个招呼，能免的费用都会免的，赶紧转院吧。"

樊素英背着儿子四处借钱，娘家人能借的都借了，先送张二良住了院，托了人看管，还得回来筹钱。

吴支柱还有女儿，能支援樊素英的不多。他的女儿吴花花，脾气大，反对父亲去樊素英家，直接冲到樊素英跟前骂道："婶子，你以后不要再勾搭我爸，好吗？"被羞辱的樊素英刚要辩驳，花花一句话就让她心软了，原谅了她的冒犯。吴花花说："我已经没有妈了，不想再没个爸。"

樊素英跑到张海兴坟前，大哭一场。

到了晚上，石耿生来了。"孩子长大瘸了，得埋怨你一辈子。"石耿生说，"接着给他治。"

知道她还不上，石耿生还卖了猪牛羊，给张二良治疗。住院一个月，后续治了半年，张二良基本上恢复了，偶尔跑得急了，脚步会有点高低不平。就这，有次吵架，张二良还埋怨母亲把他生成个"瘸子"。

打动女人的永远不是霸道和蛮力，是细水长流的情意和温柔。经此一事，樊素英心怀感动，想，嫁给石耿生也好，他虽然行为鲁莽，可五大三粗，总能照顾住他们娘仨，何况，老石对两个"拖油瓶"并无偏见，这很难得了。

是个雪天。

樊素英炖了一大锅鸳鸯鸭，一人一个鸭腿早早将两个儿子哄睡了。石耿生来了，还带着一壶烧酒。两人拥炉对坐，炭火舔得石耿生眉脸酡红，他吃一口肉，喝一口酒，看樊素英一眼。老石灌了烧酒，眼里湿漉漉的，亮晶晶的，像是被拨的灯芯，看向她的眼神也有了曲折的度数。老石嘿嘿笑着，吞咽着喉咙，越吃越饿的样子。终于酒酣耳热，老石推门，见满院子的纷纷扬扬，老石敞开胸怀，道一句："嗬，好大雪！"坐下来，继续喝酒，并劝樊素英也略尽几杯。

樊素英以一杯酒揭幕，也不知是谁先握住谁的手了，眼乱，心乱，手忙脚乱，乱得一塌糊涂。石耿生挟她到偏房，连拉带扯，剥掉她的衣服，像是剥去鱼鳞，先是被她的柔软和洁白所俘获，接着被她腹部生老二时留下的剖腹产疤痕所震慑。老二头大，难产，乡镇医院，手术水平有限，只为取出方便，刀口开得宽大，两条肥硕暗红的蚯蚓组成倒"V"字形，突然映入眼帘，确实有些触目惊心。石耿生的躁动被劝退不少，他拉下她的秋衣遮住疤痕，望着她的下身，又来了劲，可临上身，老石隔着衣服摸着她的疤痕，怪异地笑笑，问她："还能生吗？"

老石刚才的一系列小动作樊素英都看在眼里，可这一问，才是天灵盖上一击，让她寒了心。樊素英不知哪里来的蛮力，一下将石耿生从身上簸下去。她说："老石，算我看走眼了，你走吧。"樊素英裸露着身体，抱着被子，却盖不住那一身白花花的荒凉。她全身抖得如波浪。

她想，真心是真的，私心也是真的。都是血肉之身，都是欲念缤纷。落在现实里，谁都没错，可结果就是这么残忍。

石耿生自知失言，再想大包大揽地抱着她往回暖，樊素英像块石头，不为所动。老石往复几次，樊素英如浇灭的火堆，他再也鼓动不起火势，老石照自己嘴上扇了一掌，懊悔长叹："本来没你的事，吃完好好干就是了，非要嘴贱！"

樊素英被他粗糙的诚实弄得哭笑不得，闭上眼睛，扯开被子，躺下，仍旧给他。但还是说了："我结了扎，生不了了，也不想再生了。我欠你的，还不下了。"

对面雪地里，吴支柱蹲守了半天，仍不见石耿生出来，心碎之外，他有种预料终于落实的快感。狗男女啊狗男女，大雪夜里你们抱着取暖，就我一身孤寒。吴支柱啐了一口，转身就走。

然后，樊素英前夫的本家兄弟们，手持镰刀锄头，兴高采烈，前来捉奸。据说，那晚踹开门，石耿生事后酒醉，睡得深沉，被绳索绑着从被窝里被拎出来，在雪夜里，白条条的，浑身往外冒烟，整个人笼在蒸汽里，唯下身壮硕累垂，犹一跳一跳的。本家兄弟们看不下去，一锄头挥过去，不跳了，不冒烟了。石耿生号叫着，像是被劈开的地缝喷出岩浆，绳索都挣断。他发一声狂喊，夺一根顶门棍，夹着裤裆，一蹦一跳地追着去打捉奸的人。

两个儿子被惊醒，揉着眼睛，目睹了石耿生的赤身裸体和母亲的衣衫不整。张自建懵懵懂懂，拉住弟弟，要把他往卧室里推，张二良是个人来疯，觉得一帮子人，好玩儿，急着扒门参与，一个往里拉，一个往外冲，哥儿俩打了起来。刚才被踹门，樊素英都没哭，也是被吓蒙了。这会儿，看着破碎的自己，外面看笑话的乡邻，樊素英捂住脸，痛哭失声。

两个男人，所谓爱她的人，只一场风雪，都让她寒了心。樊素英从此霜雪封门，二十年间，再不相信任何男人。

5

樊素英最喜欢夏天早晚间去农田，可以避开和人打招呼，也就避开了流言。到了田里，一望无际的平原，灌浆时的麦苗、盛花期的棉花、抽穗的玉米，都整齐壮观，南风吹过，块状的绿边缘有细碎的涟漪，随着风传递下去，无限铺展，这是平原最有美感的节气，有一份绿油油的浓郁生机，让人也觉得舒展、亮堂。在这绿的海洋里，樊素英做着活计，禾苗向上的清香，带着土地的苦意和芬芳，甜丝丝的，她觉得自在。这时，她才觉得自己是个人，有呼吸、有感觉、有歌哭的人，而非张樊氏、自建他娘、堤湾村水性杨花的小寡妇之类前缀下的附属品。

孩子慢慢长大，开销也增加。种田和小店的收入，远不够支撑两个儿子的花费。出了石耿生雪夜的事，小店也没脸再开，四围的女人有了隐约的公敌，谁也不允许自家男人再去她那儿打牌买东西。有个相隔不远的邻居老黄，大约觉得她既然可以与石耿生苟合，他也应该有可乘之机，有一段来得颇勤，买完东西也不走，倚着柜台云来雾去地撩拨。毕竟是来买东西的，樊素英又不能赶他出去。可没过几天，她养的小母羊，后腿被人打断了。张二良倒是英勇，四处侦探，得出消息，有人曾见是老黄的老婆打的。那女人膀大腰圆，说樊素英的羊“吃我家花椒叶了”，抄起胳膊粗的槐木短棍，瞄准，打个飞旋，端的好手法，直击小母羊后腿，只听清脆“咔吧”一声，母羊倒地吐出一口红的草，许久才挣扎着起来，哀哀叫着，一瘸一拐地挪回家。

这只小母羊，是父亲留给她的念想。父亲晚年养了一群羊，有一只产仔最勤最多性格最好的老母羊，它的直系后代，也继承了其母的优良基因。父亲从后代母羊里筛选出最出众的一只，留给她，以期小母羊能在她家开枝散叶，为她的柴米油盐助力。

父亲中风偏瘫后，儿子们将羊处理了，给他做医药费。父亲将卖羊的钱分给几个子女，然后，不顾子女们磕头流涕真真假假求他接受治疗，在镇卫生所病床上拔了针，坚决回家。回家也不住子女屋里，仍住放羊时在河堤搭的小庵中，任谁来劝，他都笑眯眯的，不为所动。父亲不药不医，苦撑四个月，弥留前的深夜，回光返照之际，自己洗漱剃须穿好寿衣，爬进门口的棺材里，素面满足地躺下。至死，父亲没麻烦任何子孙端屎倒尿，没拖累一个儿女，没将久病床前无孝子扯成儿子无奈儿媳怨恨的狗血连续剧。吊唁时，全村人，特别是那些因病赘累儿女、被儿媳指叱为“老不死的”，大都揩下眼角，感慨道，还是老樊明事理，真硬气！本来妯娌不和，出殡时，三个儿媳皆真情实意，涕泗长流。只有她和大姐，一滴泪也哭不出，她们像是突然被拦腰砍断，惊骇之下还没来得及体会这份惨烈。父亲死得如此决绝，还不是觉得他们都不容易，每个子女都陷在自家一摊泥泞里，他当爹的，不忍心再给他们肩头加砝码罢了；看似体恤他们，其实不过是当爹的绝望罢了。

父亲唯独将卖羊的钱给她这个小女儿分了两份，再加一只羊。现在想，父亲不只是对她当年没上成学表示亏欠，更是觉得她过得最辛酸，将本该好好的人生拖入泥潭，对她的失望更深，对她更心疼罢了。

父亲走后，樊素英常揽着父亲留给她的这只小母羊，默默地怀想。她对小母羊特别上心，恨不能饭则同桌寝则同卧，摘鲜嫩的草喂它，冷热都照顾得妥当。小母羊也争气，第一胎就生了四个雪白的羊羔，如此下去，要不几年，就能繁衍得数代同堂，羊丁兴旺。不光以后家用宽绰，还给樊素英一种希望。

而有时希望是最害人的。她已经领教过一次，这回命运又故技重施。

这天仅仅是因为她去磨面，让张二良割些草喂羊，老二哎哎答应了，却懒得顶着太阳割草，放出小母羊带着羊羔自去寻食，他窜得没影，和小伙伴下河游泳。

樊素英回来，搂着断腿的小母羊，哭到昏厥。在父亲葬礼上没哭出的眼泪，翻过眼眶，浩荡涌来。可她不敢去和那女人对质，尽管她的由头荒唐，这么乖巧的母羊，怎么会吃都是刺的花椒树叶子？女人已经扬言："这次是打偷吃的畜生，下次管不住，再偷人，老娘撕烂她！"

樊素英抱着母羊，剧烈的疼痛让它皮毛一阵阵抖动，它眼神哀怜地望着她，再看向自己的腹部。樊素英心里一凛，它又怀孕了。她紧紧抱着母羊的脖子，小心摸着它的断腿，它疼，她也疼，此刻，她们只是两位心碎的母亲，她感到一阵连心的战栗。

天上，蓝天白云，漠然流动。

没两天，断骨处化了脓。眼看母羊活不成了。有人建议她："杀了吃得了。"

樊素英不肯。抱到兽医那里，给母羊截了肢，输液打针，治疗了十几天，前后花了一百多块钱，断腿的伤口还是感染了。小羊睁着水汪汪的眼睛，活活疼死的。人们传她笑话，一只羊，那时还不值一百块钱呢，这下好了，小羊瘦得皮包骨，吃也没几斤肉了。她还嫌笑话不够大似的，在麦地里挖了坑，用旧衣服连缀成的白布裹着小羊，要郑重地为它下葬。

人们围观着，看她阖上母羊瞪向天空的双眼，在张海兴墓旁，一锨一锨将小羊入土为安。埋葬完了，樊素英给它隆起小小的坟冢，还在土包前插入一张窄窄的白木板，上写着：樊小乖之墓。

闲人抽着烟，笑着点评："真新奇，你看人家樊素英，就是讲究，养个羊羔子还有名儿呢。"

只有不敢近前的吴支柱，侧着身子，望着斜阳，眼角发黏。这个小羊，不姓张，不姓其他的，就姓樊。它才是她的心头肉，她是当女儿养呢。

6

樊素英关闭了小店。

她有个记账的本子，这些年，谁赊了一袋盐两包烟，都是些针头线脑，小本生意，她都记录在案，细算下来，也有几百块钱。关之前，她将账本填到炉灶里，一把火烧了。望着冒出的黑烟，樊素英想，到最后，只有他们欠我的，对这个村庄，我并无亏欠。不管别人怎么议论她，她心安。

但是谁又能算清人生的总账呢？进一步或退一步，在当时都是千万权衡。樊素英不能预知下一步棋会通往何种结局，可她别无选择，只有再赌上孤注。她将棉花和玉米卖了，又从大姐那儿借了钱，买了一辆大架自行车和一套制香设备。从此，就常见一个女人，骑着焊装有两个篓筐的自行车，在乡间，走村串巷，一声声喊："榆树皮哈，收榆树皮……"榆树皮韧性好，黏性大，和松果壳一起碾碎，配备细料，可轧出线香。

善男信女在佛前磕头作揖，借由手里的线香将心意向神祇传递。

莽山后山腰平阔处，有座奶奶庙，求子、姻缘、前程，无所不灵，是以香火旺盛。樊素英将轧好、晾干、捆扎的线香，按规格粗细大小分类摆放，丰俭由人，供进庙的人选择。逢初一、十五及庙会时，进香者众，樊素英的收益还不错。

能做这个小生意，是庙里一位老尼看她可怜，给的指点。那次，樊素英来庙里，沿着墙根，溜达了一圈，从前殿到后院，从弥勒到韦陀，摸摸栏杆，望望菩萨，不烧香，也不磕头，只是茫然地转。转完庙里，她来到后山，攀缘而上，陡峭处壁立千仞，下有深潭，阴气缭绕，望而生寒。樊素英沿着仅容一只脚的山道徘徊，到黄昏，斜阳的光线落进水潭，给幽深的死水蒙上一层橘色，梦幻似的。随着谷底的风，水面上金光如锦缎，无数的光点迸溅，竟如夜月下的海水，有一份壮阔的叵测。夕阳继续温柔，水面的金光变成柔波，晃动着，那斑斓似在招手，风掠过耳畔，似乎有一个苍老和温暖的声音在哄劝：下来吧，孩子，站那么高，那么久，肯定累了吧，下来吧，下来就好了……樊素英踮着脚，勾着头，望着那流光溢彩的柔软水波，不由得张开胳膊，像是临飞的鸟儿，要做一次美妙的俯冲。对流的山风吹得她头发飞溅，母亲的早逝，丈夫的车祸，村人的捉奸，母羊的惨死，拉扯两个孩子的艰难，丧父的痛苦……统统都随着飞扬的头发，从心头吹走了。樊素英笑了，双腿绷紧，就要一跃而下……忽而，被一双枯瘦的大手，拦腰抱住。抱住她的人往后扳，樊素英往前挣，她不愿中断这解脱的旅程，大手的主人想救她的命。两个人拉扯着，都拼了力，樊素英抓、挠、咬，身后的人死死搂抱……终于，残阳落尽，水面上的流光消泯，仍是一孔黑森森冒寒气的大深井，樊素英打了个冷战，惊醒似的，后退半步。趁这个空当，来人才将她拽回到生岸，两个人瘫倒在地上，气喘吁吁。樊素英的哭声夹在吸气换气中，咧着嘴，特别委屈。

那老尼等她哭，一点也不急。逆着最后一抹天光，她光光的头上刚长出来的稀疏斑白发碴，好像银色的星粒闪烁。她哭完了，老尼才念一声："阿弥陀佛。"樊素英平静了，跪下来，给老尼磕头。老尼拉起她，问她什么，开始她还不答，再问几句，她就绷不住了，堤塌了，岸溃了，闸门大开，这些年的苦水全倒灌而来。樊素英直说到星月升起。

老尼一声叹息。

老尼也不是专来救樊素英的。她是奶奶庙资格最老的法师，老住持圆寂后，以为组织会给她压点担子，可前不久，县民宗局任命的却是大寺空降来的年轻住持。新住持精力旺盛，凡涉香火钱、日常开销、庙里规划，都独断乾纲，从不与她商量。本来，奶奶庙主营业务是求子和姻缘，清末民初重塑的奶奶送子图整体浮雕墙前，蒲团几个月就要换一批，善男信女磕头跪坏的。可新住持决定复制大寺，重修大雄宝殿，依照修行时的寺院规格，供奉释迦牟尼佛，十八罗汉、三大士环护，正法庄严。"奶奶"便由正堂移到偏殿。老尼刚要辩解几句，新住持一句话就噎得她原地打转："大字都不识几个，瞎啰唆啥呢！就抱着你那个'奶奶'，不重建，能要来拨款？"住持自有她高瞻远瞩的打算。老尼哀叹。来此后山散散心，这才遇到寻死的樊素英。说起来，她真该感谢素昧平生且意气风发的新住持。

樊素英倾诉完了，老尼指明了做线香的出路，她来不及向老尼感谢，想到家里两个儿子还饿着，匆匆下山了。

樊素英的线香物美价廉，在以乡民为主力军的信众中，颇受欢迎。更可喜的是，她搭上了东风，没两年，新住持如愿以偿调入县里受重用，这么个小庙，经此一番折腾，已不伦不类的，只好任老尼做了代理住持，逐渐恢复了原来的规制，奶奶又重见天日了。樊素英也有守得云开的感觉。老尼给进香的透过口风："山门那个卖香的施主，在奶奶跟前磕过头，现在，有两个儿子了。"老尼说的也都是事实，只是有了掩盖和突出。来烧香求子的，谁不图个吉利呢，有了老尼的暗示，都到樊素英摊前购香，并请教她：给奶奶默祷些什么话比较好，你怎么求的，这么灵呢？樊素英哭笑不得，也只好指点如此如此，无非从老尼那里习得的孝顺爱敬、虔拜心诚之类。不少求了的，奶奶降福，得了男丁，要来还愿，庙里功德箱吃得肚满，也带动她小摊上线香、串珠、手链、佛像兴旺。樊素英晓事，从营业额里留出一部分，隔一两个月就捐到庙里，还买了布，量体裁衣，为老尼做了四季的素衣，有些女性之间的体己，比如袜子内衣之类，樊素英常为她留心购置。

有老尼照护，她便将这营生安心做了下来。

有时去庙里给老尼送东西，樊素英也有心情拜一下奶奶了。以前，她总觉得拜的人那么多，都烧香许愿，奶奶业务繁忙，她也拿不出什么像样的供品，就算拜了，奶奶也顾不上她。现在不一样了，有老尼住持，樊素英竟生出奶奶是自家人的感觉。

拜得多了，樊素英也有些体悟，和老尼聊：

众生谁不孤独、不心苦呢，就像油灯里的灯芯，灯要长明，怎么可以没有灯芯？众生低头纳拜，虔心默念，所有的孤苦都汇集到泥胎石塑那儿，泥胎石塑就成了佛。众生的纷纭欲念，是海面，佛是海面上的帆，慈航普度，可红尘滚滚，众生难悟，到最后，倒是众生的贪痴嗔，度化了佛。就像海面托举着帆船。

老尼对她不敬的乱想，只是含笑，点着她的脑袋瓜，说："你呀，你呀。"樊素英跪在蒲团上，顺势依偎着老尼，老尼摩挲着她的头发，又说："说不定你就是上天派来度我的呀。"

7

制香卖香，加上田里的收成，樊素英勉力做到了家里的收支平衡。她挺满足的。命运夺去了这么多，才打算对她网开一面。

这样忙碌的日子持续了九年。这年春末，老尼白日示寂，魂归极乐。卖礼佛用品的可不止樊素英，没了老尼这个后台，觊觎她的对手，叫来地痞滋扰，放出风，说她克夫，和她勾搭的相好也没好命，这样品性低劣触霉运的人卖礼佛用品，你敢买吗？樊素英的生意急转直下，终至干不下去。她也没什么不舍的，这桩营生，在老尼佑护下，竟然做了九年，樊素英还觉得打破了命运的诅咒呢，谁知还是个坎，只是缓刑九年。

她寄存香烛物品的山下小屋突然失了火。

之前的安稳，樊素英其实每天都提着心吊着胆，这一天，终于还是来了。樊素英倒松口气，哑然一笑。似乎是西西弗斯眼看着推上去的巨石再次从山顶滚落。

接下来几年，为了孩子的学费，樊素英辗转在县域内的面粉厂、罐头厂、皮革厂、工地上。好在两个儿子已养大，张自建上到了高中，张二良上到了初中，她不用那么辛苦跟着他们照顾了。

雪夜捉奸后，石耿生到底顶不住世俗流言蜚语，再就是确实穷，只好投奔省城工地上的亲戚，做了几年苦力，不知是买来还是拐来一个外省妇女。那个外地女人，过了几年，还是跑了。隔了近十年，老石又晃到樊素英家里，开宗明义："英儿，跟我过吧，这几年，我攒下了些钱，虽不多，也够吃饭的了。"

孩子大了，村里人在打工大潮裹挟下，都往"钱"奔得起劲儿，谁也没那么大兴趣再关注别人裤裆里的那点事儿。樊素英年纪也大了，金币贬值，石耿生觉得她会同意，或者会认命。

樊素英正在洗衣服，眼皮都没抬。"老石，要是从被窝里堵住那夜，你能说出这话，我感激你一辈子。"说完，不语，继续搓洗。

石耿生埋下头，才明白，一句话，是有保质期的，过了那个时机，再说出来，怎么都不对了。他想，她从心里看不上他了吧。石耿生怆然一叹，仍不甘："那你打算以后怎么办？"

"就这么过呗，这么些年，不都熬过来了。"

石耿生忽而愤愤地说："都毁在吴支柱手里了！"他近乎咆哮，"那晚上，就是他去告的密！"

"你见到了？"

"不是他，还能有谁？"石耿生的胸腔似在拉风箱，愤怒鼓胀，"打了一顿，他还不承认，真阴损！"

那年雪化后，樊素英在院子对面的草垛前，发现一堆烟头，都是"渡江"，她就明白了。吴支柱一向节省，只抽便宜的黄盒"渡江"，还说"有枣香味儿"。开小卖部时，吴支柱有几次买了东西，或是他从城里堵老李，回来买一兜子糖给她，说完了话，他还不走，狭小的空间里，两人都按兵不动，空气随着呼吸在嗞嗞升温、膨胀，久了，都有点醉意，樊素英借着翻找东西，要逃离这氛围，慌乱中，却和他有短暂的肢体接触，一下子，像云朵和云朵碰上，心里怀着张灯结彩的激荡。老吴吸吸鼻子，嘿嘿一笑，磕出一支烟，嘀咕一声：“枣香味儿的。”不知说是烟还是说她。

她对他恨不起来。

“提那些旧事还有啥用呢，”樊素英说，“都过去了。”

“过不去，我见他一次打一次！”

吴支柱这些年过得也不如意，他以前管不住老婆，现在管不住女儿。他一个人，个头小，力气薄，低三下四地跟着老李的演艺公司拉个胡琴，辛苦将女儿拉扯大。可吴花花上了中学，就学坏了，顶着一头花红柳绿，描眉毛涂嘴唇，和街面上的混混眉来眼去，手心朝上问他要钱，要得理直气壮。吴支柱为了挣钱，对她疏于管教，开始还想把女儿掰扯回正道，父女俩吵吵了一年，没一点效果不说，吴花花一气之下，敢夜不归宿了。传言更离谱，说她已经和很多混混睡过。这天，学校通知他来领吴花花，应该是要开除了。吴支柱头昏脑涨，一路上，想，有什么意思，忙活半辈子，养了个孽障，灰心、挫败、委屈，一辈子，不过是一场虚无和荒唐，可女儿是他一点点拉扯大的，他记得她小时候每次的欢笑和哭泣，她是他血脉的回音，是他这些年活下去的动力，她怎么会这样呢，没有一点感恩，难道基因作祟，遗传她妈的轻佻？吴支柱不知该恨谁，越想越气，他扔掉自行车，蹲在河堤上，哭得哀哀的。

樊素英其实也烦老吴这点，总唉声叹气的，一辈子活得窝窝囊囊、别别扭扭的，没个爽利的劲儿。遇到事情，有时还要向她求主意。樊素英想过，就算嫁了他，遇事还是自己扛着，他仅能提供一些情绪价值，让她感觉被一个人巴心巴肺地爱着、珍惜着。这些情意都很珍贵，可现阶段樊素英需要的是强有力的支撑。吴支柱自己都独木难支，庇护不了樊素英一家子。

两个要娶她的男人，一个粗鲁，一个纤弱，樊素英哪一个都没看上，哪一个又都觉得心疼。且不说村里闲人眼睛盯着，更有无形的枷锁和规矩，要她遵守，要不是顾忌两个儿子的名声，她真想都好好暖他们一回。

“好啦，别气啦，帮我剥几头蒜，中午还油泼面吧。”

在樊素英的柔声劝慰下，石耿生低眉顺眼去剥蒜捣蒜，正干得欢，张二良从门外走来，看老石在，“咣当”一下将自行车推倒在墙上，朝石耿生翻个白眼，吐口痰，一脚踹开小屋，将木门摔得山响。

石耿生愣了几秒，才回应道：“这小狗日的，疯了？”

樊素英说：“别管他，吃完就回去吧。”

还没等她煮面，小屋窗户玻璃碎裂得声势浩大，一句变声期的粗吼；“真不要脸啊！”然后是一连串狂叫的“啊啊啊”。

石耿生骂了句，要去教训他，樊素英死死抱住他：“跟个孩子计较什么！”

老石梗着脖子：“他都十五了，还是小孩吗？”又说，“小孩能说出这么伤人的话？”又说，“他摔的自行车还是老子的钱买的！”老石气性大，经常说着说着就把自己气炸了，老石一拍大腿，“我贱啊！”

“行啦老石，再说，可就连我一起骂了。”

老石不挣了，任她抱着。

“算了，你也别忙了，不吃了，气都气饱了。”石耿生倔倔地走了。

老石走后，樊素英在他刚才坐过的板凳下，发现一沓卷着的钞票。上次听说老大要上技校，怕她筹不到学费。樊素英想起父亲那年留下一千块钱的场景，她再次感受到了什么是血汗钱，每张钞票，都皱巴巴的、黏糊糊的，散发着浓烈的汗酸味，攥在手里，带着沉甸甸的情意。樊素英心底甜美又惭愧，叹了口气。

8

张自建从省城铁路技校毕业，成绩优异，人又吃苦耐劳，被分到铁路局做检修，跟着火车走。工作了几年，攒了一点钱，同事介绍认识了一个女孩。女孩家是城郊的，自带优越性，索要一笔不菲的彩礼。樊素英欢天喜地，都予同意。

张自建暗自打听了一番，据说女孩养尊处优，性格强势，他犹豫了很久，觉得不合适，征求母亲意见。樊素英沉默良久，就说一句："孩子，我们这个家，有资格挑吗？"

张自建半晌无言。这仅是后来对母亲仇恨的开端。

变卖了所有家底，又找亲戚借遍，才凑够彩礼。女方家还有个弟弟，也当婚娶，正要推倒老宅建洋房，丈人老马得了彩礼，破土动工，大包大揽地告诉张自建："知你不易，能力有限，为你着想，不逼你买房了，上面多加一层，给你们做婚房，住着宽敞。在一起，也有个照应。"房子建好，署的是妻弟的名，张自建分得顶层冬冷夏热三间，等于出钱替妻弟建了气派的婚房，与入赘无异。

就这，岳父每到酒意高涨，还不忘点拨他："要不是我老人家经营半生，广培关系，别家都只能建到三层，住建局会允许咱建四层？你会有这么大的房子安居？"倒是张自建占了天大便宜。他不敢出声，点头唯唯，殷勤给岳父添茶奉酒。老马见他还算乖巧自知，鼻息里满意地哼一声，佐以手势："人哪，就要学会感恩，谁对你好，心里得有底。”没有岳父一家，他一个穷小子，如何在城里有个安身之地？也是暗示他，尽量与没出息的老母亲和瞎混的兄弟撇清关系，好好做他老马家的佳婿。张自建工资卡由妻子把持，全家合力，将他拿得死死的，徒留老母一身债务。回老家看个娘亲，都做贼心虚似的，更不必提物质上回报了。

老二张二良当着老娘，评价得恰当：“妈，这老大养了二十多年，算是白瞎了，成了老马家的长工。”

樊素英拧张二良：“你但凡有你哥一成稳重，我也能少操点心。”

老二嬉皮笑脸，缠磨着母亲要钱，接着去城里鬼混。

如此过了一年，这天夜里，张自建潜回村里，见到母亲，嘴一撇，就要哭。樊素英刚从罐头厂下了工回来，一碗凉白开，硬凉的馒头夹着咸菜，就当晚饭了。她忙拉住儿子，问：“我儿，怎么啦？快说啊！”张自建望着母亲分割黄桃时划破的手指，再加上长时间浸泡，手上都是咧着的口子，创可贴胡乱缠着。他攥住母亲的手，喊一声：“娘……”樊素英顾不得矫情，催问他：“怎么了，出什么事啦？”

张自建愁眉苦脸，抬头纹蔓延如梯田，被母亲晃着胳膊，许久，才憋出来：“她，怀孕了。”

“啊，这好事哇！怎么还苦着脸？”

儿子瘦高，樊素英刚到他肩膀，张自建弯下腰，站不住，蹲在地上，抱着头，冲着裤裆，带着哭腔：“娘，我不该上这个技校啊……”

樊素英一时反应不过来，张自建中学学习不错，努努力，运气好的话，一本有望，可他懂事，上了个学费少且包就业的技校，虽说毕业后工作稳当，工资也不低，到底南北奔波，风吹日晒，没那么体面。樊素英叹口气，也说：“我儿委屈了。”

“不是嫌这工作，娘，我们穷人家孩子，赶上了好节点，能端上这铁饭碗，也算可以了，累点苦点算啥呢。只是，我成年累月随工程走，一年到头在家没有几个月，她在雪湖铝矿坐办公室，清闲体面，爱打扮，都传她和一个部门分管领导有……”

张自建说不出口，只抱着头，唉声叹气。樊素英心里如晴天里打霹雳，儿子是怀疑这孕育的孩子来路不明？可她还不甘心，试探地问：“日子真对不上吗？”她说，“你再算算，别只听传言。”

张自建抬起头，眼泪漫漶。这孩子自小敏感心细，节骨眼上的事，他怎会算不准呢。他只一味哀叹：“我总算知道她为什么要下嫁给我这样的了……”

“几个月了？”

“三个多月了。”

“不能商量打了吗？”

张自建夹着头，要能商量他就不会这么愁了。真要流掉，那不正将她的流言坐实了？她不会打的。

樊素英呆呆的，拿毛巾给儿子擦脸，却越擦他眼泪越多，如两股地下涌泉。樊素英将毛巾扑在儿子脸上，到最后，狠了狠心，也只能说：“孩子，日子要还想往下过，就忍下吧。”她说，“等怀二胎时，你请好假，陪着她。”

张自建哇地哭出来，喊道：“娘啊……”

“活着有什么意思呢？这么不服输、辛苦地往前挣，到头来，不过是个空，孩子都不是自己的……没有意思，真没有意思啊……”张自建发高烧说胡话似的，一直在唠叨，“没有意思，都是假的，假的，真没有意思，娘，我真想死……”樊素英拍着他，说不出宽慰的话。一代人的故事轮回又是这么荒唐，就像一把秧苗，走过汉走过唐，却始终走不出四季轮替和命运的手掌。

9

长子的懦弱，客观上助长了樊素英对老二跋扈的容忍。她想，男孩子到底硬气些才好，省得像他哥一样，被妻子一家攥小鸡子似的。张二良的胡搅蛮缠、撒泼打滚，樊素英都误作个性的变种，对他既是放纵，其实也是管不住。她没精力。张二良高大健壮，也不服管。说话稍不对他脾气，他就牛眼圆瞪，攥着拳头，大喊大叫，青春的鼻翼一张一翕，第一茬髭须根根倒立。

张二良高中没考上，兄长帮他在母校托关系预留了一个名额，樊素英卖了猪崽，给他交了学费。他上了半年，没在课堂上出现几次。省城天宽地广，无人拘管，他混起来如鱼得水。上实习课时得知，他们这一批有可能分配到云贵铁路工程上做技术员，打隧道、架桥梁，项目少则几月多则数年，荒山大野，手机常无信号，连个女人都见不到。张二良及时打退堂鼓。学也不上了，他跟着臭名昭著的北关龙哥，混起了社会，拆迁恐吓钉子户，发狠追讨高利贷，在火车站流窜偷盗，不一而足。

钱来得快，去得也爽利，混了几年，巩固了一身江湖恶习，将刁蛮、霸道、欺软怕硬、油滑、拈轻怕重这些特征培养得突出，除此，就落了几道刀疤和淋漓的性病。北关龙哥被绳之以法，树倒猢狲散，张二良带着夏艳花潜回村里，不少案子牵扯到他们，二人轻易不敢抛头露面。

他们住着母亲的房子，还嫌太破。村里大都挨着公路，新建了各式讲究的小楼或小院，利用莽山旅游区做民宿和农家乐，有头脑的包鱼塘、种草莓、栽果树、做露营，迎合城市裕如起来的人们携家带口亲近自然的需求。

樊素英和他们住了俩月，气闷得心口疼。两人夜里折腾，白天不起，做了饭留在锅里，她去厂里上班，等回到家，锅碗不洗，垃圾扔得到处都是。两人除了睡就是吃喝，樊素英存下的一点钱被他们想着法要走败完，夏艳花在酒店上了几个月班，嫌站得太累，就不干了，也正好怀了孕，要安心养胎。樊素英隆重以待。煎炒烹炸，鸡鸭鱼虾，顿顿不重样地伺候，就这，夏艳花还常随便搛两筷子就不吃了，说是咸淡酸甜不对胃口。樊素英忍住恼怒，洗澡水都是她调好，恨不得夏艳花尿个尿都扶着。如此俩月，去医院一查，宫外孕，夏艳花还发脾气，话里话外指责樊素英没伺候好她。张二良不说话，默许了夏艳花对母亲的欺压。两人上班断断续续的，还说工作好找，不急，生孩子可就这几年，得抓紧时间。长子的孩子来源存疑，现在老二媳妇的肚子是唯一的希望，樊素英怀着对亡夫的旧情，觉得能伺候好儿媳，给老张家延续个正统孙子，也义不容辞。紧接着又怀了一次，樊素英一如既往地小心服侍，不出意外，还是宫外孕，只好住院，输卵管切了一半。夏艳花以前玩得疯，流产都是在小医院，不干净，刮宫好几次，子宫壁薄得撑不起孕体。医生不好明说，只说两人很难自然受孕，建议做试管。

两口子争吵不断，做试管就要钱，钱从哪儿来呢？两人吵到最后，找到了根源：就这样稀里糊涂扯了结婚证，还没办婚礼呢，还没给彩礼呢。两人结成统一战线，目光都如枪管，盯着樊素英。

樊素英刚炖了鸡汤，顶着太阳，趁热提来。散养的土鸡，老汤上浮着滋补的油花，媳妇嫌腻，提起彩礼的议题，对张二良发了脾气，拍着桌子，将饭桶从桌上掼到地上。张二良也不相让，夏艳花一巴掌扇到他脸上，张二良也回击一掌，旗鼓相当。

夏艳花汪洋大海地哭骂起来。同层病房的都纷纷出来看热闹。

樊素英头昏脑涨，臊得慌。热汤溅到她身上，也不觉得疼。儿媳打的不单是儿子，也是打她的脸。铝质饭盒还在大理石地板上咚咚地响。樊素英捡起无辜的饭桶，恨不得钻进地洞，心说，你们吵吧，爱咋咋吧，不伺候了。

她想，或许她和张海兴的结合从根子上就是错的，绝种就绝种吧。命该如此。

她将最后几千块钱都留给张二良，趁儿媳还在医院休养，她在村里偏僻处找了家荒废的老宅，好说歹说，并向屋主保证：就是要死，我绝不死在你家屋头。屋主见她可怜，允许她住了。樊素英只拿几件衣服被褥，火速从家里搬离，厂里打发了工资就千恩万谢交给屋主作为房租。屋主推卸不掉。

张二良和夏艳花出了院，失去了一个忠实的奴仆，也是他们霸占着老屋，老母赁屋而居，外人议论，他面皮上不好看，几次三番让樊素英搬回来，樊素英坚辞不搬。张二良恼羞成怒，衣服被褥硬抱回去，樊素英就和衣而卧，怎么着也不回老宅了。看母亲主意坚决，张二良去找屋主。屋主早就定居城里，将樊素英给的房租转交给张二良，说："我当初不想让你妈住，为什么呢，就是知道你不好惹。"张二良还觍着脸笑呢，屋主又给他一千块钱，“就当阿姨是替我看守老屋吧。”到了这个份儿上，张二良再浑蛋，也不好寻衅了。

反正到了城里，他打算顺脚去找张自建借点钱。当初他结婚出的那笔彩礼，现在几年过去，张自建一向节省，应该又存了不少，还回来一点不过分吧。

到了老马家，却吃个了闭门羹。张自建回来是回来了，又走了。还没轮到他要横，马家父子也不是好惹的，站在楼上，握着电话，随时要报警。张二良悻悻而去，对大哥骂骂咧咧的，跑什么呢，真没出息！

那天，洗了碗拖了地，张自建和妻子闲聊，推销他的二胎计划，妻子一句“你想生你生”就否决了。张自建千不该万不该旧事重提：“你看这孩子哪点像我！”妻子就炸了，推搡他：“你什么意思，啊，你什么意思！”张自建积怨爆发，激动处，没控制住，还手搡了妻子一把。妻子不干了，历数他的罪过：吃饭吧唧嘴，不讲个人卫生，干啥都抠抠搜搜的，自带穷家破院的劣根性，长得也磕碜，肤色穿戴一看就是民工，带不出手……她不陈述，张自建都不知道自己有这么多恶行。对着妻子上下翻飞的红嘴唇，张自建脑门鼓胀，也只憋出可笑的一句：“谁做了什么，上天知道！”——上天就算知道，也没打算主持公道，也不想想，他老人家能主持得过来吗？果然，妻子的回击，直接碾得他粉身碎骨：“上天知道个屁，知道你妈偷汉子，被人白花花地堵在被窝里！”张自建就是这一刹那崩溃的，他“啊”的一声，像是轮胎爆破，脸上红里泛白，瞳孔里燃烧着怨气怒气邪气的火，过往的羞辱和不堪一下子席卷而来，他似要瘫痪，挂着虚汗，含着眼泪，舞动着手爪，扑向妻子，像是要撕碎她，又像是倒下之前将她死死抱住。

妻子被他疯狂的样子吓住，厉声尖叫，像夹着尾巴的猫。

这可不得了了，小舅子闻听，护姐心切，拎着菜刀，骂骂咧咧，生拉硬拽，将张自建从四楼赶下去，踹出大门，从里面落了锁，独留他在门外徘徊。从客厅的电脑监控画面上，他们能看到他在门口的一举一动。他们坐在沙发上，喝茶的喝茶，看电视的看电视，含饴弄孙，其乐融融，是真正的一家子。间或瞥一眼监控，看默片笑话一样。

寒心的是，在小舅子推他出门的漫长拉锯过程中，妻子、岳父、岳母，没一个哪怕有一句劝慰。张自建蹲在门口勾着头抽烟，路过的前后邻居看见，一只眼里是同情、唏嘘，一只眼里是期待好戏的兴奋。有人假模假样地关心询问，实则是满足旺盛的八卦心。张自建不吭声。他冷静下来，认清局面，低头认错，求爷爷告奶奶，拍门作揖，恨不得下跪。

一家子，没人理会。

张自建心死。

他头也不回，顶着夜色，直接坐车去了单位，要求领导将他下派到最远的施工项目。自此，几年之间，再没回家，也没给母亲一个电话。他才明白，母亲给他出的“忍”字诀，从根子上就错了。他的出身，他的处境，母亲作风上的不自重和这些年的独立支撑，让张自建对母亲，有一种心酸落泪又真真切切的恨。

10

冬日的豫东平原，一派苍茫，可肃杀中又有一份浩荡的庄严。树木光秃，麦苗贴着地皮，莽山收敛了绿意，万物伏下身段，将希望和生机掩在深处、泥土里，在雨雪寒冽中磨炼、蓄力，以期来年更好地舒展。

梁王宫阙，歌声舞影，黄金买醉，分曹赌酒，俱为荒冢；可这片土地历经数千年风雨，仍生生不息。

吴支柱车子蹬得费力，自上次电车被张二良砸了，车子就常闹脾气，明明电瓶是充满的，有时能跑很远，有时半路就没了电。他呼哧带喘的，走了一段，实在顶不住，嘟嘟囔囔地骂了几句，其实仍心有余悸。他怕张二良再骑个摩托冲过来，二话不说，抄起钢管就砸他的三轮电车。砸车还不算，骂得更难听，怪他不正经，勾搭自己母亲，骑个破车还兜风呢，不嫌丢人现眼！还对母亲扬言："你再跟他们纠缠不清，败坏我兄弟俩名声，以后让他们管你吧，我不管啦！"

上次吴支柱敢怒不敢言，这次他要敢再胡来，吴支柱就不惯着他了，把病历本掷到他脸上，让他看看：你妈操劳了大半辈子，心脏病、高血压、胃病都有，说不定哪天就熬不过去了，你们知道吗？你们谁带她去过医院！

吴支柱下来推车，越想越愤慨，将车子停在路边，抽烟。车厢里，樊素英睡着了，她小小的身子蜷缩着，安宁地睡在他铺着的被窝里。吴支柱扶着车边，望着她。她也老了，头发白了一半，可从她布满皱纹的脸上，他仍能复原出她年轻时的明丽。吴支柱伸出手，想摸摸她的脸，苍老的指尖几乎要触到了，又缩回，怕惊醒她，只给她掖了掖被子。从市医院到村里，一百多里，这才到半路，吴支柱去打电话，前面村口有个熟人，问他是否在家，先去他家给车子充会电。

熟人也是个单身汉，去城里给人装修粉墙去了。"挣点钱，好过年。钥匙搁老地方呢。"他让吴支柱"自便"。樊素英醒了，要下来帮他推车，吴支柱摁住她，让她安心躺着，他喷着白汽，将车子推到熟人门口，在门楣上方的砖缝里掏出钥匙，充上电，刷锅燃灶，煮了两碗挂面，扶樊素英下来，喝点热汤驱寒。

樊素英烤了会火，勉力吃了碗面，望着不远处的莽山："老吴，今晚就住在这里吧，明天再回。待会你陪我去下后山。"她怕难撑过这个冬天，想再去还下愿。

老尼逝后，多年来，路过莽山，樊素英总要到老尼墓前坐坐，烧几张纸，点一炷香，供几味瓜果，念叨念叨，心里就觉得好过一点，像是负重行路的人，还能再撑一段。樊素英请人扎了一方墓碑，上写着：

奶奶庙故住持朴清法师

老尼最后的日子，心念的是代住持的身份何时由组织正式下文转正，递过话，转达过诉求，却一直没能落实。她一辈子为庙里操劳，到最后身份也没名正言顺。老尼死时未必不是含着恨的。樊素英将纸在她坟前烧化，磕个头："可能是我最后一次来看您了，这山道，爬不动了。"

下得山来，这几年山下已经变了模样，兴建了巨大的汉风广场，造了堆叠的仿古城楼，以前丢在路旁的荒凉古墓都修葺圈护起来，成了历史渊深的景点。广场边上，人工湖大到状如海洋，主峰矗立着几十米高的汉朝开国之君的铜塑，整个莽山，成了门票不菲的主题公园。吴支柱扶着樊素英坐在石凳上，望着湖面，岁月的风声呼啸吹过，水面上乍起即灭的小褶皱泛起一点涟漪，就消逝了。也没什么可惜，水还在那里，微风吹过，会有前仆后继的褶皱。

天渐渐黑了下来，看她还没有回去的意思，吴支柱给她披上外衣。

广场上有附近的居民来唱歌、跳舞、散步。他们都有自己火热的生活，而她呢，一生如一根贫瘠的柴，一直倾力燃烧，被女儿、妻子、母亲、祖母、老妇人这些身份盘剥殆尽。什么叫活，我樊素英这辈子活过么？

漫天星河。亘古照耀。永恒沉默。

她无处诉说。

刚才跳舞的一群人汇集到广场大树下唱歌，歌声激越，是他们年轻时慷慨激昂的歌，但能唱得不跑调的没几个。樊素英真羡慕他们，有唱的勇气，也有唱的心情。她想想自己，得有多少年没唱过歌了？又想起张海兴出事前给她许诺的那个场景：她坐在沙发里，听着唱片，哼着歌，翻读杂志……那是她曾梦想过的“优雅”的生活，本来该属于她的，命运的改弦更辙，让她再没资格做这样的梦。其实，听个歌又有何难呢，难的是这件事背后的生活支撑，更是一种舒放的心情。

吴支柱架了一下她的胳膊，怂恿她：“你以前不就爱唱歌，也去唱个嘛，我帮你选歌。”老吴说，“当年你哪一点打动我了呢，就是你刚结婚那一段，我和你家不是在一条路上嘛，常听你进出哼着歌，我就想啊，怎么会有这么个小媳妇呢，不知深浅啊，天性里竟然存着快乐，”老吴叹口气，“多少年没听你唱了。”

樊素英怔了一下，先是羞臊，没想到老吴那么早就“不安好心”，再三推辞，她怎么好意思在这么多人跟前唱歌呢。吴支柱在露天点歌机上选了歌，举着话筒，眼神温和地鼓动她：“来，唱一首吧，就当出来玩了，散散心嘛。”几乎是拉着樊素英，将麦克风塞她手里了，搀扶着，护送她到音箱旁边、观众眼神聚焦的中心地带。

伴奏起来，樊素英的声音都是抖的，过了两句，闭上眼睛，也就沉浸在歌曲里了："欲说当年好困惑，亦真亦幻难取舍，悲欢离合都曾经有过，这样执着究竟为什么。漫漫人生路上下求索，心中渴望真诚的生活……"

樊素英唱完，睁开眼，先朝老吴看。吴支柱泪汪汪的，在拿袖子擦眼。人们还流连在她歌声的震撼里，没人会想到，这个衣着寒素的女人，能唱成这个样子，脸上皱纹里的娇羞都有了韵致。众人喝彩，都说比电视里唱得差不多少，老吴拍得尤其卖力："再来一首！""再来一首！"

樊素英架不住盛情，又唱了一首叶倩文的歌，唱毕，不行，还要再唱，樊素英接连唱了五首，几乎成了个人专场。就这，围观者还要她再唱……樊素英握着话筒，望着他们欣赏的目光，再看看山野平芜尽处的长夜，她忽然号啕大哭，没来由的，又千头万绪的。内心燃烧的火焰，是醒来的死火山。有某个瞬间，她的骄傲，她的敏感，依稀都回来了；可是，青春和美梦早就消逝了，唯余衰朽晚景。

吴支柱上来打了圆场，扶她下来，买水买纸巾。避开众人，他们几乎是手忙脚乱地，抱在了一起，这是一场隔着时光的确认，两人都用尽了力气，要融入彼此。他们都这么瘦了，这么老了，却在拼命给对方自己的余温。吴支柱的眼泪就下来了。

一夜长于百年，他们结结实实做了一回夫妻。

小院荒颓，槐、榆、桐、柿遍植，熟人心善，不伤蚁雀，枝杈间放心地悬了大小五六个鸟巢。两人起来，吃了饭，坐在门洞炉火前，昨晚说得太多了，一时也无话，看天边落霞，看院子树上鸟雀叽喳。

向着火，暖洋洋的，并排坐在椅子上，吴支柱抽着烟，从口袋里掏出几颗糖，剥开，递到樊素英手里。她就默契地接了糖果，含在嘴里，也剥了一颗，给老吴。桐树顶端的鸟窝，大约刚孵出小鸟，叽叽喳喳地欢闹，做父母的衔着虫子，在喂幼鸟；又有一只喜鹊，在枝头盘旋，忙着搭建鸟巢。吴支柱突然舒展地嘘口气，说道："活了大半辈子，就这一会，才觉得活过似的。"他说，"真好哇。"

樊素英没看他，含着糖块，看树上的鸟。几棵树的鸟集体出动，似在吵架，又似在集体商议什么，你言我语，认真可爱地争执。他们相视一笑，继续挨着，看这群小鸟。

暮色弥漫下来，吴支柱向樊素英靠近一点。她感觉到了，捞起他的手，放在怀里，风霜刻画的脸上，她的笑容，温暖而羞赧，像小女孩一样，从眼角看他。心动是情不自禁的，眼神会将心事泄露出去。

吴支柱攥住她的手，摩挲着，在他心里，她仍是那个爱吃糖的姑娘。老了的小姑娘。

"下个月，就要去郑州了。"他说。外孙三岁了，来年要上幼儿园，年底吴花花的美容店生意忙，要他去照看外孙。

"去嘛，"她说，"我们这辈子，不就是活个儿孙。"樊素英说，"老吴，还是你有福气。花花终究体谅你，走回正路，嫁了好人家，还有事业。你多帮帮她，也是应该的。"

吴支柱嗯嗯应声，却又脸有忧容："你这样，谁照顾你……"

"没事，"她说，"真没事的，无非个死，"她眼里窝着晚霞，"我也活够了。这一段，老梦见我爹，梦里啊，他对我笑啊笑啊，像这世界上最好的爸爸，看着我，就笑啊……我可能是该找他去了，我真想他……”

吴支柱哭了。“你别这么说啊，你走了，我怎么办……”

樊素英拍着他的手背，笑了：“傻不傻。这把年纪了，还说傻话。”

吴支柱抹抹眼泪，嗫嚅着嘴唇，憋了很久似的，说：“有件事，一直想给你承认，你和老石那个晚上……”

樊素英摁摁他手心：“不用说的，老吴，都过去了。”

“你好好活着，老石干完这个工程，明年开春回来，到时候他陪你，”吴支柱说，“我看完外孙，也来陪你。”

“没事，都忙各自的事吧，这样就挺好。”樊素英望望天空，“今年预报的说是雪大，真撑不过去，死在雪天，也挺好的。”她说，“我可喜欢下雪了。”她想起小时候的冬天，一觉醒来，白雪铺盖，母亲在做饭，青色的炊烟映着白的雪原，父亲在扫雪，大扫帚左右开弓，刷出一条小道。她欢欣雀跃地跑出来，被父亲用大衣裹住。从衣缝里她露出眼睛，盯着被平等的雪抹平的原野，抱着父亲，告诉他，昨晚她又做了一个好梦……

吴支柱要捂住她的嘴，不让她再瞎说。可樊素英神情平和，生死都已了然的样子，没什么好忌讳的，他想起她说过的父亲临终的决绝，隐约有不好的预感。她顺势偎在他肩头，说：“老吴，你再抱抱我。”

吴支柱就抱她。

又坐了很久。

“电充好了，我们走吧。”吴支柱问她。

“不急，再坐会儿吧。”樊素英说。

陈　醉

1

老陈好酒。

老陈没什么出息。他自己说的。

老陈好酒到什么程度呢？花生米也买不起的时候，拿筷子头蘸点酱油，就能喝几盅。至于出息，老陈应该和所有乡村出来谨小慎微勤苦做事的父亲差不多。

老陈算是他的朋友，至少他们喝醉时，朦胧间，彼此曾这么以为。可等到老陈死后，李牧仔细想了想，发现除了老陈愿意透露的一点枝叶，他对老陈的了解，并不比别人更多一些。

但这也不妨事，谁没有一方来历和去处呢，谁也不可能对朋友那么坦白。他们能偶尔聚在一起，只为喝点酒，想聊就聊几句，不说也可以，完事各自分散，奔往这个城市的罅隙。

本来他们的交集就很偶然。有段时间，李牧常在平乐坊巷子尽头一家夫妻档川菜馆解决晚饭。这家店主要是干净，因为位置稍微偏僻，生意不温不火，大多是老顾客。老板老曾有几道拿手菜，回锅肉堪称一绝，剁椒鱼头香辣醇厚，有时心情好了，他会卤点肥肠，这个算额外恩典，因为主要是老曾自家吃的，难得他赏脸，会赠送几个相熟的顾客一盘。卤好的肥肠以青椒爆炒，如果幸运，适逢从老家寄来腊兔，再来一份干锅腊味，就可以召唤老板娘打酒。酒是店里泡的，高度散白，加入人参、陈皮、枸杞浸泡。李牧问过老曾："从开业到现在，你那人参没换过吧？"老曾也不介意，狡黠一笑。老曾性格好，软绵绵的，顾客少的时候，你邀请他喝两杯，他必坐下。问他："何不换个地理位置好的地方，将生意做大呢？"老曾摆摆手，笑笑：“房租水电等等都不好搞。再说，我这生意也不差嘛。”他身上有份恬然散淡的知足感。独老板娘泼辣，身形粗大，和顾客嬉笑怒骂，迎来送往，指挥男人如调兵遣将，骂起老公来热热烈烈，半嗔半怒的，是一团喜气的火热，不让人觉得难堪。老曾挠挠头，笑笑，不当回事，丢下和客人寒暄的酒杯，进后厨继续煎炒烹炸。

李牧常在靠后厨的位置临街而坐，因为无聊，消磨时间，坐在那里，不影响他们生意，还有一点，离厨房近，烈火烹油，诸菜下锅时激起的“刺啦”，让人心旷神怡，觉得生活尚有热气腾腾的意趣。李牧就这样慢慢吃，慢慢喝，虚掷一个晚上，吃完和老曾打几圈小牌，或是杀一盘象棋，如果还早，就沿街去平乐坊老街转转，看看别人家的世俗烟火、喜怒哀乐。直到转累了，回去冲凉，睡觉。

他一个人其实很快活。

如果没有家庭、婚姻、孩子、房贷这些城市标配的担子压在肩头，那基本上就可以自私地放飞自我了。但这份快活是隐秘的，白天他还要扮演痛心疾首的失败状，特别是面对单位那几个老妇女的眼光。“小李，给你介绍个姑娘，本地的，和你一样，离异，可有车有房，做茶叶生意，要不要去见见？”“我这啥条件，不敢奢望，琳姐。”李牧还得感谢人家关心的好意，心里虽然想骂一句，关你屁事。可在这些大姐眼里，一个有正当工作貌似正常的男性，没有家庭，就是失败的。似乎不和她们在同样的婚姻阵营，就罪不可赦。所以李牧只好极力贬低自己，或者说是如实交代：没房，跑了五万公里的破车，工资不高，聘员，升职没戏，性格闷骚，父母年事已高，抽烟喝酒，轻微不举……陈述到最后，简直不配做人，但求她们放他一马，他心说，大姐，求您了，您和大腹便便的老公四处抛头露面的生殖器斗智斗勇孩子叛逆您老每天买菜做饭搞家务腰酸背痛性生活三个月没两次还千篇一律还争分夺秒……你沉浸于如此幸福的家庭生活中，就让我这种低阶社畜自生自灭吧。

他在单位是个做一天和尚撞一天钟的枯木。

只有在老曾这里，枯木才抽出枝条，经了酒的滋润，有些活意。

其实李牧酒量有限，三四两就上头，主要是酒的气氛，是轻微的毒，无伤大雅的麻痹，有种致幻的效果。

这天，喝得有点多，正和歇下来的老曾闲聊，进来一人，是老陈。老曾招呼道："老陈，又来买彩票，中奖没？"餐馆对面有个彩票站。

陈有德嗨地干笑一声："上期差一个数字就是二等奖，二等奖哦，一百多万呢！开奖时老子激动得不行，结果瞎激动，最后他妈的，就八百块。"

"那得接着买，下次把差的补上。"

"这都是命，咱命不好，买着玩的。"老陈自顾去接了一杯酒，一转头，看见李牧，点点头，笑笑，"领导也在呢。"

"得了，老陈，什么领导，都是打杂的。来，喝酒。"

确实，他们都是打杂的，不过是老陈在物业，李牧在单位而已。

李牧怀疑是因为上次敲错门，新任的局长对他冷淡至极。房丽娜在局长办公室常做长时间的汇报，李牧知道，却不关心。那天，因为有个急件，报到市里，市里审核说漏个章，还有两个小时就要下班，他心想，今天搞完算了，要不，这么热的天，明天还是他来弄，所以急着找局长签字补章，就敲了门。敲门也没事，局长没开。下午还在的呢，他心说，不知哪根筋搭错，一屁股坐在旁边拐角的楼梯上抽烟。过不一会儿，房丽娜探出脑袋，四处看了看，整整衣角，出来了。遇到拐角守候的李牧，她低头，下楼。第二个月，李牧就被告知，管理单位后勤，对接物业部门。他简直想蹦起来扇狗日的一巴掌。这是单位最细碎而不讨好的工作，后勤鸡毛一地，物业千头万绪，都不是好惹的，谁让他没一点后台呢，只好硬着头皮，做一天是一天。幸好也无大差错，不过是耐得日常烦琐。

但李牧对老陈还不错。或者说，他从老陈身上看到了部分自己未来的投射。老陈老了，物业经理几次有意要将他辞了，可工资那么低廉，一时也找不到这么勤快的人选。老陈主要负责打理单位的花木绿植，以及一个小小的空中花园，可门岗有事他顶上，搬运物品他一马当先，出去办什么事跑腿的也是他……老陈能做的无非卖力一点，小心沉默一些，总汗涔涔的。问他："累吗？"他笑笑。人都说老陈脾气真好。这其实是最廉价而恶心的评价，说一个人脾气好，无非是好使唤罢了。并且使唤起来，都不手软。

李牧权力有限，单位有几家下属行业报刊，仓库很小，他定期清理，大多数都让老陈以送出去的名义分批次运走，一月总有个几百斤。还有一项，要派送一份街道新闻周报，名单上千份，他勾画出重点人员，不须交代，老陈便已领悟：必须派送的名单要按期送到，其他的隔三岔五送一次就好，一个街道小报，也没多少关注，真有反映收不到的，下次单送他就是了。老陈下了班，骑个电车，送送派派，剩下的积攒起来，加上派送费，一月有千把块钱。这都是顶着个太阳，变通出来的辛苦钱。为了替老陈打掩护，定期的物业会上，李牧也偶尔提点下老陈，哪家哪户怎么反映没收到，一定要注意，记住喽，一家也不能遗漏。老陈唯唯点头，半站起身子，惶恐忐忑的样子，可心里自然明白什么意思。

所以老陈对他挺感激。几次要送东西塞钱，都被李牧一句话顶回去："怎么，老陈，难道你报纸没送，变成垃圾卖了？要不送我东西干什么，心虚？"老陈黑着脸，嘿嘿笑，知道什么意思，再不敢送礼。

为什么要对老陈好呢？他也说不上来，虽然是举手之劳，可物业还有老石呢。想来还是因为老陈儿子争气。据老陈透露的消息，他儿子在北京某名牌大学读书，老陈辛辛苦苦，都是为了儿子挣前程，所有的钱，零的攒整，按时汇入儿子卡里，让他安心学业。

熟悉的，都挺替老陈高兴。老陈很谦虚，搓搓脸，低头竟然轻微叹口气，说一句："不容易啊。"不知道是说他儿子学业上取得如此佳绩不容易，还是老陈一己之力供他不容易。老石就捶他，说老陈："别装了，你就偷着乐吧，明年你儿子毕业了，怎么不也得弄个县里的小官干干，对吧？老陈你有福啊。"老石来自中原乡村，话说得直接。

中秋节前，老陈邀请同事去他那里聚聚，也试探性地邀请李牧："去吧，李老师，赏个光哈。"知道李牧确实称不上领导，老陈就改口叫他李老师。老师这个称呼挺好，可大可小。李牧也就随他去了。

李牧想着在他租屋里，应该破费不了多少。到了才发现，老陈是花了血本了：一整只定做的荔枝烧鹅，鹅是如此香艳巨大，老陈没有合适的盘子盛它，只好垫着塑料袋摆在中间；此外，还有江中岛上抓的走地鸡，白切一只，吊汤一只；大虾五斤，白灼；清蒸鲳鱼一盘；还有猪耳、牛肉、菜心等等。大家一见，都说："老陈你发财了，搞这么豪华！"特别是与他局促的陋室相比，有份过了头的隆重。老陈从保温桶里还摆出两样菜，回锅肉和卤肥肠，专门从老曾那儿打包来的。老陈看看李牧，不好意思似的，笑笑。让李牧挺感动。

那晚喝了不少。记得大家闹哄哄地都走了，老陈收拾一屋狼藉，李牧侧躺在老陈不知从哪儿寻来的旧躺椅上，揉着太阳穴，说："老陈，没必要这么破费嘛。"老陈咧咧嘴："难得请大家一回。"顿了顿，他又说，"我儿子谈了个女朋友，嘿。"

哦，怪不得，老陈高兴。

老陈还让他看儿子和那女孩的合照，照片上女孩高挑，浅笑着，唯睫毛拉得细长，看起来有点媚相。儿子倒是跟他挺像，国字脸，浓眉，皮肤有点黑，气质是青春的，可微蹙的眉头，带着似有似无的忧愁，总不太像是名牌大学的学子。老陈解释："小时候他懂事，帮干农活干多了，晒的。"

李牧照例祝福："老陈，你真是好样的，儿子培养得这么棒，这下好了，儿媳也帮你找好了，你省心了。"

老陈就笑。

2

以后李牧就和老陈往来得密集了些。大多都是周末，在老曾那里，各执一杯酒，面对几碟小菜，分担一桌沉默。稍微的区别就是，如老陈提前执意声明要买单，肉菜就少点，换上拍黄瓜和油炸花生米。

他们常常从头到尾也没几句可说的。但气氛是对的，不觉得尴尬，就像什么呢，大约是两块冰，在一起放松地解冻。茫茫人海，气场相合，又都愿意喝点儿，其实已经非常难得。沉默的人，心上关门落锁，几杯入喉，门即便不开，也会留有缝隙，说些体己的言语。

李牧在单位戴着面具夹着尾巴，太憋屈，所以，在酒劲怂恿下，轻易地将自己那点破事，不知不觉中向老陈兜了底，工作上多么受排挤，生活多么操蛋，妻子如何背叛，如何离的婚：

“她很漂亮，至少配我绰绰有余，但有一点，心气高，总要好了还想好。本来，我们奋斗了几年，有了房有了车，虽然房子是二手的，车子是国产的，但在这城市，又没有依靠，全凭自己挣来，我觉得就不错了。她不行，列出计划，要换房，要买第二套，要换车，要存款……她想要的很多，这没有错，可我却奋斗不动了，有一段加班太多，得了病，住了两个月院，我都在想，人活着，是为了什么，奋斗是为了早点猝死吗？我觉得她有点过了。病愈后，我从大厂辞了职，考进了这个单位。她仍像加满油的马达，开足马力，冲锋陷阵。她做起了生意，很快，她生意就有起色，认识的人越来越多，对我也越来越看不上了……这都正常，我都理解。可到最后……”

李牧说，他们是大学情侣，毕业后，在同学的撺掇下，来到这个城市。同学帮忙找了房，付完房租，请同学吃了饭，身上就没什么钱了。第二天，他们就分头去找工作，从租房的地方出发，在汽车站转车，对照着一张临时从报刊亭买的地图，一个站牌一个站牌地查看。南国的艳阳高照，她那么娇小，他们手拉着手，带着初来的兴奋和尚未找到工作的焦灼，一次次以汽车站作为中转站，搭车去城市不同的方位面试。通过那家著名的电子企业复试的那天，他们仍相约在汽车站公交牌下汇合，她刚从公交车上下来，李牧就奔过去抱住她，他们肆无忌惮地抱着……因为他觉得，终于可以养她了，他记得当时说："好了，我有工资了，你不要着急，慢慢找，找到适合自己的。"等过了试用期，李牧更兴奋，在他看来，工资已经很高，除了房租和两人生活花销，还有富余。正是由于他能够提前养家并乐观地劝说，女友才有裕如的心境和经济支撑，为了兴趣而非一份工作急于兜售出去。女友找了一个多月，终于在商会找到了喜欢的工作。

工作了几年，他们攒下了一笔钱，当时房价刚开始上涨，报纸上高论频出，大部分的意见是一个平方米五六千元，这疯了，会跌的，最迟半年。可半年过去，又涨了不少，专家的意见还是老一套，李牧觉得不对劲，但也觉得六七千买一平方米，确实有点夸张。他还在彷徨，妻子说一句："你就再观望吧，马上吃屎也赶不上热的。"妻子当机立断，将所有攒的钱都聚到一块，朝亲戚朋友借了几万，勉强凑了首付，看了一天，就决定了小区楼盘户型。李牧后来非常佩服妻子的英明。

交完首付，做了简装，为了省钱，墙上四面刷白，存款再一次清零。李牧每月发了工资，就交给妻子，由她来买早已相中的家具，是一件一件地买，将近一年才凑齐沙发、饭桌、茶几、组合柜、衣柜、化妆台、双人床，然后电器再这样一件件搬回来，像是燕子筑巢一样，他们一点点衔来物件，组成一个叫家的地方。从东到西十七步，南北十二步，通风好，采光强，三个房间，这里每一寸，都是他们的。空间带来的笃定和实在，妻子的笑逐颜开，都让李牧觉得每月的房贷是值得的。

李牧记得，最后双人床运来，他和妻子将旧的木板床清理走，组装新床。妻子铺上被褥，李牧躺在床上，手摸到的都是柔软，他感到强烈的幸福。他感谢妻子给了他一个温暖的家。李牧抱着妻子，在夕阳的余晖里，两个人情意缱绻。

每想到这个场景，李牧都要心碎一次。

不过，这些都是他的一面之词。李牧并没有讲夫妻间的冷暴力、他的不举、他的恶言相向，甚至最后安装摄像头，也只是为了占据道德高地，让妻子放弃房子。

他只管以酒遮脸，卖弄他的深情和受伤。

“我对她这么好，到最后，她和商会会长暧昧那么长时间，我在家偷偷装了摄像头，他们，就在我们一起布置的双人床上……”那晚，李牧哽咽欲泪，还沉浸在委屈一方的角色里，“老陈，这太欺负人了……”

李牧饮尽杯中酒，犹自滔滔不绝：

“其实，现在也挺好的，一个人，多自由啊，不用天天还要赶回去给她做饭，看她的脸色，在屋里抽支烟都被数落，何必呢，是吧？自己多自在，想干什么就干什么……我也不想和他们争了，平平淡淡，不也挺好。”

沉默的老陈，放下杯子，悄悄说了一句：“哪里是与世无争，只是争不过罢了。我也一样。”

李牧一愣。

老陈垂下眼睛，重新摆回低微的位置，给他斟酒，说：“再喝一杯吧。”他悄声说，“我老了，可以不争，混吃等死；你不同，还年轻。”

看来老陈并不一味唯唯诺诺，其实世事洞明。李牧默然无语，抬起头，嘿嘿一笑。

他们继续喝酒。

李牧那晚喝得有点多，最后是被老陈搀着出来的。给他打车，他拒绝，还在那呜呜哇哇地说些醉话，大都是他对前妻好什么的。老陈不放心，只好架他回出租屋里，让李牧躺倒在床上，他去大排档买海鲜粥，给李牧醒酒。

李牧其实并没有多醉，他是暂时不想回到空荡的屋子里，那种百无聊赖且没有生机的灰败，让他在今晚难以承受。李牧歪着脑袋，在想自己怎么一步步混到这样，却想到脑仁疼，也想不明白。他随手翻老陈床头柜上的书，竟然错落摆着几册《三国演义》《隋唐演义》之类的泛黄小说，旁边还放着一个破破烂烂的本子，李牧翻了下，里面夹着花花绿绿的新旧彩票，本子上记录的大多是老陈每天的花费账单，小到今天吃了什么快餐、多少钱，都记录在案。另外，还摘抄了一些从书上看来的句子，没想到老陈这么喜欢读书，摘抄了一大卷。李牧对老陈多出了一份敬重。最新的摘录是《罗状元醒世歌》里的：

时来易得金千两，运去难赊酒一壶。
堪叹眼前亲族友，谁人肯济急时无。

老陈写字一板一眼，笔画粗重，这摘录的句子似是贯穿所有的心事。李牧对着起卷的本子，琢磨着这几句歌词，也感慨不已。在将本子放回原处时，忽然从折页间掉落了一张纸，他拾起来，无意间瞥了一眼，是老陈的体检单。他想起来了，前一段物业公司组织过工作人员去人民医院做了一次体检。单子上其他都寻常，唯肝功能那里，谷丙转氨酶指标下老陈画了线，备注似的，在边上写：比正常偏高四倍，疑似肝癌。翻过来，在单子的背面，写了两行字：

五十之年，忽焉已至。

半世无能，只欠一死。

字写得工整大方，像是对命运最后的呈堂供词，颇有些不忧不惧的坦荡样子。

李牧一呆。

老陈打包了两份热粥回来。他赶忙将本子合上。

“醒啦，喝点粥吧。”老陈说，“今天怎么喝这么多，有什么烦心事？”

李牧想笑笑带过，却想着刚才老陈本子上的体检结果，不知说些什么。喝了两口粥，李牧说：“老陈，再去买点啤酒吧，陪我再喝一会儿。”

他想安慰老陈，也想从老陈这里得到安慰。因为，今天前妻举行婚礼。

3

李牧有时想，酒是什么呢？对强者，是助兴剂，却是贫贱者暂避的港湾，是鸵鸟把头扎进去的沙堆。多数的人，见面聚集，彼此客套，酒就是那个催化剂，掀开人和人之间隔着的门帘。高度的白酒，猛喝一口，像一滴油溅在热锅上，腾地起一股烟，伴随执杯人一声长叹，人间的酸辛苦乐都在其间了。

他的没出息就在这里，没几杯酒，他睡不着，失眠越来越厉害。他能和老陈掏心掏肺，毫无防备，诉诉苦，倒倒情绪垃圾，是因为觉得他对他没有任何威胁。不像在单位，周遭都是利益相关者，他得人模狗样，一丝不苟，见人面带微笑，面对上司卑躬屈膝，遇到窝囊事苟且腹诽，只有在老曾饭馆里，面对老陈，才有一些放松。冗长的日子里，有几个空隙，喘口气，觉得还可以再去继续忍受这世界的蝇营狗苟。

可李牧最近却不敢再叫老陈对饮。那张被老陈用力标记的体检单，总浮现在眼前，有几次，他想开口问，话到嘴边，又咽了下去。他能说什么呢？可老陈似乎一点也不受影响，照旧上班下班，偶尔买一注彩票，顺道来老曾这里吃个快餐。

月底，老陈和他又在老曾店里遇到，一起吃了晚餐，老陈没喝酒，主动把单买了，还不走，一直搓着手。李牧看出来了，问他：“老陈，有事？”

老陈望着他，眼巴巴地：“李老师，能借我点钱吗？”他还是那么客气，那么低微，“我儿子要和那女孩定亲，我没本事，东借西借，还差一点。”

“好事啊，老陈，”李牧说，“要多少？”

“两万……行吗？”因为渴望和惶恐，老陈的眼睛像揭开的蒸笼，溢满水汽，他抬了下头，又迅速低下去，许是觉得自己的要求实在冒昧，老陈嗫嚅着，说，“没事的，李老师，你要是不方便，就算啦，我再想其他办法……”

正是他这份小心翼翼的神情，触动了李牧，他拍了下老陈的肩头，说：“行，把你银行账号给我。”

老陈忽然眼圈红了，深深给李牧作了一揖，不停地说道：“谢谢，谢谢你……”

李牧再拍下他：“没事，老陈，不算啥。”而实际上，李牧离婚后将房子重新装修了一遍，换掉当初一件件置办的家具，竭力清除前妻留下的痕迹，再借助酒力，才能囫囵睡上一觉。现在他身上全部加起来，仅余下不到三万。

李牧立时将两万块钱转给老陈。

老陈的慌乱表明他实在没想到李牧会这么爽快。他要给李牧补写个欠条，还要拉上老曾做个见证，保证最迟到来年上班如期归还。看着他慌张说着感恩的嘴唇，不知如何是好的眼神，李牧摆摆手，笑了，表示不需要，他想，毕竟都这么熟了，钱也不多，而且是成全他儿子的好事。李牧心里涌起一阵施恩于人的感动和欣慰。他甚至都没有细问老陈怎么儿子还没毕业就急着定亲。老陈给同事的解释倒也合理，儿子和女友早晚是要结婚的，双方家长先见个面，老陈拿点钱，就当把亲定了。

借了钱后，老陈请假了一段，回家为儿子操持。在他粗陋的践行宴上，李牧还另外封了一个红包，算作老陈的路费。那天众人都劝酒，李牧晕晕的。也只有在这些身份比他更低微的人跟前，他才觉得自己像个人。他是对他们好吗，他后来想，其实是享受这份被恭维围绕的气氛。

老陈要赶火车，先离开饭桌，老石接替过老陈的位子，接着花式劝李牧喝酒。到后来，老石大着舌头，说一句："老陈这次回去，来年可能就不回来了，街道送报纸的活儿是不是可以……"

"没有啊，他说给儿子办完事就回的。"李牧故意岔开，说，"老陈也算圆满了，虽然得了癌症，但儿子学有所成，又定好了儿媳，真不错。"

老石瞪着眼睛："他得了什么病？"

"肝癌嘛，你不知道？"

老石竟然摇摇头，诡异地笑了笑："老陈真是……"

在李牧的逼问下，老石才支支吾吾地还原出老陈的真实故事：

老陈是有个儿子，却是个混子，根本不是什么北京某名校高才生。“他家祖坟根本就冒不出这股子青烟，”老石说。老石也有儿子，学习一塌糊涂，中考在全校排名倒数，根本没有上高中的必要，老石给他找了个电子厂，没干一月，他就嚷着辛苦，天天和老石吵，嫌弃其父没本事，顶起嘴来口舌灿烂，常常一句话噎得老石半死。自己的孽子如此，以己度人，老石不信木讷的老陈会有优秀到变异的种子。老石偷偷查过老陈入职时的个人信息，这年代打听一个人太容易了，网上搜索到他村里大队的电话，老石打过去一问，满不是老陈吹嘘的那么回事。他有两个儿子，老大在家养猪、养鸡，老二倒是上了学，考了两年，才上了省内一个建筑专科学校，毕了业，在工地上混生活，却完全不是老陈这样的本分角色，好吃好喝，还赌博，输急眼常跟人打架。“合着还不如我家那个小祸害呢。”老石嘻嘻笑了，他搞不懂老陈为何要虚构一个有出息的儿子。李牧却懂，不过是为了在人前找那么一点可怜的尊重。

“那他的癌症？”

“嗨，根本就没那回事，”老石笃定地说，“体检我们一起做的，医生只说他是有点脂肪肝，劝他最好戒酒，其他都是他自己杜撰的。”老石呵呵笑，“老陈挺会虚构的。他图什么呢？”

李牧一愣，如果说就为博得他的同情，借那两万块钱，老陈这套演技也太多此一举了。他想，或者老陈觉得不出此下策，就没可能从他那儿借到钱？想来，他们终究不过是陌生人，无非在一起常喝点小酒罢了，老陈将关系分得很清，没想过平白无故李牧会帮助自己。在这点上，老陈活得透彻，深知炎凉。可到最后，他这么势单力薄，却是老陈以为处在绝境时唯一能施以援手的人。老陈可怜。他也可怜。他旋转着酒杯，一口压进去，辛辣从嗓子眼往心窝里钻，李牧怆然一叹。

4

临近年关，工地上提前放假，儿子没挣下钱，还欠了不少外债，不好意思回家。喝了酒，儿子和隔壁工头赌得大发，也是想赌一把，炸金花到半夜，一算，输了几万，没钱赔，争执起来，酒意上涌，寡不敌众，被打了一顿，伤着腿了。老陈那几天感应似的，眼皮跳个不停。

老陈两个儿子，老大去年刚成家，和他一样踏实，在家搞养殖，虽然长子结婚，彩礼、建房子就花光了老陈的积蓄，老陈还是挺欣慰。老陈头疼的是小儿子。

小儿自小聪明伶俐，老陈寄予厚望，着力培养，小儿学习也确实可喜，整个小学阶段，在班里垄断第一。老陈常摩挲着小儿的头发，笑呵呵的，想自己当时家里穷，没条件继续读书，现在终于有儿子可以成全他的梦了。

老陈真是开心。小儿所有的要求，他都极力满足，哪怕是不合理的，他也没说过一句重话。正是老陈这种笑眯眯的态度，怂恿得小儿的脾气水涨船高。

到了初中，小儿就变了，老陈没反思自己的溺爱，只是想，或许就坏在让他上了市里的初中。拔高一节似的，他输送着打工挣下的那点钱，硬撑着小儿的花销，期望他搏个前程，却不知什么时候小儿沾染了那些来自街面上学生混混的习气，讲究衣服牌子，同学之间互相过生日，经常在外面聚会……学习自然一落千丈，可他自恃聪明惯了，以为凭借自己的小聪明，突击一下，成绩还可以过得去，凭着这过得去的成绩单，就可以继续兑换老陈的血汗钱。却不知世间哪有这么便宜的事，糊弄到初三，中考就露了馅，市里三个公费高中，他一个也没考上。聪明误人之处，就在这里。老陈咬咬牙，缴了巨额赞助费，让小儿上了高中，小儿的成绩却再也没能翻身。他没受过挫折，努力了一下，没达到心里预期，便急遽地自暴自弃，熟谙地和小混混们勾搭在一起……到最后，只能上一个学费高昂的专科。

但在老陈心里，小儿还是那个伶俐的男孩，聪明可爱，透着灵气，会攀着他的耳朵，悄悄对他说："爸爸，我又考了个第一……"这些年，老陈喝醉了，在心里将期望养着，像是海里的帆船，在他那里，儿子原定的前程，一步一步，越发驶入辽阔之境……

可事实上，老陈和小儿半年没联系了，他打电话，儿子不接，就算接了，他除了嘱咐那几句老套，也说不出什么。何况，儿子对他的嘱咐深恶痛绝，常常没等他说出一句："乖儿，好好干，别和人置气，多学学本领……"儿子就嘟囔着"行了行了知道了"，给他挂了。即便是问他要钱的时候，口气也天经地义似的。

老陈想起，就要叹一口气，锁着眉头，喝杯酒，溜达着，去买张彩票。每次都选儿子的生日。他在为儿子赌运气。

这天半夜，儿子大醉，打来电话，没提要钱，却沉默许久，传来断续的呜咽。在天津大邱庄工地上，儿子蜷缩着伤腿，流了泪，含混地说："爹……我错了……这些年你供我，辛苦了……我混到现在才明白，晚了……我想你了……我朝着南方给你磕个头吧。"

有这句话，老陈说，值了。

浪子回头啊。

老陈爬起来，捉住酒瓶，猛灌了一口，酒却都从眼睛里跑出来了。

5

日子就这么重复地滑过。李牧每每独酌，心说，也该戒酒了。他嘿嘿苦笑，再喝这一次，下回就戒。如此过了半月，李牧正在店里和老曾闲聊，一转身，老陈黧黑的脸杵在门前。却迟迟不进来。

“什么时候回来的，老陈？还没吃吧，来，我再加个菜。”老曾招呼道。

老陈眼睛低垂，悄悄走过来，坐下。他的眼窝深陷，带着浓重的疲倦，掏出一条家乡产的烟，递给李牧：“尝尝这个。”他说，“你都知道了？”老陈反而嘘一口气，“不该骗你，我儿子不争气，他在工地上伤着腿了。”老陈眯着眼睛，笼罩在烟雾里，李牧看不清他的表情。老陈连喝几杯酒，攥着的手心展开，递过来一张纸，是写给李牧的欠条。“对不起，”老陈说，“放心，就是死，钱我也会想法还你的。”

李牧没说话，拍拍他的手。

老陈似乎来时就喝了不少，这会儿又要了两杯。老曾还劝：“少喝点吧，老陈，我那泡的酒就一点了，不打算再泡了。过完这月，年后我就不干了，这里房租也涨得厉害，干不下去啦。”老曾说，“算了，不干拉倒，我也该和老伴回老家歇歇了，这些年她跟着我也不少受罪。”老曾看向妻子，讨好地笑，“来吧，一起喝点，以后不知什么时候能聚到一起喽。”

老曾一席话弄得大家挺伤感，小店不再，李牧想，以后还去哪里消磨呢？老曾妻子罕见地温柔，还将早上点好的私家豆花端上来，让他们爽口醒酒。

老曾一语成谶，这是他们最后的一场醉。

到最后，老陈一直在嘀咕：“对不住了，小李。”

李牧也喝晕了，心说，有啥对不住的，那点钱不还，你还能跑了不成，不就喝多了，待会要我扶你回去嘛，多大个事儿。

可他错了，老陈是真对不住他了。

转天，单位做年终前大扫除，物业清扫房顶花圃和凸出栏杆处围绕的花丛，老陈自告奋勇，承包了最危险的工作。李牧在挨近顶楼的五层平台处，关切地望着老陈，嘱咐他注意脚下，别逞能。老陈一直埋头干活，眼看着要干完了，就剩下栏杆那里，有些落叶和积灰。老陈直起身，忽而对李牧笑了笑，似乎是说一句：“欠你的从我抚恤金里扣掉，谢谢了。”然后，弯腰，踏出一步。

儿子还在医院里，腿被钢管砸得有点狠，醉酒打他的早都跑路了，医治却耽误不得，儿子哭着，不想成个瘸子，他还跟老陈说，等腿好了，都听老爹的，在老家市里租个门面房，他想做点小生意。老陈得用身体给他兑出一张彩票。

李牧刚要惊叫出声，转身就往楼顶跑，在他拔脚的刹那，在众人惊讶的注目下，老陈从七楼寂静落下。